컴퓨터 살인

이상우추리소설

명 지 사

책 머리에

오늘의 한국인은 한 마디로는 정의하기 어렵게 되었다. 표면적으로는 경제 기적을 이룬 나라 국민, 40년 전 동족끼리 싸워 피를 흘린 이데올로기의 제물이 된 민족, 분단으로 형제자매가 갈라서서 가슴에 한이 맺힌 민족, 수십 년 동안 독재에 신음하면서 저항해 온 국민, 부지런히 새마을 운동을 하고 수출을 해서 국민의 대다수가 중산층이라고 스스로 말하는 사람들, 고향땅과 소를 팔아 우골탑을 쌓으며 자식을 공부시키는 민족, 최첨단 문명기기인 컴퓨터를 생활도구로 쓰는 도시민들, 이런 사람들이 한국인이라고 할 수 있겠다.

그러나 참다운 한국인의 마음 속에는 서낭당의 두려움과 두메살골에 전해 오는 전설의 신비를 간직하고 있다.

아무리 생활이 변하고 시대가 달라져도 이 연연한 한국적 정서를 우리는 배반하지 못한다.

제아무리 교만한 기교와 넘치는 문학의 향기를 가진 작품이라도 한국적 정서가 없으면 한국문학이라고 하기 어렵지 않겠느냐 하는 것이 나의 평소 생각이다.

추리소설이라는 기법의 그릇에 문학을 담아온 나는 이 한국적
정서를 추리소설과 접목하는 방법이 없을까 하고 오랫동안 고심
했다. 그런 작품 중의 하나가 「화조 밤에 죽다」같은 졸작으로
한국의 마음을 추리소설에 담는 시도를 해 본 작품이다.

여기 묶어내는 3개의 중편소설도 이러한 맥락에서 모아 본
것이다.

「컴퓨터 살인」은 현대인의 필수품이 되다시피한 컴퓨터를 소재
로 논리적 서술을 해 본 작품이다.

전문가적 소양이 없어도 컴퓨터의 특성을 쉽게 이해하도록
노력하면서 소설을 써 보았다. 한편 나의 고향인 깊은 오지의
마을에 전해 오는 전설을 소재로 쓴 것이 〈여섯번째 사고(史庫)〉
이다.

「사랑의 알리바이」는 도시 보통 시민의 비극을 다룬 작품
이다.

이 3개의 중편은 나의 다른 장편들과 구분하고 싶은 것이 솔직
한 내 심정이다. 작가의 분신인 작품들이 어느 것은 소중하고
어느 것은 소중하지 않다고 할 수 없지만, 그런 한편으로도 따로
두고 아끼면서 읽고 싶은 작품이라고 말하고 싶다. 고슴도치도
제 자식은 귀엽다는 꼴이 되었다.

1990년 여름

雲艸堂에서

이상우추리소설 · 컴퓨터 살인

차 례

컴퓨터 살인

컴퓨터 살인

1 프로그래머의 죽음

　문을 열자 밝은 햇살이 춤추듯이 구석구석을 누비며 온 사무실
안에 가득 찼다. 청소부 박씨 아줌마는 휘휘 손을 내저으며 물걸
레통을 약간은 힘겨운 듯이 사무실 안쪽으로 밀어넣었다. 이제는
그만두어야 할 때가 넘었는데 하는 생각이 정말 절실히 들었다.
아들 녀석이 빨리 직장만 구한다면 그때부터는 며느리가 해주는
뜨신 밥을 먹어야지……
　이 사무실은 들어오기가 너무 까다로워 박씨 아줌마는 이곳에
무에 그리 대단한 것이 있는지 도통 알 수가 없었다. 여느 사무실
과 다른 것이라면 요즘엔 흔하디흔한 컴퓨터들이 각 책상마다
얹혀져 있는 정도일까? 더구나 그런 점은 이 사무실을 들어오려
면 반드시 통과해야 하는 전산개발실도 다를 바 없었다. 그런데도

여기를 들어올 때는 전산개발실에서 받은 신분증 검사를 다시 받는 외에도 몸수색까지 받아야만 했다. 사실 박씨 아줌마의 입장에서는 컴퓨터를 켤 줄도 모르는 형편인데.

박씨 아줌마는 그런 생각들 따위에 잠겨 사무실 구석에 고개를 떨구고 있는 성유정을 보지 못했다. 유정을 본 것은 걸레질을 해 나가며 바로 그 곁에까지 갔을 때였다.

"아이고, 처녀가 부지런하기도 하지. 지금이 몇시나 됐다고 벌써 출근을 했담?"

그러나 유정은 전혀 반응을 보이지 않았다. 잠이 들었나? 어제 꼬박 야근을 했나? 박씨 아줌마는 고개를 갸웃거리며 유정을 흔들어 보았다.

"미스 성, 일어나요! 남이 보면 어쩌려고 다 큰 처녀가 한뎃 잠이야?"

하지만 유정은 일어나지 않았다. 멋 모르고 유정을 흔들던 박씨 아줌마는 유정의 고개가 떨어지며 보이게 된 시퍼렇게 변해 있는 낯색과 길게 빠져나온 붉은 헛바닥을 보고서야 무슨 일이 일어났는가를, 그리고 자기가 시체를 흔들고 있었다는 끔찍한 사실까지 깨달았다.

박씨 아줌마가 놀란 정신을 가까스로 추스려 나간 뒤쪽에는 긴 머리를 산발한 채, 28세의 처녀 박사 성유정이 죽어 있었다.

"여긴 뭘 하는 곳이죠?"

성유정이 살해된 장소에 관한 질문을 전산개발실장 이제혁에게 던진 친구는 어딘지 경박스러워 보이는 형사였다. 그의 몸놀림, 말투에는 어쩐지 연극적인 냄새가 약간 풍겨, 보는 이에 따라서는 혐오감을 불러일으킬 수 있을 것 같았다.

　제혁은 금방 들은 그의 이름이 생각나지 않아 그를 어떻게 부를까 하는 고민에 빠져 있던 참이었다. 그의 이름이 생각나지 않는 것도 그의 과장된 연기 때문이라는 생각이 들었다.

　"우리 전산실의 부속기관입니다. 특별한 문제 따위에 부딪혔을 때 집중적인 연구를 하기 위해서 설치된 곳이지요."

　제혁은 혐오감을 누르고 나름대로 성의 있게 대답했다. 실장실의 중후한 인테리어와 너무나 어울리지 않는, 싸구려 같은 인간이라고 생각하며.

　"그러니까 상설적인 기관은 아니라는 겁니까?

　"아닙니다. 상설기관이지요. 전산개발이라는 것에는 항상 문제에 부딪히는 부분이 있게 마련이니까요."

　"그건 이상한 말씀이군요."

　형사는 제혁의 책상을 한 바퀴 돌더니 우뚝 멈춰서서는 다시 말을 이었다.

　"전산개발에 언제나 문젯거리가 있을 수 있다는 것은 이해가 되지만, 그걸 항상 이 기관에 의뢰했다면 전산실이라는 자체가 있으나마나한 것이 아닙니까?"

　"그렇지 않지요. 이곳은 말 그대로 특별한, 특별한 문제에 부딪혔을 때에만 사용하는 곳입니다."

　"간단한 예를 들어 주실 수 있을까요?"

　"글쎄요? 혹시 컴퓨터에 대해서 어느 정도 알고 계십니까?"

　"전혀 아는 바가 없다고 할 수 있습니다. 하지만 한국말에 대해서는 자신이 있으니까 그냥 말씀하셔도 무방합니다."

"뭐, 정 그러시다면…… 그러니까 일전에, 한두 달쯤 전의 일이 생각나는군요. 그때 유닉스 상에서 씨 랭귀지를 컴파일 러……."

"예?"

그 소리에 제혁은 피식 비웃음을 머금었다. 아무렇게나 지껄인다고 하더라도 이 형사는 자신의 거짓말을 알아차릴 수 없다는 것을 알았다.

"이런 기초적인 용어조차 못 알아들으신다면 한국말에 어둔한 저로서는 무슨 설명을 드릴 수 없겠군요."

순간 형사의 얼굴에 불쾌한 빛이 스쳐가는 것을 본 제혁은 자신의 말실수를 책망했다. 이런 중요한 순간에 서툰 농담을 한 자책이었다.

"하하하, 농담입니다. 아무튼 이렇게 이해해 주십시오. 어떤 의미에서는 사소한 에러가 날 수도 있습니다. 무시해도 될 경우지요. 하지만 그것이 어떤 식으로 별할지 모르는 상황에 놓여 있을 때, 우리는 이곳에 그 에러를 규명해 달라고 요청합니다. 그 동안 우리는 작업을 더욱 진전시켜 나갈 수 있습니다."

형사는 마지못해 고개를 끄덕이는 것 같다. 제혁은 속으로 '고소함'을 만끽했다. 형사의 그 다음 말이 나오기 전까지는.

"그럼 이 부속기관의 정식 명칭은 무엇입니까?"

제혁은 일순 당황했지만 곧 침착하게 대꾸했다.

"정식 명칭은 없습니다. 그냥 전산개발실 안에서는 키 스테이션(Key Station)이라고 부릅니다."

"키스 테이션이요?"

"아니, 키이 스테이션입니다."

형사의 연극조는 이제 코미디로 접어드는 것 같았다. 그때 형사를 구해 주는 목소리가 있었다.

"강형사, 뭣 좀 알아냈나?"

아무런 제지도 노크도 없이 실장실로 불쑥 들어온 것으로 보아 새로 등장한 사람도 경찰의 일원인 모양이었다. 그러나 제혁은 새 등장인물에 대한 관심보다는 이제서야, 여태 이야기를 나눈 형사의 성이 '강'이었다는 사실에 더욱 주의를 하고 있었다.

"반장님 오셨습니까?"

제혁의 앞으로 어깨를 움츠리고 다가선 사람은 그 생김새만으로 이미 코미디의 한 장면이라 할 수 있을 것 같았다. 반장님이라는 말에서 연상되는 TV극의 수사반장 같은 날카로움은 하나도 없이 온통 주름투성이의 얼굴을 가진, 그 나이를 지닌 이들마냥 작달막한 키를 가진 사내였다.

"이 분은 죽은 성유정씨가 속한 전산개발실의 실장님인 이제혁 씨입니다. 그리고 이실장님, 이쪽은 추경감님입니다."

강형사가 새로 나타난 중년 사내와 제혁을 소개시켰다.

"졸지에 이런 변이 일어나 얼마나 상심되십니까?"

추경감이 정중하게 인사를 건넸다.

"글쎄 말입니다. 우리들 작업에 미칠 막대한 영향도 사실 크지만, 그 집에서는 또 얼마나 상심이 되겠습니까?"

"그러고 보니까 성유정씨의 가족들은 모두 미국에서 살고 있는 것으로 되어 있던데요?"

강형사가 끼어들었다.

"예, 대학도 미국에서 나왔습니다. 엠아이티(MIT)라고 들어 보신 적이 있지요? 그곳에서도 수재로 이름이 높았지요. 어쩌다 우리 부사장님과 연줄이 닿아서 스카웃된 케이스지요."

"특별한 경운가 보군요?"

"그렇지요. 지금 일만 아니라면 이런 곳에 있기도 아까운 인재였죠."

"지금 일이라는 건 뭡니까?"

추경감이 싱긋이 웃으며 물었다.

"아, 그건……."

제혁은 등골로 식은 땀이 쫙 흐르는 것을 느꼈다. 유도심문에 걸렸어!

"아, 아까 강형사님한테도 말씀드렸다시피, 그런 일인 것인데, 그게 뭐냐 하면 그, 그 뭐냐, 프로그램상의 이상을 체크하는 일이라고 할 수 있지요."

"어쩐지 굉장한 일일 거라는 생각이 드는군요."

추경감이 웃으며 제혁을 궁지에서 빼내 주었다.

"그럼요, 하하. 대단한 일이지요."

"그나저나 이실장님은 나이도 얼마 된 것 같지 않은데 승진이 꽤나 빠르신 것 같소이다."

"나이는 서른다섯입니다. 컴퓨터계에서는 폐물이나 다름없는 나이지요. 하도 발전속도가 빠르니 말입니다. 실장이 된 것도 그런 탓일지 모릅니다. 써먹을 데가 없으니 직원들 관리나 하라고 말입니다."

"허허, 농담도 잘하시는군요. 그럼 우리는 사건 현장을 좀 봐야겠는데, 같이 들어가시겠습니까?"

"아니, 웬만하면 사양하고 싶군요. 미인도 죽으면 추녀가 된다
는 것을 충분히 이해했습니다."

"그 점이라면 괜찮습니다. 사체는 이미 치웠습니다. 현장에서
몇 가지 물어보고 싶은 것이 있어서 그렇습니다."

"그건 키 스테이션의 주임 양성수씨한테 물어보시면 안 되겠습
니까? 저는 선약이 있어서……."

제혁은 계속 발을 뺐다.

"그래도 상관 없습니다. 양성수씨는 어디 있습니까?"

"밖에서 대기하고 있을 겁니다. 불러들이지요."

제혁은 인터폰을 누르고는 말했다.

"미스터 양 좀 불러줘."

말이 떨어지기가 무섭게 실장실 문이 열리며 땅딸하고 뚱뚱한
청년이 들어왔다.

"이 분이 키 스테이션의 주임 양성수씨입니다. 미스터 양, 이쪽
분들은 미스 성 사건을 조사하러 나오신 분들인데, 추경감님과
강형사님이네."

"반갑습니다. 힘이 될 만한 일이라면 뭐든지 도와드리겠습니
다."

"그거 참 반가운 일이군요. 같이 가시죠."

강형사의 얼굴에 번지는 희색을 제혁은 경멸 같은 눈길로 무시
하려 했다. 하지만 마음 한 끝에서는 계속 불안이 자리잡고 있는
것을 어쩔 수가 없었다.

　소위 '키 스테이션'은 전산개발실을 통해서만 들어갈 수 있게 되어 있었다. 과연 전산개발실의 부속기관다운 위치였다. 그러나 안은 오히려 전산개발실보다 밝고 깨끗하게 보였다.

　문에서 들어서자마자 연구주임 양성수라는 명패가 보였다. 사무실의 좌우로 각각 두 개씩의 책상이 놓여 있었다. 그리고 그 위에는 컴퓨터들이 놓여 있었다.

　죽은 유정의 책상은 성수의 자리에서 본다면 왼쪽 첫번째의 자리에 놓여 있었다. 사무실의 특이한 점이라면 책상들이 서로 얼굴을 볼 수 없도록 벽을 향해서 놓여져 있다는 것이다. 앞서 제혁은 이들이 자아가 강한 사람들이라서 혼자 일한다는 기분을 내주기 위하여, 그리고 창으로부터 들어오는 반사광을 줄이기 위한 방편으로 그런 배치를 했다고 말했다. 덧붙여 모두 만족하고 있는 배치라는 말 역시 잊지 않았다.

　"죽은 성유정씨에 대해서 잘 알고 계셨나요?"

　"글쎄요, 어느 정도까지는……."

　"일은 잘했나요?"

　"그럼요. 우리 팀은 모두 유정씨한테 매달려 있는 폭이었습니다. 앞으로 어떻게 난관들을 헤쳐 나갈지가 막막하기 짝이 없습니다."

　"지금 하고 있는 일은 뭡니까?"

　"음, 뭐 비교적 간단한 일입니다. 저희 회사 사보는 씨티에스(CTS) 방식으로 작성하는데, 보다 다양한 폰트를 만드는 작업이었습니다."

　"그렇다면 그렇게 어려운 작업은 아니겠군요."

"예, 예, 그렇지요."

양성수는 더부룩한 머리를 거칠게 쓸어넘기며 대답했다.

"이것 봐요! 양성수씨!"

갑자기 강형사가 소리를 버럭 질렀다. 양성수는 창백해진 얼굴로 강형사를 돌아보았다.

"여기서 당신의 동료가 어떤 끈에 목이 졸려서 죽었어요. 당신은 기계를 다루는 사람이라서 한 사람이 죽었다는 사실에 대해 그렇게 무심한 겁니까? 왜 자꾸 거짓말을 하고 있지요? 당신들 모두가 경찰을 속이고 있는 것이 있어요. 그게 뭐지요? 한 생명보다도 소중한 겁니까?"

"무슨 마, 말씀인지……."

양성수는 강형사의 시선을 피해 얼굴을 돌리며 떠듬떠듬 말했다.

"자, 나를 봐요! 여기는 뭘 하는 곳이지요? 이실장이 말한 것과는 분명 다른 곳이지요?"

"어이, 강형사, 그런 식으로 말하면 되나? 자, 양주임님, 우리는 경찰입니다. 우리는 살인범을 잡는 것 이외에는 아무런 관심이 없습니다."

추경감은 양성수를 충분히 안심시킬 만한 미소를 머금고 말을 계속 이었다.

"업무상의 비밀은 절대로 지켜 드리겠습니다. 이곳은 무엇을 위한 장소입니까?"

"이미 말씀드린 대로입니다. 전산개발상의 문제점을 해결하는……."

"이것 봐요! 당신은 아까 간단한 작업을 여기서 하고 있었다고
했지요? 무슨 폰이 어쩌고 하면서 말이에요."

"예."

"그런데 그 바로 전에 여기서는 아주 어려운 문제들만 취급한
다고 하지 않았어요? 그랬죠?"

"그러긴 했지만……."

"아 예예, 됐습니다. 저희가 강요를 할 수 있는 문제가 아니지
요."

추경감은 강형사에게 손짓을 하여 말을 막고는 담배를 꺼내
들었다.

"저 반장님, 죄송하지만 여기서는 금연입니다."

양성수가 조심스레 추경감을 만류했다.

"아, 죄송합니다. 버릇이라서……."

"저희는 담배를 이쪽에서 태웁니다."

양성수는 추경감을 유정의 책상 옆으로 이끌었다. 그곳에는
얼핏 벽같이 보이는 문이 하나 있었다.

"저희는 종종 야근을 하기 때문에 비상 출입구가 있습니다.
지하 주차장으로 연결되는 곳이지요. 여기서 담배를 피우시지
요."

"허허, 감사합니다. 여기의 열쇠는 누가 갖고 있습니까?"

추경감은 지포 라이터를 철컥거리며 물었다. 라이터는 불똥만
튀길 뿐 불길은 영 오를 생각이 없는 것 같았다. 양성수가 라이터
로 불을 붙여 주었다.

"키는 우리 다섯 명이 모두 가지고 있습니다."

양성수는 그 말을 꺼내면서 목 위로 벌레가 기어오르는 듯한 느낌을 받았다. 혹시 나를 혐의자로 보는 것이 아닐까 하는 생각 때문이었다.

"하지만 우리들은 모두 심각한 어떤 관계에도 놓여 있지 않습니다."

그 때문에 빠른 어조로 사족을 붙였다.

"그 외에 열쇠를 가진 사람은 누구입니까?"

"없습니다."

"비상 열쇠도 없습니까?"

"예, 실장님조차도 갖고 계시지 않습니다."

"여기서 근무하는 분들은 양주임님하고 성유정씨, 그리고 누구라 하셨죠?"

"안대석씨하고 마용남씨 둘입니다. 대석씨는 남한대학 전산학과를 나왔고, 용남씨는 한강대학 전자과를 나왔습니다. 둘 다 학벌도 같고 아주 유능한 인재들입니다. 각자 사귀는 애인들도 있고요."

"양주임님은 어떻습니까?"

강형사가 물었다.

"이런 얼굴에 뭐 되겠습니까?"

"이런, 저도 완벽한 싱글입니다."

"자네, 이상한 데서 동류의식을 갖는군 그래."

"그런 말씀 마십시오. 홀아비 사정은 과부가 안다지만 노총각 사정은 노총각 말고는 아는 사람이 없습니다."

"그 두 사람도 다 출근했겠지요?"

"예, 물론입니다."

일행은 다시 사무실, 키 스테이션으로 돌아왔다.

"여기가 성유정씨의 자리가 맞습니까?"

추경감은 유정의 사체가 발견된 책상을 가리키며 물었다.

"예, 맞습니다. 어제 우리가 8시쯤 퇴근할 때 혼자 할 일이 있다고 남았습니다."

"그게 무슨 일이었는지 알고 있습니까?"

"아니요…… 아니, 잠깐만!"

양성수는 책상 앞의 추경감을 살짝 밀치며 유정의 컴퓨터를 뚫어지게 쳐다보았다.

"무슨 일입니까?"

"유정씨가 죽기 전에 무슨 일을 하고 있었는지 알 수 있을 것 같습니다."

"어떻게……."

"우리는 작업의 중요성 때문에 갑작스레 전원이 나가는 경우를 대비하고 있지 않으면 안 됩니다. 또 실수로 파워를 끄는 경우도 대비해야 합니다. 지금 이 컴퓨터를 이곳의 다른 컴퓨터와 비교해 보십시오. 화면이 틀리지요?"

"그렇군요. 다른 것은 먹통인데 이건 영어로 뭐라고 쓰여 있군요. 무슨 뜻입니까?"

"정말 컴퓨터를 끈 거냐는 표시입니다. 작업을 종료했을 경우에는 저희들은 엔드(END)라는 명령어를 치고 컴퓨터를 끕니다. 만일 그 코맨드(COMMAND), 명령어를 생략한다면 이런 표시가 나옵니다."

"그게 무슨 뜻입니까?"

"컴퓨터의 전원을 다시 연결한다면 유정씨가 무슨 일을 하고 있었는지 살펴볼 수 있다는 뜻입니다."

"그렇다면 빨리 켜 보시지요."

양성수는 전원을 넣고 컴퓨터 키보드를 조작하기 시작했다. 잠시 후 화면에는 영문이 나타났다.

[A : INTALK]

"이게 무슨 뜻입니까?"

"이것은 에뮬레이터입니다. 컴퓨터 통신을 가능하게 해주는 프로그램이지요"

"그게 뭐지요?"

양성수는 얼굴을 찌푸리고 있었다.

"컴퓨터끼리, 말하자면 컴퓨터로 전화를 거는 것이지요. 어디에 전화선이 있을 겁니다."

양성수는 유정의 책상 뒤쪽을 살펴보았다. 과연 그곳에는 전화선이 늘어져 있었다.

"컴퓨터로 통신을 하더라도 전화요금은 똑같이 내야 합니다. 그러니까 회사에다가 모뎀을 설치해 놓고 쓰고 있었던 모양입니다. 특히 올해, 시분제가 시작되고서는 비비에스(BBS)를 이용하는……."

"잠깐만! 양주임님, 우리는 이런 방면에는 완전한 문외한이니까 좀 알아들을 수 있도록 설명해 주시지 않겠습니까?"

"그러지요. 모뎀이란 컴퓨터 간에 통신을 가능하게 해주는 컴퓨터 전화기입니다. 하지만 에뮬레이터가 없이는 작동이 되지 않습니다."

② 제5의 인물

"에뮬레이터라? 그것이 이 사건과 무슨 관계가 있지요?"
강형사의 질문에 양성수는 눈쌀을 찌푸렸다.
"무슨 관계가 있을지 없을지는 알 수 없습니다. 제가 형사는 아니잖습니까?"
"하하하, 그 말이 맞습니다. 강형사, 너무 성급하게 나서지 말게."
추경감이 강형사를 점잖게 말렸다.
"그 뭐, 컴퓨터 통신인지 하는 것은 도대체 뭡니까? 저도 가끔 신문 같은 데서 보기는 합니다만."
"신문에서는 아무래도 저널리즘의 속성을 따라 작은 것도 과장을 해서 쓰기 마련이지요. 덕분에 컴퓨터 통신도 사실보다 과장돼서 일반인들한테 알려진 측면이 많습니다."
강형사는 벌써 지루한 모양으로 이리저리 사무실을 거닐어 보고 있었다.
"하지만 컴퓨터 통신도 현재는 전화와 크게 다를 바가 없습니다. 특히 비비에스(BBS)에서는 더욱 그렇지요."

"비비에스라는 것은 뭡니까?"

"우리말로 번역을 한다면 전자게시판이라고 부를 수 있는데, 혹독하게 평가한다면 일종의 잡담을 나누는 곳이지요. 물론 이렇게 말한다면 비비에스와 관련을 맺고 있는 사람들은 모두 펄쩍 뛰겠습니다마는, 아무튼 저 같은 사람은 그렇게밖에는 보이지가 않습니다."

양성수는 한숨을 푹 내쉬더니 말을 이었다.

"제가 자꾸 비비에스 이야기를 하는 것은 유정씨가 '애컴'이라는 비비에스에 가입하고 있다는 말을 들은 적이 있었기 때문입니다."

"애컴, 이라고요?"

"예, 컴퓨터를 사랑한다, 뭐 그런 뜻이겠지요."

"그럼, 그 비비라는 게 어떻게 작동이 되는 거지요?"

"예? 예에, 이미 말씀드린 것처럼 전화선을 통해서 연결이 됩니다."

"전화선? 그러면 전화요금도 나오게 됩니까?"

"물론이지요. 아마 그래서……."

"성유정씨도 회사 전화를 사용해서 통화, 아니 통신을 했다는 거지요?"

"예, 그런 것 같습니다."

"그러면 상황을 정리해 볼 수 있을 것 같군요."

추경감은 다시 사무실로 돌아왔다. 강형사가 사무실 이곳저곳을 기웃거리고 있었다.

"여러분들이 퇴근을 한 것은 오후 6시라고 들었습니다. 맞습니까?"

"예, 어제는 다들 약속이 있어서 제법 일찍들 나갔지요."

"그런데 성유정씨는 혼자 남았단 말이지요?"

"그렇습니다."

"회사에 수위는 남아 있었지만 저 문은 잠겨 있었습니다. 청소하는 박정자씨도 양주임이 오기까지는 들어오지 못했습니다. 그렇지요?"

"예, 평소에도 제가 30분쯤 일찍 와서 키를 건네 주고 청소를 시킵니다. 이미 말씀드린 것처럼 저희들이 가진 키 외에는 아무런 비상키도 없으니까요."

"예, 좋습니다. 그래서 저희들은 처음에 좀 당황한 것도 사실입니다. 출입구가 잠겨 있는데 살해된 사체가 안에 남아 있다는 것만큼 골치 아픈 일도 없거든요."

추경감은 무의식적으로 다시 담배를 꺼냈다.

"반장님……."

"아, 이런, 죄송합니다."

추경감은 담배를 빙빙 돌리며 말을 계속했다.

"헌데, 출입구가 하나 더 있었던 거지요."

"하지만 저 문은 닫으면 자동적으로 안으로 잠기게 되어 있는 문입니다. 더구나 지하 주차장으로 통하는 문이기 때문에 외부인은 들어올 수가 없습니다."

"누가 외부인이라고 했습니까?"

강형사가 불쑥 끼어들었다.

"그, 그 말의 뜻이 뭡니까?"

양성수의 얼굴이 순식간에 하얗게 질렸다.

"아니, 아니, 우리들의 말은 언제나 수사학의 원론선상에서 나오는 말입니다. 개의치 마십시오."

추경감이 손을 흔들며 낭패한 표정으로 말했다.

"개의치 말라니요? 목에 올가미를 뒤집어쓸 판에 개의치 말아요?"

양성수는 여전히 질린 표정이었으나 목소리의 톤은 높아졌다.

"그렇게 흥분하지 마십시오. 성유정씨가 누군가를 불러들였을지도 모르는 일이지요."

"그, 그렇지요. 그럴, 그랬을 겁니다."

"예, 그렇습니다. 여기서 간단한 사실을 하나 알 수 있겠군요. 이번 사건은 면식범에 의한 것입니다."

추경감의 쉽게 내놓은 말 한 마디가 양성수의 귓전으로부터 심장까지를 깊숙이 질러왔다.

"그 양주임이라는 사람, 뭔가를 숨기고 있는 것 같지 않습니까?"

키 스테이션을 나서자 강형사가 추경감에게 소곤거리며 물었다.

"음, 그런 것 같아. 하지만 일단 같은 동료들인 다른 두 사람을 만나 보도록 하지."

"그리고 반장님, 사무실에는 네 사람밖에 근무를 하지 않잖습니까? 그런데 왜 책상은 다섯 개가 있지요? 제가 살펴본 결과로는 죽은 성유정씨의 옆자리에는 앉았던 사람이 없는 것 같습니다. 그런데 반장님이 키를 갖고 있는 사람을 물었을 때 양주임은 우리 다섯 명이라고 했단 말입니다. 그럼 그 제5의 인물이 도대체 누굴까요?"

"자네도 그 점에 착안을 했구만. 나도 내심 이상하게 생각하고 있어. 하지만 직접 물어도 대답을 하지 않을 건 뻔하다고. 나머지 두 사람을 만나보고 나서 서서히 유도심문으로 범위를 좁혀 보아야겠어."

강형사는 추경감이 제5의 인물에 대해서 모를 줄 알고 의기양양하게 말을 꺼냈다가 이미 한 수 앞을 내다보는 추경감에게 다시 한 번 손을 들고 말았다. 하지만 그러고도 마음 속 깊은 곳에서는 정말 추경감이 자기가 그 말을 꺼내기 전에 그 사실을 알고 있었을까 하는 생각이 든 것도 사실이다.

키 스테이션의 두 직원, 안대석과 마용남은 같이 있었다.

"얼마나 상심이 되십니까?"

추경감이 애도의 뜻을 표하며 둘에게 인사를 했다. 그것은 결코 의례적인 인사말이 아니었다. 젊은 나이에 못다 핀 재능에 대한 충심의 애도였다.

"글쎄 말입니다. 이런 일이 일어날 줄 누가 알았겠습니까?"

마용남이 말을 받았다. 첫눈에도 날카로운 느낌을 주는 젊은 공학도다운 인상을 갖고 있었다. 단정하게 빗어넘긴 머리, 날카로운 턱에 단 하나의 빈 틈도 보이지 않는 복장을 갖추고 있었다.

반면에 고개를 떨구고 바닥만 쳐다보고 있는 안대석은 부스스

한 머리에 청자켓을 걸치고 있어 마용남과는 이상한 대조를 이루고 있었다.

"안대석씨는 어디가 불편하십니까?"

"아니, 아닙니다."

안대석은 부르르 머리를 흔들더니 고개를 번쩍 들었다. 미남이라고는 할 수 없어도 호감이 가는 얼굴이었다. 눈이 둥그런 얼굴에 비하면 좀 작다는 것이 흠이라면 흠일까?

"어제 좀 과음을 했더니만……."

"어제 일찍 나가셨다고 들었습니다만, 그럼 언제부터 술을 드셨습니까?"

"나가자마자지요. 종로에 도착한 게 7시였는데 그때부터 새벽까지 마셨으니 말입니다."

"친한 친구분들이라도 만난 모양이지요?"

추경감은 조심해 가며 그의 알리바이를 캐고 있는 중이었다.

안대석도 눈치를 챈 모양인지 쓴웃음을 지었지만 거부감을 표면에 드러내지는 않았다.

"예, 고등학교 동창들이지요. 한 써클에서 지낸 친구들이라 말할 수 없이 친하지요."

"예, 좋습니다. 마용남씨는 어떻게 어제를 지내셨나요?"

"저는 미여컴에 있었습니다."

"미여컴?"

"아, 모르시겠군요. '미래를 여는 컴퓨터 연구소'의 준말입니다. 압구정동에 있습니다. 어제 7시 반쯤에 도착해서 11시에 나왔지요."

"압구정동이라면 종로보다 가까운데 시간은 더 걸렸군요?"

"저녁을 먹었기 때문이지요. 회사 앞에 '길'이라는 한식집에서 비빔밥을 먹었지요."

"아, 네."

"그 미래, 어쩌고 하는 곳은 무엇을 하는 곳입니까?"

강형사가 질문을 던졌다.

"말 그대로 컴퓨터 연구솝니다."

"연구소라면 여기도 있잖습니까?"

"그곳에서의 연구는 내 개인적인 것입니다."

마용남은 쌀쌀맞게 대꾸했다.

"그곳은 어떤 연구소지요? 그러니까 제 말은 어떻게 운영되는 곳이냐는 뜻입니다."

강형사는 쌀쌀맞은 대꾸에도 아랑곳하지 않고 계속 질문을 던졌다.

"미여컴은 두 가지 운영 시스템을 갖고 있습니다. 하나는 세미나실입니다. 그곳에서는 맘에 맞는 사람들이 모여서 컴퓨터에 대한 세미나, 즉 프로그램이나 하드웨어에 대한 연구를 할 수 있게 되어 있습니다. 그리고 혼자서 연구를 하는 사람을 위해서 방이 마련되어 있습니다. 제가 어제 이용한 것도 그곳이지요."

"그럼 장비를 빌려주는 일종의 용역회사란 말인가요?"

"그렇다고 할 수 있겠지요."

"그럼 쭉 혼자 계셨단 말인가요?"

"예, 하지만 내가 거기에 있었다는 것을 증명할 수는 있습니다. 컴퓨터 대여 시간이 미여컴의 중앙 컴퓨터 상에 나타나 있으니까요."

강형사는 마용남에 대해서 더 묻고 싶은 게 있는 눈치였으나, 추경감이 눈짓으로 막았다.

"여러분들은, 여기 없는 양주임님과 성유정씨를 포함해서 말입니다, 여러분들은 한 팀으로 원활하게 일들을 진행시켜 나갔습니까?"

"물론입니다."

추경감의 질문에 둘은 동시에 대답을 하였다.

"다른 한 사람은?"

추경감은 지나가는 말처럼 둘에게 물었다.

"다른 사람이라니요?"

안대석이 어리둥절한 표정으로 말했다.

"성유정씨 옆자리의 동료가 있잖습니까?"

"아, 퀸 말이군요?"

"퀸이라고요? 외국인입니까?"

강형사의 어조가 갑작스레 튀었다.

"퀸에 대해서는 말을 할 수 없게 되어 있습니다."

마용남이 안대석의 옆구리를 쿡 찌르며 말했다.

"이런, 젠장할! 아직도 술이 덜 깬 모양인데……."

안대석이 머리털을 다 뽑아버릴 기세로 움켜쥐었다.

"이것들 봐요!"

강형사가 고함을 빽 질렀다.

"당신들 동료가 죽었소. 그런데 당신들은 뭘 숨기려고 그렇게 안절부절 못해요!"

"퀸은 살인을 할 수가 없습니다."

안대석이 겸연쩍게 웃으며 말했다.

"그치가 살인을 할 수 있었는지 없었는지는, 우리 경찰이 결정할 문제예요."

강형사가 코방귀를 뀌며 말했다.

그런데 둘은 얼굴을 마주 보며 픽 웃는 것이 아닌가.

"형사님, 우리는 정말 퀸에 대해서 말씀을 드릴 수가 없답니다. 퀸에 대해서는 이실장님이나 양주임님, 아니 우리 전무님이나 사장님하고 말씀하셔야 할 겁니다."

마용남이 시니컬하게 말했다.

"예, 좋습니다. 그럼 그 퀸이라는 철자는 어떻게 되는지나 알려주십시오."

추경감은 여전히 웃으며 말했다.

"사원명부를 찾아보시려고요? 미리 말씀드리자면 아무런 성과가 없을 겁니다. 퀸이라고는 큐, 유, 이, 이, 엔(QUEEN)이라고 씁니다. 여왕이라는 뜻이지요."

"두 분은 애컴에 대해서 들어보신 적이 있습니까?"

"애컴 비비에스 말입니까?"

안대석이 반문했다. 추경감은 가볍게 고개를 끄덕였다.

"예, 알고 있습니다. 성유정씨가 가입하고 있던 비비에습니다."

"그 비비라는 데는 이름이 좀 있는 곳인가요?"

"예, 그렇다고 할 수 있습니다. 그곳의 시숍(SYSOP) 김종호는 우리나라에서 첫째, 둘째를 따지는 정상급의 프로그래머지요. 회사에 매이기 싫다고 혼자 연구소를 차린 괴짜이기도 하고요."

"시……뭐라는 건?"

"시숍입니다. 시스템 오퍼레이터(System Operator)의 합성어
지요. 비비에스를 운영하는 사람을 가리키는 말이라고 생각하
시면 됩니다."

"그럼 애컴이란 것도 이곳의 키 스테이션과 같은 연구소입니
까?"

강형사가 질문을 던졌다.

"이곳과는 비교의 대상이 되지를 않습니다. 우리나라에 우리
회사만한 전산개발실을 운영하는 곳은 다시 없을 것입니다."

"아무튼 애컴이 연구소인 것은 사실이군요?"

"그거야 처음부터 말씀드린 사항 아닙니까? 불행히 저는 개인
적으로 김종호씨를 잘 알지 못해서 그 연구소에서 일하고 있는
사람들이 몇이나 되는지는 알지 못하겠습니다."

마용남이 비웃는 투로 강형사한테 말했다.

"그럼 만난 적이 있기는 한 모양이군요?"

"예, 저뿐만 아니라 여기 대석이도 한번 본 적이 있지요. 성유
정씨의 소개로 말입니다."

"아하, 둘은 서로 친했나요?"

"그거야 제가 알 바 아니잖습니까?"

마용남은 퉁명스럽게 픽 말을 내뱉었다.

"반장님, 그 두 사람도 이상하더군요."

두 사람과 헤어져 나오면서 강형사가 중얼댔다.

"퀸을 감싸고 도는 것 말인가?"

"예, 외국인일까요? 외국에는 퀸이라는 성도 있는 모양이던데요?"

"아니, 성이 '여왕'이란 말야?"

"그렇지요. 하지만 우리도 성에 킹(King)이라는 게 있잖습니까?"

"킹이라니?"

"왕씨 말입니다."

둘은 실없는 농담을 주고 받으며 지하 주차장으로 내려갔다. 지하 주차장의 수위는 둘이었다.

"일과 시간은 언제까지입니까?"

"일반 사원보다는 퇴근 시간이 좀 늦습니다. 사원들을 퇴근시키는 게 우리 일이니까 그럴 수밖에 없구요."

수위 중 늙수그레한 쪽이 말했다.

"한 7시에 퇴근을 합니다. 주차장 청소까지 하고 나면 그렇게 되지요."

젊은 사내가 보충 설명을 달았다.

"그 이후에도 남아 있는 차가 있을 수 있잖습니까?"

"예, 물론이지요."

"그럼 그 차들을 꺼낼 수가 없는 겁니까?"

"아닙니다. 우리가 퇴근한 이후에는 컴퓨터에 의해서 자동적으로 관리가 되게 되어 있습니다."

"그건 어떻게 관리되는 겁니까?"

"그러니까 주차장 문앞으로 와서 회사의 직원 카드를 여기에

꽂으면 문이 열리게 되어 있습니다."

젊은 사내가 문 앞의 네모난 검정 박스를 가리켰다.

"그러면 문이 열리고 주차장 안으로 들어갈 수 있습니다. 그리고는 차를 몰고 나오면 차고를 막고 있는 저 놈의 막대기도 알아서 열립니다. 차가 빠져 나가면 다시 닫히고요."

"그럼 차고문은 24시간 열려 있는 쪽이 아닙니까?"

"예? 아, 그렇지요. 사람들한테 열려 있는 거나 마찬가지지요. 하지만 이곳을 통해서는 회사로 들어갈 수가 없습니다. 이 문을 열기 전에는 말입니다. 또 직원 카드가 없다면 차고를 통해서 차를 빼내 갈 수도 없으니까 열려져 있다 해도 아무 문제가 없습니다."

"차고 안에 회사로 통하는 문이 하나 있잖습니까?"

"아니, 그런 게 어디 있어요?"

늙수그레한 수위가 펄쩍 뛰며 반문했다.

"한 번 주차장 내부를 살펴보겠습니다."

추경감이 놀라 일어난 수위를 따라 일어나며 말했다.

"그러세요."

늙수그레한 수위는 별로 마음에 들지 않는다는 식으로 응대했다.

주차장은 꽤 넓은 편이었다. 이미 차들이 빼꼼하니 들어차 있었다.

"반장님, 이곳 같습니다."

추경감과 반대쪽을 더듬던 강형사가 추경감을 불렀다.

"어디?"

강형사가 의기양양하게 벽 한쪽을 짚고 서 있는데, 과연 얼핏 보아서는 알 수 없었지만 자세히 살펴보니 벽이 금이 가 있었다.

"여긴 어디로 통하는 문입니까?"

추경감이 늙수그레한 수위에게 물었다.

"문이라니요? 당치도 않은 말씀이에요."

수위는 고개를 도리도리 흔들었다.

"이러지 마십시오."

강형사가 으름장을 놓았다.

"형사들이 무슨 핫바진 줄 알아요? 전산개발실의 키 스테이션으로 연결되는 곳이잖아요! 그래요, 안 그래요?"

"마, 맞습니다."

수위는 갑작스런 강형사의 으름장에 질려서 한 걸음 뒤로 물러나며 대답했다.

"두 분이 퇴근한 후에는 이리로 차를 몰고 들어올 수는 없습니까?"

추경감이 돌아 나오며 물었다.

"없습니다. 오로지 나가는 것만 가능합니다."

"반장님, 애컴으로 가 보시려고요?"

"음, 현재로서는 그곳부터 가 보는 게 좋겠어. 집이야 어차피 혼자 사는 건데 지금 가 본들 뭐 뾰족한 사실이 있을 것 같지 않군. 그 비비라는 게 전화로 여자들 수다 떠는 것과 비슷하다면 성유정의 평소 생활을 아는 데 그보다 좋은 장소가 어디 있겠나?"

추경감은 회사를 빠져나오며 담배를 한 대 입에 물었다.

"회사가 어쩌나 깐깐하던지 영 담배도 못 피겠더란 말야."

"끊는다고 하신 지 열흘도 안 되셨습니다."

"그거야 어디 마음 먹은 대로 되나?"

추경감이 한쪽 눈을 찡긋하며 말하는 바람에 강형사는 저도
모르게 웃음을 터뜨리고 말았다.

"반장님, 이거 죄송합니다. 하지만 나이도 좀 생각하십시오."

"윙크하는 것 말인가? 이것까지 할 줄 몰랐다면 나미는 지금
우리집에 살지도 못했을 걸세."

"예? 그게 무슨 말씀입니까?"

"내가 나미 엄마하고 결혼을 못했을 것이다 이런 이야기지."

"아아 참, 반장님, 제 생각으로는 아무래도 양성수라는 친구가
의심스러운데 말입니다. 외모에 대한 열등감, 그리고 거기에
덧붙여서 재능에 대한 열등감으로 살인이 일어난 것이 아닐까
요?"

"그럼 자네하고 나하고는 벌써 둘이 서로 죽여야 했겠네."

"예?"

"나는 외모에 대한 열등감으로, 자네는 재능에 대한 열등감으
로 말이야?"

"예에?"

"자네의 그 쓸데없는 섣부른 단정은 좀 그만 짓게."

강형사는 그제서야 얼굴을 붉히며 머리를 긁적였다.

"양주임은 어제 뭘 했다고 했나?"

"큰집이 제사날이라서 그곳에 있었다고 했습니다."

"제사는 12시에 지내는 거 아냐?"

"반장님도. 요즘 다음날 다들 일이 있는데 12시에 제사지내는 집들이 어디 있습니까? 다들 초저녁에 모여서 얘기들이나 하다가 한 9시나 10시면 제사드리는 거지요."

"음, 그래? 그럼 제사는 언제 끝났대?"

"양주임 말로는 11시에 큰집에서 나왔답니다."

추경감과 강형사는 곧 애컴을 찾을 수 있었다. 그곳은 성유정이 있었던 키 스테이션으로부터 도보로도 한 20분 정도밖에 되지 않는 곳에 있었다.

"어서 오십시오."

더벅머리의 청년이 들어서는 추경감과 강형사를 반갑게 맞아들였다.

"소식 듣고 얼마나 놀랐는지 모릅니다. 그렇게 착하고 훌륭한 사람을……."

청년은 비통에 찬 어조로 말하며 약간의 눈물을 닦아냈다.

"제가 김종호입니다. 뭐든 도와드릴 것이 있으면 말씀만 하십시오."

종호는 사각진 까만 뿔테 안경을 쓰고 있었다. 더벅머리와 묘한 앙상블을 이루어 프로그래머라는 샤프한 언어와는 전혀 동떨어진 사람같이 보였다.

연구실도 키 스테이션과 비교한다면 이건 돼지우리나 마찬가지였다. 여기저기 널려 있는 컴퓨터 용지와 디스켓들, 그리고 자욱

한 담배연기 속으로 두 사람이 계속 우왕좌왕 움직이고 있었다.

③ 큐 프로젝트

"이쪽은 이번 수사를 담당하시게 된 추반장님입니다. 저는 강형사라고 합니다."

강형사가 자신들을 소개하였다.

"예, 수고가 많으십니다. 일단 앉으시지요."

종호는 의자를 밀어내오며 둘에게 자리를 권했다. 자리에 앉자 종호는 담배부터 권했다.

"허허, 키 스테이션에서는 담배 이야기만 나와도 죽일 것 같더니만 여기는 완전히 너구리굴이군요?"

추경감이 싱긋 웃으며 말했다.

"그렇지요. 그곳에서는 프로그램뿐만이 아니라 하드웨어 계통의 기기들도 다루고 있으니까 이 탄소 알갱이들을 조심해야지요."

"탄소 알갱이요?"

강형사가 되물었다.

"예, 담배연기의 구성분을 가리키는 말인데, 반도체의 적은 먼지다 라는 말이 있을 정도로 하드웨어 분야에서는 미세한 입자들조차도 조심하지 않을 수 없지요."

"이것 정말 이번 사건에서는 배우는 것이 너무 많군요. 그런데 하드웨어라는 것은 뭡니까?"

"음, 하드웨어라는 것은 말 그대로 딱딱한 것이지요. 쉽게 말하자면 컴퓨터의 기계부분을 하드웨어라고 합니다. 그 자체로는 쇳덩어리에 불과하지요."

"그래도 무슨 말인지…… 컴퓨터라는 게 원래 쇳덩어리 아닙니까?"

"무슨 말씀인지 알겠습니다."

종호는 미소를 띄우며 강형사를 바라보았다.

"다시 말하자면, 음, 사람에 비유해 보지요. 시체는 인간의 모습을 갖고 있긴 하지만 이미 우리와는 틀리지 않습니까? 움직일 수도 없고 사고할 수도 없지요. 하드웨어라는 것도 이와 비슷합니다. 하지만 여기에 소프트웨어, 즉 인간의 정신에 해당되는 이것이 들어가면 그제서야 이것을 컴퓨터라고 부를 수 있는 것입니다."

"하지만 컴퓨터는 사고를 할 수 없는 것 아닙니까?"

강형사는 약간 비꼬는 투로 말했다. 듣고 보니 너무 쉬운 사실도 몰랐던 자신에게도 약간은 화가 났고, 국민학생을 가르치는 듯한 종호의 말투에 자신을 좀 부각시켜야겠다는 치기어린 생각도 났던 것이다.

"아니지요. 컴퓨터도 사고를 할 수가 있습니다. 한 번 보실까요?"

종호는 의자를 돌려 컴퓨터 앞에 앉았다. 추경감과 강형사는 갑작스레 엉뚱하게 전개된 일에 어느 정도 당황하기도 했지만 일단 종호의 행동을 지켜보기로 했다.

종호는 컴퓨터의 전원을 넣은 뒤 능숙하게 키보드를 조작했다.

"자, 강형사님, 우리 애컴돌이를 소개합니다. 인사를 나눠 보시지요?"

"예?"

강형사는 종호가 무슨 말을 하는지 도대체 이해할 수가 없었다. 종호의 어깨 너머로 보이는 컴퓨터는 여느 곳에서 볼 수 있는 컴퓨터와 하나도 다를 것이 없었다.

"타자를 치실 줄 모르신다면 제가 쳐 드리지요. 아무 말씀이나 해 보십시오."

종호의 안경 안으로 눈동자가 반짝반짝 빛을 내고 있었다.

"안녕하십니까?"

눈빛의 마력에라도 이끌린 듯 강형사가 말을 내뱉듯이 했다.

종호는 재빠르게 그 말을 타이핑하였다. 화면에 그 말이 나오는가 싶더니 그 밑에 또 다른 메시지가 찍혔다.

── 안녕하세요. 저는 애컴돌이입니다.

"강형사님, 계속 말을 해 보시지요?"

"나는 강형사라고 한다 라고 쳐 보시지요."

종호가 그렇게 치자 이번에는 1~2초 정도의 시간이 지나고 메시지가 나왔다.

── 형사 분들은 정말 무례하군요. 초면에 반말을 하시다니요.

"하하하, 강형사님 한 방 먹으셨군요."

종호가 재밌다는 듯 크게 웃었다.

"재미있는 장난감이군요."

강형사가 시큰둥하게 대꾸했다.

"아니, 장난감이라니요. 이것은 에이아이(AI ; Artificial Inteligence)라는 것입니다. 우리말로 하면 인공지능이라는 거지요. 아직은 실용적인 것이 못 됩니다. 사고의 속도가 늦기도 하고 추리력이 영 형편없어서…… 하지만 애컴돌이 정도의 수준을 가진 것은 국내에서는 아직 하나도 없다고 자부할 수 있습니다."

종호의 얼굴은 붉게 달아오르기까지 하였다.

"어, 죄송합니다. 저는 다만……."

강형사는 당황하여 팔을 내저으며 말을 제대로 잇지 못했다.

"아니, 괜찮습니다. 제가 괜히 흥분을 한 모양입니다. 너그럽게 봐 주십시오. 그런데 성유정씨는 어떻게 된 거지요?"

종호의 말 속에는 누구에 의한 살인이냐는 의미가 내포되어 있었다. 추경감은 고개를 내저었다.

"아직 사건의 전모를 밝혀내지는 못했습니다. 그래서 몇 가지 여쭤 보고자 합니다."

"얼마든지요."

"성유정씨가 애컴 비비에스라는 것과 관련을 맺은 것은 언제부터였는지요?"

"유정씨가 미국에서 귀국한 직후였지요. 작년 3월로 기억됩니다. 미국에서 제가 개발한 프로그램을 하나 보고 꼭 만나보고 싶었다고 말했지요."

"그건 어떤 프로그램이었지요?"

"영한 자동 번역 프로그램이었습니다. 본래는 미래전자 부탁으로 만든 것이라 제 이름을 넣을 수 없게 계약이 되어 있었던 것이지만, 어쩌 억울한 생각이 들어서 프로그램 안에 제 이름을 살짝 숨겨 두었지요. 일반인들은 거의 찾을 수 없는 그런 곳에 말입니다. 그런데 유정씨는 프로그래머답게 그 프로그램을 모두 분해해 보고 그 속에서 저를 찾아내었던 겁니다."

"성유정씨가 애컴 비비에스에서 차지하고 있는 역할은 어떤지요?"

강형사가 물었다.

"그렇게 크게 중요한 역할을 하고 있지는 않았습니다. 일반 회원이었을 뿐이지요. 하지만 정보가 빨라서 외국 컴퓨터 현황을 빨리 알려주는 글을 종종 실어 전문성을 띠고 있는 회원들에게서는 호응을 많이 받았습니다."

"성유정씨는 살해되던 날 밤에도 애컴 비비에스와 통화를 하고 있었습니다. 혹시 무슨 메시지를 남겼는지 볼 수 있을까요?"

"예, 물론이지요."

종호는 다시 뒤돌아 컴퓨터를 조작했다. 잠시 시간이 지난 뒤에 중얼거리듯이 말하기 시작했다.

"어제 밤 9시부터 9시 22분까지 애컴에 들어와 있었군요. 하지만 메시지를 남긴 것은 하나도 없어요. 아마 남들이 쓴 글만 보다가 나갔던 모양입니다."

종호는 다시 추경감과 강형사를 보고 앉았다.

"뭔가 메시지를 남기지 않았다고 해서 이상할 것은 하나도 없습니다. 사실 뭘 쓰는 회원보다 그냥 들어왔다가 나갔다가 하는 회원들이 더 많으니까요."

"성유정씨는 키 스테이션에서 무슨 일을 하고 있었는지 알고 계십니까?"

"큐 프로젝트를 맡고 있었잖아요?"

종호는 태연스레 대답했다.

"큐 프로젝트?"

강형사가 그 말을 한 번 되뇌는 것을 보고서 종호는 자기가 실수를 한 것이라고 느꼈다.

"이런, 그쪽 회사에서는 아무 말도 하지 않은 모양이군요? 괜한 소리를 했는데요, 이거."

"아니, 이미 들은 바가 있지요. 퀸과 관련된 거잖아요?"

"아, 알고 계셨군요. 멋진 계획이지요. 저도 그만한 자본이 있다면 달려들어 보고 싶긴 하지만 워낙 전공도 판이하게 다르고 해서…… 큐 프로젝트는 본래는 퀘스천, 즉 의문투성이의 계획이라는 뜻에서 붙여졌던 것인데 진행되어 가면서 퀸의 머리 글자처럼 쓰이게 되었지요. 사실은 유정씨를 뜻하는 것이라고 할 수 있지만."

종호의 말에서는 키 스테이션의 비밀을 풀 수 있는 이야기들이 끊임없이 나오고 있었지만, 강형사는 섣부르게 달려들 수도 없어서 가만히 침묵을 지키고 있었다.

"그럼 퀸도 만나 보았나요?"

"그럼요."

이왕 내친 걸음이라고 강형사는 배짱 두둑하게 거짓말을 해

보았다.

"키가 2미터도 넘을 것 같지요? 거기에다가 치렁치렁한 금발도 나는 영 맘에 안 들던데, 강형사님은 어떻게 보셨어요?"

"예, 저도 그런 느낌을 받았습니다."

강형사는 이마에 식은 땀이 촉촉히 배는 것을 느꼈다. 이것이 일반인들을 상대로 해서 하는 거짓말이라면 백전노장답게 전혀 거리낌이 없었을 터였지만, 전문가 앞에서 문외한이 거짓말을 해야 하니 영 불안하기 짝이 없었다.

"하하하, 강형사님, 거짓말은 그만하십시오. 강형사님은 퀸을 만나지 못했어요. 추경강님도 퀸을 못 보셨겠지요?"

추경감이 무겁게 고개를 끄덕였다.

"하하하, 하지만 아마 여러분은 퀸을 봤을 겁니다. 퀸도 아마 여러분을 봤을 겁니다."

"우리가 본 외국인은 하나도 없었습니다."

강형사가 딱 부러지게 말했다.

"퀸은 외국인이 아니에요. 하지만 그쪽에서 이야기하지 않았다면 저도 말할 수가 없겠는데요. 이런 일은 회사의 흥망이 걸려 있는 커다란 계획이라서 저 같은 국외자가 간섭을 할 노릇이 아니잖아요?"

종호의 얼굴은 한껏 진지했다. 강형사는 퀸과 큐 프로젝트에 대하여 더 이상 들을 수 없을 것이라 생각했다.

"이곳에서 일은 언제쯤 끝나지요?"

추경감이 물었다.

"예? 한 6시쯤 보통 나갑니다. 일정하지는 않은 편이지만."

"일이 끝난 후에는 보통 뭘 하십니까?"

"글쎄요, 친구들을 만나기도 하고, 저 같은 경우는 만화를 보러 잘 갑니다. 어제만 해도 요 앞에 있는 푸른 만화방에 있었지요."

"만화를 좋아하시나 보죠?"

"예, 답답하고 일이 안 풀릴 때 비현실적인 세계로 빠져 들어가는 것도 정신건강상 아주 유용하리라고 생각하는 편이지요."

"만화를 오래 보십니까?"

"아니요, 그렇지는 않습니다. 한두 시간 정도 보지요. 음, 어제도 저녁을 먹고 7시에서 9시까지 2시간 정도 보았지요."

"프로그래머들은 다 그런 취미를 갖고 있나요?"

"원, 천만에요. 저만 유별난 거지요. 대부분 점잖은 사람들이지요."

"이곳에서는 기업에서 프로그램을 짜 달라는 하청을 받아서 일을 해준다고 들었는데, 요즘도 부탁받은 일이 있으십니까?"

추경감은 계속 만면에 미소를 띄운 채 종호를 슬그머니 심문하고 있었다.

"물론이지요. 우리는 오성전자에서 한 프로젝트를 맡아서 하고 있습니다. 키 스테이션의 큐 프로젝트와 거의 동일한 것이지요."

종호의 말에 추경감의 미간에는 살짝 긴장의 빛이 떠올랐다.

"그럼 성유정씨와는 라이벌 관계에 놓여 있었던 셈이 아닙니까?"

강형사가 또 발빠르게 끼어들었다.

"라이벌이요? 하하하, 그럴 수도 있지요. 하지만 그쪽과 나는 좀 틀립니다. 저는 순수한 프로그래머입니다. 유정씨는 저와는 경우가 틀립니다. 한국에서는 한국대학 전자공학과를 나왔습니다. 그런데 미국에 가서 공부한 것은 생물학이었습니다. 즉 원칙적으로 본다면 프로그래머가 아니라고 할 수도 있지요. 단지 유정씨는 그 방면으로 너무나 뛰어난 솜씨를 가지고 있었습니다. 한국 내에 타의 추종을 불허할 정도의 놀라운 실력이었지요."

사실 추경감이나 강형사에게 성유정의 학문세계는 전혀 의외의 사실이었다. 전산실장 이제혁이 엠아이티를 들먹일 때만 해도 당연히 전자계산학과를 염두에 두고 있었던 것이다.

"그러니 우리 둘은 하나의 문제를 두고도 접근하는 방식은 전혀 상반되어 있었습니다. 가려는 목적지는 같은데 가는 방법은 다른 것이라고나 할까요? 따라서 진정한 의미에 있어서 라이벌이라고는 할 수 없지요."

종호는 잠시 말을 끊었다가 빠르게 다시 이었다.

"말하자면 저는 프로그래머이고 유정씨는 과학자인 셈입니다."

"재미있는 말씀이군요."

강형사는 사실 이해가 되지 않는 말이었지만 어색한 웃음을 흘리며 말했다.

"성유정씨의 남자 관계에 대해서 혹 들어보신 적이 있습니까?"

"남자 친구가 한 사람 있다는 말을 들은 적이 있습니다."

"그게 누군지 혹 아십니까?"

"누군지 정확히 이름은 생각나지 않는데, 인턴으로 세모 종합 병원에서 근무하고 있다고 들은 적이 있습니다. 뇌신경학을 했다든가 하던데."

"두 사람의 사이는 좋은 편이었나요?"

"뭐, 깊은 사정이야 국외자인 제가 자세히 알겠습니까마는, 썩 좋은 관계는 아니었던 것 같습니다."

"왜죠?"

"둘 다 자기 생활에 너무 충실하다 보니까 그렇게 된 거지요. 자주 얼굴을 볼 기회가 적으니…… 남녀관계라는 게 자주 얼굴을 확인치 못하면 끝나기 십상이지요. 안 그렇습니까?"

강형사는 고개를 주억거렸다. 자기가 아직 장가를 못 간 이유가 거기에 있다는 생각이 들었다.

"키 스테이션에서 인간관계는 어땠습니까?"

"하하하, 그런 측면까지 다 제가 알겠습니까?"

"아니, 그저 느낌이라도 좋으니까 말씀해 주시지요. 일전에 그 직원들을 만난 적이 있는 걸로 알고 있습니다만."

"예, 만난 적이 있습니다. 유정씨 소개로 한 번 얼굴들을 보았 지요. 그날 이야기가 잘 되었다면 저도 큐 프로젝트에 참여했을 지 모릅니다. 하지만 다들 자신에 대한 자부심이 너무 강하더군 요. 저는 제 마음대로 그곳에서 일을 할 수가 없을 것이라는 생각이 들었습니다. 그곳의 사람들은 어떻게 보면 너무 삭막하 더군요."

종호는 목소리를 낮게 깔았다.

"강형사 자네는 양주임과 키 스테이션 사람들, 그리고 김종호
라는 친구의 알리바이를 조사해 봐. 난 성유정의 집에를 찾아가
볼 테니까."

추경감은 애컴에서 나오자마자 강형사에게 지시를 내렸다.
어느 새 어둠이 몰려오기 시작하고 있었다.

한 사람이 죽건 천 사람이 죽건 해는 뜨고 또 질 모양이었다.
성유정의 혼자 산다는 아파트를 찾아가며 공연스레 착잡한 느낌
이 드는 추경감이었다. 그 숱한 살인사건을 담당했던 베테랑으로
서는 이상할 정도로 씁쓸한 느낌이었다.

유정의 아파트에는 사람들이 꽤 여럿 지키고 있었다.

"누구십니까?"

사람이 없으면 수위를 입회시켜서 들어가야겠다는 생각을 하고
있었는데 묻는 소리가 인터폰에서 흘러나왔다.

"경찰입니다."

문이 금방 열렸다. 여자 셋, 남자 둘이 보였다. 더 있을지도
몰랐다.

"성유정씨와는 어떻게들 되시는 분들인지요?"

우르르 일어나서 추경감을 둘러싸는 사람들을 보며 추경감이
물었다.

"유정이 가까운 친척들이지요. 제가 삼촌이고, 이쪽은 고모분
들, 사촌들이올습니다."

제법 나이가 들어 보이는 사내가 말했다.

"시방까지 경찰들하고 같이 있다가 형님이 따라 들어가고 우리
는 시간이 걸린다고 자꾸 돌아가라고 해서 여로 왔는데 끝났는

지요?"

부검하는 곳으로 따라간 친척들이었던 모양이다.

"저는 시경 강력계의 추라고 합니다. 수사를 맡고 있는 사람입니다."

"아, 그렇습니까?"

사내는 약간 놀라는 표정을 지었다.

"가만, 귀한 손님이 오셨네. 자, 이리로 앉으시고, 여보, 뭐 좀 내와요! 수사반장님이 오셨어."

사내는 추경감을 거실의 소파에 강제이다싶을 정도로 끌어다가 앉혔다.

"저는 이런 사람입니다."

자리에 앉기가 바쁘게 사내가 명함을 건넸다.

성동물산 대표 성팔만이라고 되어 있었다.

"성사장님이시군요?"

"하, 이거 부끄럽습니다. 쥐뿔다귀만한 회사 하나 가지고 있지요."

성팔만은 뒤통수로 손을 올리며 겸연쩍게 웃었다.

"그래, 범인은 어느 새끼입니까? 알아내셨습니까, 그 개자식을? 죄송합니다."

성팔만은 팔을 걷어붙이며 욕을 하다가 추경감의 빙그레 웃는 모습을 보더니 혼자 흥분한 것이 뜬금없이 느껴져 슬그머니 어조를 낮췄다.

"아직은 알아낸 것이 별로 없습니다. 죄송합니다."

"하기는 그러시겠지요, 이제 아직 하루도 안 지났으니까. 아무

튼 빨리 잡아 주십시오. 미국에 있던 형님 내외가 얼마나 놀랐
는지 말도 못할 겁니다."

성팔만의 부인인 듯한 중년 여인이 쥬스를 두 잔 가져왔다.
예쁘장하게 깎은 사과와 함께.

"이거 뭐 준비된 게 없습니다."

여인은 송구스럽다는 투로 머리를 조아렸다.

"원, 천만의 말씀을."

추경감도 목례로 답을 했다.

"범인을 꼭 잡아 주세요. 우리 유정이가 얼마나 참하고 예쁜
아이였는데⋯⋯."

여인은 말을 하며 성팔만의 곁에 앉았다. 추경감은 잠시 대꾸를
하지 않은 상태로 집안을 둘러보았다.

혼자 살기에 좀 크지 않나 싶은 32평 아파트였다. 거실은 간단
하게 꾸며져 있었다. 역시 이공계통의 사람이라는 생각이 들 정도
였다.

"집안을 좀 살펴보아도 될까요?"

"예, 예, 얼마든지요. 맘 턱 놓고 살펴보십시오."

추경감은 우선 안방부터 들어가 보았다. 문을 열자 먼저 침대부
터 보였다. 문 옆으로 컴퓨터가 책상 위에 놓여 있었다. 방에는
대학생으로 보이는 남녀 둘이 있다가 추경감이 들어가자 일어
났다.

추경감은 컴퓨터 옆으로 다가갔다. 디스켓 함, 종이가 꽂혀
있는 컴퓨터 프린터기 옆으로 연주할 때나 쓰는 신시사이저가
놓여 있어서 추경감을 어리둥절하게 했다.

"성유정씨는 음악을 좋아했나 보군요."

"글쎄, 그건 잘……."

성팔만이 우물쭈물하는데 새된 여자 목소리가 끼어들었다.

"예, 언니는 음악을 좋아했어요. 여기 있는 건 컴퓨터 작곡을 위한 거예요."

"컴퓨터 작곡?"

"예, 이 전자 신시사이저를 컴퓨터와 연결해서 전자 음악을 연주하는 것이지요."

"그것 참 재밌군요."

추경감은 말을 하며 여대생을 자세히 살폈다. 눈치를 챈 성팔만이 말했다.

"얘는 큰 형님 둘째지요. 이름은 유나, 지금 한일대학교 가정교육학과 다닙니다."

침대의 발치 쪽으로 책장이 놓여 있었다. 책은 거의 모두가 영문으로 되어 있어서 추경감은 가까이서 읽어볼 생각을 아예 포기해 버렸다.

차라리 유나와 이야기를 통해서 뭔가를 얻어낼 수 있을 것 같았다.

"유나양, 언니와는 친하게 지냈나요?"

"예."

유나는 울먹이는 소리로 대답했다.

"언니가 주로 연구한 게 뭐지요?"

"그런 건 잘 몰라요."

"자, 평소에 어떤 것에 관심이 있었는지는 알고 있잖아요? 그걸 알려 줘요."

유나는 고개를 끄덕였다.

"언니가 관심이 있었던 것은 인공지능에 대한 거였어요. 미국
에 가서 공부한 것도 모두 그런 것들이었거든요. 회사에서도
그런 연구를 하고 있었던 것 같아요."

추경감은 고개를 끄덕였다. 그렇다면 큐 프로젝트라는 것도
그 꼬리를 잡은 셈이었다.

"나하고 같이 방을 좀 둘러볼까?"

"다른 방은 모두 비어 있어요. 여기뿐이에요."

"비어 있다니?"

"언니는 이곳 저곳에 각기 물건을 두고 옮겨 다니기가 싫다고
이곳에 모든 장치를 만들어 둔 거예요. 아마 장소만 충분했으면
마루의 전축과 소파도, 부엌의 싱크대도 이곳에 두려고 했을
거예요."

"그럼 왜 이렇게 큰 아파트를 빌렸지?"

"빌린 게 아니에요. 이민 가기 전부터 살던 아파트예요. 미국에
서 공부하던 동안에는 세를 놓았어요. 언니는 꼭 돌아와 살
거라고 아파트를 파는 거에 반대했어요. 그런데……."

유나는 눈물을 흘렸다.

"반장님, 범인을 알아냈습니다."

강형사는 의기양양하게 추경감을 기다리고 있었다.

"무슨 증거라도 포착한 것이 있나?"

추경감은 피곤한 몸을 의자에 던지며 물었다. 계속 기분이 언짢

았다. 유나의 울음이 종내 마음에 걸렸다.

"증거는 아직 없지만 정황 증거는 충분합니다."

"섣부른 단정은 그만두고 어디 말이나 한 번 해봐."

"이번만큼은 반장님도 제가 섣부른 단정을 하는 게 아니라는 것을 인정하실 겁니다."

강형사는 자신만만하게 말했다.

"먼저 큐 프로젝트라는 것에 대해서 말씀드리면……."

"나도 알아. 인공지능에 대한 연구 아니야?"

"예, 맞습니다."

강형사는 갑자기 기가 꺾였다. 또 예전처럼 자기 생각을 추경감이 읽고 있는 것은 아닌가 하는 당혹감 때문이었다.

4 데드 레터의 비밀

"양수임에게 절대 비밀을 지키기로 하고 알아내는 데 성공했습니다."

"정확한 내용은 뭐야?"

추경감은 담배를 꺼내 들었다. 그제서야 강형사는 추경감이 정확한 내용을 모르고 있다는 것을 알고 금방 힘이 솟았다.

"성유정이 있던 한보회사는 컴퓨터 전문회사 아닙니까?"

"그렇지."

"그런 곳의 전산실이 그 정도 규모밖에 안 된다는 것이 처음부터 이상했습니다. 그리고 과연 제 짐작이 들어맞았는데, 우리가 오늘 본 곳은 제3전산실로 가장 극비의 신상품을 개발하기 위해 꾸며진 곳이고 키 스테이션은 그 중에서도 가장 핵심적인 곳입니다. 제3전산실 자체가 키 스테이션을 지원하기 위해 있는 곳에 다름 아니지요."

"그래서 그곳에서 인공지능이라는 것을 개발하고 있었다는 것 아냐?"

"예, 그렇습니다."

"그런데 인공지능이라는 건 도대체 뭔가?"

"그게……."

강형사는 머리를 긁적이며 겸연쩍은 표정을 지었다.

"알았어. 자네한테 무리한 질문을 한 모양이군."

"아니, 그렇진 않고, 제가 설명을 드린다고 반장님이 알아들으실 수 있을까 의심스러워서 말입니다."

"예끼, 이 사람아. 우리 나미도 컴퓨터를 한 대 갖고 있어. 어디 자네처럼 현대문명과 등지고 사는 줄 아나?"

추경감이 공연스레 어린애처럼 투정 섞인 목소리를 내어 강형사도 같이 피식 웃고 말았다.

"인공지능이란 컴퓨터로 하여금 지능이 필요로 하는 일을 수행할 수 있도록 하는 것이라 할 수 있습니다. 말하자면 그저 기계가 아니라 생각하는 컴퓨터라 할 수 있지요. 인공지능 분야는 1956년 미국의 다트머스 대학에서 있었던 4명의 모임이 그 시발점이었습니다. 그 중에는 MIT의 마빈 민스키 교수가 있었습니다. 수학과 신경학의 천재라 불리우는 사람인데, 성유정도 그 사람의 영향을 깊게 받았다고 합니다."

"자네 공부 많이 했네 그려."

"헤헤, 다 양주임한테 배운 것이지요, 뭐."

"그래, 인공지능 이야기는 나중에 시간이 나면 더 듣기로 하고……."

"아닙니다, 들어 두시는 게 도움이 되실 겁니다."

강형사가 정색을 하며 말했다.

"이 인공지능이라는 것은 공상 속에서는 활발한 발전을 하고 있지만 실제로는 이룩된 것이 전혀 없습니다. 미국에서도 막대한 투자 끝에 얻어내는 것이 없으니 연구를 그만두어야 한다는 말까지 나오는 실정입니다."

"이룩된 것이 전혀 없다? 지난번에 본 애컴돌이라는 건 뭐지?"

"그 정도는 아직 초보적인 수준, 심하게 말하면 애들 말장난에 불과한 겁니다. 인간의 지능이란 참으로 오묘한 것이어서 실제로 그것이 어떻게 이루어지는지 현대과학이 풀어내지를 못하고 있답니다. 따라서 애컴돌이처럼 프로그램, 즉 소프트웨어만으로 문제를 풀어낼 수는 없다는 것이지요."

강형사는 자신도 모르는 말들을 열변하느라 얼굴마저 벌겋게 되었다.

"인공지능이란 이름이 걸맞으려면 컴퓨터도 학습을 할 수가 있어야 합니다. 하지만 컴퓨터의 회로와 인간의 두뇌 사이에는 커다란 차이점이 존재하고 있답니다. 가장 두드러진 차이는 연결회로의 문제입니다. 인간의 뇌는 한 개의 세포만 해도 수만

개의 연결회로라고 할 수 있는 신경섬유조직을 가지고 있습니다. 따라서 컴퓨터가 인간의 수준을 쫓아가려면 수천억개의 연결회로를 가져야 하는데 이건 불가능한 거지요."

"이것 봐, 자네가 그 이야기를 조금만 더하면 나는 그만 나가 보겠네."

추경감이 손을 흔들며 질렸다는 투로 말했다.

"이제 이야기는 다 됐으니까 조금만 더 인내력을 가지십시오."

강형사는 말하면서도 속으로는 상당히 고소함을 즐기고 있는 것 같았다.

"강형사, 자네가 양주임에게 이것저것 이야기를 이끌어내느라고 고생한 것, 내 충분히 감안해 줄 테니 그만 본론으로 들어가지."

강형사는 추경감의 말에 가슴이 뜨끔했다. 그러나 여기에서 물러서면 그 말을 수긍하는 폭이 아닌가? 강형사는 얼굴에 철판을 깔고 이야기를 계속했다.

"여기서 성유정은 천재적인 발상을 했던 것입니다. 수천억개의 연결회로를 만들 수 없다면 그 수천액개의 연결회로를 대신할 무엇을 만들자는 것이었습니다."

"그게 뭔데?"

"스피드!"

"스피드라고?"

"예, 수천억번의 연결회로가 작동할 시간과 동일한 스피드를 가질 수 있다면 그 스피드가 눈에 보이지 않는 연결망을 만들어내는 것이지요. 마치 인간의 신경세포들이 만들어내는 신경망 같은 작용으로, 말하자면 일종의 네트워크 같은 것이라고 할까요. 그 스피드를 낼 수 있는 방법을 성유정은 생각해 낸 것입니다. 반장님은 '수퍼컨덕터비티'라는 것을 들어보선 적이 있습니까?"

"아니, 금시초문일세."

추경감은 점점 더 자신이 왜소해져 가고 있다는 생각이 들었다.

"우리말로는 초전도체라고 합니다. 이것은 초저온의 온도에서 전기저항이 제로가 되는 물질을 가리킵니다."

"잠깐, 자네도 양주임을 닮아가는 것 같군. 그게 무슨 소린가?"

"전기는 그냥 전달되는 것이 아닙니다. 집에까지 오는 동안에도 발전소로부터 그 중간에는 숱한 변전소들이 있잖습니까? 전기는 전선을 따라 오면서 저항을 받습니다. 그 저항을 진압하다 보면 열이 나게 마련이지요. 거기서 많은 에너지를 소모하게 됩니다. 그러나 초전도체에는 저항이 없습니다. 따라서 에너지가 그대로 보존되고 속도도 엄청나게 빠르게 되지요."

"그거 멋지군! 그런데 왜 사용이 되지 않지?"

"처음 말씀대로 초저온에서만 그 현상이 가능하기 때문입니다. 영하 200도 정도에서 말입니다."

"영하 200도?"

"예, 그러니 실용성이 전혀 없는 폭이지요. 현재 세계 각국은 초전도체의 온도를 높이려고 혈안이 되어 있습니다. 공중에 떠서 가는 자기 부상 열차 같은 것도 다 초전도체의 원리를 이용한 것입니다."

"그렇다면 성유정은 어떻게 컴퓨터에 초전도체를 이용한 거야?"

"먼저 신경회로망 컴퓨터를 고집적회로로 만든 뒤에 액화질소를 이용해 컴퓨터 내부를 얼려 버린 것입니다."

"액화질소?"

"예, 질소는 기체지만 온도를 낮추면 액체로 만들 수 있습니다. 이것은 다시 기체로 변할 때 주위의 열을 앗아가는데, 액화질소의 경우는 영하 196도까지 온도를 낮출 수 있습니다."

"우와, 대단하군 그래."

"그렇게 만들어진 컴퓨터가 바로 퀸이었습니다. 우리가 보았던 성유정의 비어 있던 옆자리의 임자이고 제5의 인물인."

추경감은 그 말에 가벼운 현기증을 느꼈다.

"퀸이 사람이 아니란 말야?"

"예, 그렇습니다. 그래서 안대석이 퀸은 살인을 할 수가 없다고 했던 것입니다."

강형사도 씁쓰레하게 웃었다.

"그런 걸 그렇게 극비로 지키려고 하는 이유가 뭐래?"

"키 스테이션의 사람들은 퀸을 통해서 초전도체와 인공지능의 활로를 뚫어보려고 하고 있습니다. 퀸은 성공적인 작품이기는 하지만 아직도 대중화를 할 수 없는 시험작에 불과합니다. 초전도체를 상온에서 가능하게 하지 못하는 한 이 현상은 계속될 것입니다. 그래서 키 스테이션은 퀸에게 상온에서 가능한 초전도물질을 찾게 하고 있었습니다. 그러면 그것은 다시 인공지능 컴퓨터를 만드는 데 사용이 된다는, 꿩 먹고 알 먹고의 시스템이지요."

"좋아, 좋아. 이제 나도 자네만큼 고역을 치른 것 같고 자네가
알아낸 범인에 대해서나 들어보자고."

"예, 이 사건의 범인은 상당히 한정된 범위 안에 있다고 생각됩
니다. 관계자 이외에는 들어갈 수 없는 밀실에서 일어난 범죄인
폭이니까요. 첫번째로 의심이 가는 사람들은 역시 같이 근무하
던 사람들입니다."

"양성수 주임과 안대석, 마용남 이렇게 세 사람이지."

"예, 그렇습니다. 먼저 양주임에 대해서 말씀드리지요."

강형사는 여전히 자신 있는 미소를 잃지 않고 있었다.

양성수가 성유정을 처음 본 것은 물론 키 스테이션에서는 아니
었다. 성수는 유정의 대학 2년 선배였다.

예쁘고 똑똑한 유정은 입학 당시부터 선배들의 관심거리였다.
그러나 성수는 유정을 그다지 주목하지 않았다. 그 당시에도 성수
는 자신의 외모를 구제불능이라고 생각하고 있었던 것이다. 그
반발심이라고나 할까? 성수의 학과에 대한 열정은 지나칠 정도여
서 그의 학점은 타의 추종을 불허하고 있었다.

성수와 유정의 관계는 그 학점에서부터 비롯되었다.

"선배님, 같이 가요?"

지금도 기억되는 5월의 축제 때였다. 파트너도 없는 축제에
일찌감치 흥미를 뗀 성수는 전산실에 처박혀 새로 만든 프로그램
을 시험하고 있다가 징이니, 꽹과리니 하는 소란스런 축제의 악기
들에 밀려 학교를 나오려는 참이었다.

"응?"

선배님이라는 소리에 무심히 반말을 하면서 돌아보았는데, 거기에 서 있던 것은 깜찍하게 생긴 여학생이었다. 신입생 환영회 때 보고는 기억이 가물가물한.

"아무리 공부가 좋다고 해도 오늘 같은 날까지 컴퓨터하고 붙어 사실 필요는 없잖아요?"

"으⋯⋯응."

"사실은 선배님을 좀 찾아다녔어요. 바쁘지 않으시면 사랑스런 후배한테 한두 시간쯤 팍 쓰시지요?"

그 한두 시간은 유정이 졸업할 때까지 계속되었다. 성수로서는 그녀를 딱히 여자로 인식하고 본 것은 아니었고 그 점은 유정도 마찬가지였다. 성수는 그저 귀여운 후배로 유정을 보아왔고, 유정은 과에서 탑 클라스인 좋은 선배로 성수를 보아왔다. 성수는 유학을 가지 않은 채 국내에서 박사과정까지를 마쳤지만, 유정은 학사를 따고는 바로 유학을 떠났었다. 둘의 관계는 거기서 일단 끝이 났었다. 서로 연락을 좀더 하고 싶다는 생각이야 갖고 있었지만, 둘 다 특출난 글재주를 가지고 있는 것도 아니었고 워낙에 생활이 그들을 속박하는 것이 심하였다.

"하지만 성유정이 한보에 들어온 이후로는 문제가 약간 틀렸던 것입니다. 노총각 생활 5년이면 펄럭이는 것은 다 여자로 보이는 판인데⋯⋯."

"펄럭이는 게 다 여자로 보이다니?"

"반장님도. 펄럭이는 것 하면 치마, 치마하면 여자 아닙니까?

이건 제 경험에서 우러나온 것이니까 틀림없는 사실입니다. 아무튼 양주임 입장에서는 성유정이라는 여자는 대학 시절의 로맨스를 함께 나눈 연인 같은 여자였던 것입니다."

"그런데 성유정에게는 의학도인 남자 친구가 있다. 그래서 질투 끝에 죽였다. 이런 이야기를 하려는 거야?"

"천만에요. 그런 구태의연한 삼단논법은 저도 졸업한 지 오래 되었습니다. 오로지 증거가 가리키는 방향으로 가라는 반장님의 철칙을 따르고 있습니다. 구태여 끌어 붙인다면 양주임에겐 그런 동기가 있을 수 있습니다. 하지만 문젠 알리바이입니다."

"알리바이라?"

"예, 양주임은 사건이 일어난 시간에 큰집에서 제사를 지내고 있었다고 했는데, 큰집에서 키 스테이션까지는 30분이 걸립니다. 밤 11시에 양주임이 그곳에서 나온 것은 틀림없습니다. 그리고 성유정의 추정 사망시간은 애컴에서 확인된 바에 따라 9시 22분부터 10시 30분까지입니다. 양주임은 죽었다가 깨나도 살인을 할 수가 없는 입장입니다. 더구나 큰집에서 회사까지는 40분이나 걸리기 때문에 그 긴 시간을 양주임이 비울 수는 전혀 없는 것입니다. 혹 쌍둥이라면 모를까?"

"다행히 쌍둥이가 아니었던 모양이군."

"안대석의 경우는."

추경감의 비꼬는 말에도 아무 거리낌없이 강형사는 말을 이었다.

"역시 확고한 알리바이가 증명되었습니다. 종로에서 친구들과

7시부터 새벽 3시까지 술을 마신 것이 확실합니다. 그 사이에
증발한 경우가 없답니다."

"성유정과의 관계는?"

"거의 짝사랑하는 식이었던 모양입니다. 같이 술을 먹은 친구
들이 그 얘기를 하더군요. 애인 있다는 여자를 왜들 그렇게
쫓아다니는지, 원."

강형사는 혀를 끌끌 찼다.

"그렇다면 안대석 역시 동기는 있을 수가 있구만."

"예, 하지만 그 역시 약한 동기라고 할 수 있지요."

"다음에 마용남의 경우는 어때?"

"마용남은 자기 애인이 있는 유일한 사람이더군요. 따라서
양주임이나 안대석과 같은 식의 동기는 일단 없는 것 같습니
다. 그리고 그 친구가 있었다는 미여컴이라는 곳에가 보았는
데, 7시 37분부터 11시 2분까지 그곳에 있었다는 것이 아주
확실하게 증명되어 있었습니다."

"혼자 있었다고 하지 않았던가? 몰래 빠져나올 수도 있었을지
모르잖아?"

"예, 그랬을지도 모릅니다. 컴퓨터가 혼자 키보드를 조작하고
있었다면 말입니다. 미여컴에서는 컴퓨터를 대여하면 그 컴퓨
터의 작동 형태에 대해서도 기록이 남습니다. 그 기록에 따르면
마용남에게 대여한 컴퓨터는 끊임없이 조작되고 있었던 것으로
나와 있습니다. 반장님, 기계는 거짓말을 하지 못하니까 마용남
의 알리바이 역시 확고합니다."

"그리고 동기도 없단 말이지?"

"예, 현재로서는 그렇습니다."

"그렇다면 뭐야? 열쇠를 갖고 있는 세 사람 모두 범인이 아니란 말이야?"

"예, 하지만 열쇠를 가지고 있는 사람이 하나 더 있습니다."

"응? 그게 누군데?"

강형사는 빙그레 웃었다.

"처음에 양주임이 우리 다섯이 모두 열쇠를 가지고 있다고 했었죠? 그래서 반장님하고 저하고 제5의 인물이 누군가 하는 의문을 갖지 않았습니까?"

"그렇다면 그 퀸이라는 것도 열쇠를 갖고 있단 말야?"

"예, 그렇습니다. 퀸도 열쇠를 갖고 있습니다. 퀸에 침투만 할 수 있다면 문을 열 수 있습니다."

"퀸에 침투를 하다니?"

"이제부터는 양주임에게 들은 것이 아니고 분명한 제 생각입니다. 이 점 참작해 주시기 바랍니다."

"알았으니 말이나 빨리 해 봐."

"성유정은 죽기 전에 애컴 비비에스에 통신을 하고 있었습니다. 다시 말하자면 컴퓨터에 전화선이 연결되어 있었던 것이고, 즉 외부에서 퀸에 접근할 기회가 열려 있었던 것이지요."

"그럼 누군가가 퀸에게 명령을 내려서 문을 자동으로 열리게 했다는 건가?"

"예, 그 방법 말고 다른 방법이란 있을 수가 없습니다."

"무슨 근거로 그런 말을 하지?"

"양주임의 말인데, 퀸에 대한 정보가 미래전자 쪽으로 조금씩

새나가고 있답니다. 누군가에 의해 퀸의 비밀이 탐지되어 나가
고 있는데, 그게 누구겠습니까?"

"글쎄?"

"이미 우리보다 먼저 퀸의 정체에 대해서 알고 있던 사람이
수상하지 않습니까?"

"김종호?"

"예, 범인은 그 친구임이 틀림없습니다."

"글쎄……."

추경감이 믿기지 않는다는 투로 말하자 강형사는 흥분하여
떠들기 시작했다.

"키 스테이션의 사람들은 아무도 자신들의 정보를 팔지 않을
것입니다. 그건 단순한 돈벌이 이상의 일이거든요. 과학자로서
의 명예에 인공지능 컴퓨터의 개발이라는 것 이상의 것이 있겠
습니까? 지금 전세계의 모든 석학들이 그 일에 매달려 있는
형편인데, 우리 한국에서 가장 선진적인 한 발을 내디딘 것입니
다. 그런데 그런 명예를 박차고 몇푼 돈을 벌려고 정보를 내다
팔아요? 그런 일은 결단코, 결단코 있을 수 없습니다."

"아이구, 됐네. 그래서?"

추경감이 흥분해서 자리에서마저 벌떡 일어난 강형사를 자리에
앉혔다.

"그럼 그 정보를 빼낸 사람은 누구일까? 답은 뻔합니다. 우선
퀸 내부를 들여다볼 수 있는 사람, 그리고 그 정보를 팔아도
자신의 양심과는 별무 상관인 사람, 아니 자신의 연구에 더욱
도움이 될 수 있는, 자금과 연구 모두에서 말입니다, 바로 그런

사람입니다. 그리고 이 조건에 맞는 사람은 김종호밖에 없습니다."

"그런데 우선 컴퓨터 통신을 통해서 퀸의 내부를 볼 수 있는게 확실해?"

"그건 아직……."

강형사가 우물쭈물 말을 이었다.

"하지만……."

"하지만은 무슨 하지만. 자네 금방 퀸은 신경회로망이 어쩌고 초전도체가 어쩌고 했잖아. 하드웨어 상으로 꾸며진 인공지능이라며?"

"예."

"그렇다면 설령 김종호가 컴퓨터 안에 침투했다고 할지라도 그치가 볼 수 있는 것은 소프트웨어뿐일 텐데, 그게 얼마나 큰 도움이 되는 거야?"

"그 점까지는 미처……."

강형사는 등골에서 식은 땀이 쫙 배어나오는 것을 느꼈다.

"자네는 지금 김종호를 범인으로 단정을 지은 다음에 어떻게든 그 단정에 사실을 꿰어 맞추려고 노력을 하고 있는 게야."

"하지만 김종호에게는 알리바이가 없는데……."

"알리바이가 없는 사람은 대한민국에 쌔고 쌨네."

강형사가 또 뭐라 말을 이으려는데 전화가 걸려왔다는 연락이 들어왔다.

"강력계 강형삽니다."

"안녕하세요, 강형사님? 저 김종홉니다."

　전화는 뜻밖에도 김종호에게서 걸려왔다. 순간적으로 강형사는 종호가 자수를 하려고 전화를 건 것이 아닐까 하는 생각이 들었다. 그러나 이어지는 말이 강형사의 헛된 망상을 부수고 있었다.
　"데드 레터에서 성유정씨가 죽기 전에 무슨 일을 하고 있었는가를 알려 주었습니다."
　"데드 레터라뇨?"
　"애컴 비비에스의 한 장치입니다."
　"그래, 무슨 흥미로운 단서라도 발견했습니까?"
　"예, 그렇습니다. 범인이 누군지 알 수 있을 것 같습니다. 이리로 와 주실 수 있을는지요?"
　"예, 곧 그리로 가겠습니다."
　강형사는 벌떡 자리에서 일어났다.
　"반장님, 김종호가 뭔가 알아낸 모양입니다. 빨리 가보시지요."
　"자네 급한 성질 덕에 저녁은 다 먹었군 그래."
　시간이 벌써 9시를 가리키고 있었다.

　　　5 미래를 향하여

　김종호는 사무실 안을 서성거리며 추경감과 강형사를 기다리고 있었다.
　"잘 오셨습니다. 어서 이리 앉으시지요."

종호는 의자를 내밀며 두 사람에게 자리를 권유했다.

"예. 그 데드 레터라는 것은 무엇입니까?"

강형사가 먼저 질문을 했다.

"그건 말 그래로 죽은 편지라는 것이지요. 애컴 비비에스로 편지를 보내다가 실수를 하게 되거나 맘이 변해서 보내지 않기로 결심하면 그 작성된 편지는 데드 레터에 가서 쌓이게 됩니다. 일정한 시기가 되면 저는 그걸 지워 버리게 되는데, 그것도 바로 통신이 끊긴 그 시간에 보낸 것이 말입니다."

"음."

추경감과 강형사는 마른 침을 꿀꺽 삼켰다.

"제 짧은 생각으로는, 범인이 통신을 고의적으로 끊은 것이 아닐까 생각합니다만 확실하게 장담을 드릴 수는 없군요."

"범인이 통화를 끊었다고 생각하는 근거는 뭐지요?"

"그 편지에는 범인의 이니셜이 들어 있기 때문입니다."

추경감과 강형사는 저도 모르게 놀라 앗 하고 소리를 냈다.

종호는 그 모습에 만족한 미소를 흘렸다.

"성유정씨가 보내려 한 글은 초전도체에 대한 것이었습니다. 영문으로 되어 있는 글인데, 그 글 맨 꽁무니에는 'ads'라는 정체불명의 단어가 붙어 있었습니다. 자, 보시지요."

종호가 가리키는 대로 영문으로 작성되어 있는 글의 뒤에 'ads'라는 알파벳이 어느 정도 사이를 두고 나타나 있었다.

"그렇긴 하지만 이것이 범인의 이니셜이라고 어떻게 알 수 있지요?"

강형사가 이해가 되지 않는다는 표정으로 말했다.

"만약 범인이 누군가 알리고 싶었다면 이름을 모두 타이프하면 더 좋았을 것 아닙니까?"

"그랬겠지만 성유정씨는 그럴 수가 없었지요."

종호의 표정이 금세 어두워졌다.

"제가 알기로는, 성유정씨는 뒤에서 습격을 받아 목졸림을 당했다지요?"

강형사가 고개를 끄덕였다.

"만일 강형사님이라면 그 상황에서 어떤 행동을 하셨겠습니까?"

"물론 목을 조르는 끈부터 없애 버리려 했겠지요."

"그리고 성유정씨도 그렇게 했을 겁니다. 하지만 그게 소용이 없다는 것을 순식간에 알아차리고는 오른손으로 질식의 순간을 잠시라도 막고자 애쓰면서 왼손으로는 범인의 이니셜을 쳤던 것입니다. 자판을 보시지요. 한글의 경우는 왼손으로는 자음을, 오른손으로는 모음을 칠 수 있게 돼 있지요? 영문의 경우는 그렇게 확연하게 구분되지 않습니다만, a나 d나 s모두 왼손으로 칠 수 있는 자판에 속합니다. 그렇지요?"

추경감과 강형사는 종호가 가리키는 자판을 보며 그렇다는데 동의를 표시했다.

"그렇다면 범인은 자명한 겁니다. ADS, 안대석 말고 그 누구가 있겠습니까?"

종호는 의기양양하게 말했다.

"안대석이 왜 성유정씨를 죽인단 말이오?"

"동기야 찾아보면 있을 겁니다. 애정 관계라든가, 업무 수행에

따른 질투라든가 말이지요."

"나는 오히려 당신이 수상한데."

불쑥 강형사가 하지 않아야 할 말을 하고 말았다. 추경감이 한심하다는 눈빛을 보내고 강형사조차도 쓸데없는 소리를 했다고 여겼지만 이미 엎질러진 물이었다.

"예? 그게 무슨 소리지요?"

그게 무슨 소리인지는 종호도 잘 알고 있었다. 단지 너무나 의외의 말이 나와 놀란 것뿐이었다.

"그건…… 말 그대로요."

강형사는 이제 뱉어 놓은 말이니 주워 담을 수는 없는 것이라 생각했다. 돌아가서 추경감에게 시말서를 쓰는 한이 있더라도 할 말을 하는 도리밖에 없을 터였다.

"왜 나를……."

종호는 놀란 나머지 얼굴에서 핏기를 잃어버린 채 말도 제대로 하지 못했다.

그러나 강형사는 그 모습을 보며 뭔가 찔리는 구석이 과연 있는 것이 아닌가 하고 여겼다.

"이유는 많아요. 특히 지금의 일을 보아도 그렇소."

"지금의 일?"

"그래요. 살인에서 빠져나가는 가장 쉬운 길은 다른 범인을 대주는 것이 아니겠어요?"

"아니, 그럼 내가 지금……."

종호는 자신의 입장을 이해하고 얼굴색이 변했다.

"이 데드 레터의 편지가 당신 자신이 만들어 놓은 건지 누가

알 수 있단 말이오? 또 설령 정말 성유정씨가 보냈다고 하더라
도 그 뒤에다가 당신이 'ads'라는 글자를 몰래 기입해 놓은
건지 알 수 없잖아요?"

"나는……."

종호는 말을 꺼냈다가는 고개를 흔들고 입을 다물었다.

"더구나 이 글을 성유정씨가 보냈다면 그것 역시 수상한 점이
있어요. 성유정씨나 당신이나 다 인공지능을 연구하는 학자이
고, 성유정씨의 경우는 초전도체에 자신의 연구생명을 걸고
있는 형편인데, 그걸 설명하는 글을 써서 당신에게 보낼 리가
만무하잖아요?"

종호는 그 말에 피식 웃었다. 그 웃음이 강형사를 불안하게
했다.

"이건 내 딴에는 일을 잘하려다 죽을 쑨 격이군요. 이것 봐요,
형사님, 이 편지는 게시판으로 보내진 것으로 아무나 다 읽을
수 있는 공개적인 편지란 말입니다. 그리고 여기에 나와 있는
초전도체에 대한 내용은 외국의 과학잡지에 실려 있는 것이고
요. 원하신다면 원본을 구해서 보여 드리지요."

종호는 점차 말을 해나가며 자신감을 얻었다.

"왜 증거가 있는데 그걸 쫓지 않으십니까? 내 입장에서 안대석
이란 사람은 잘 알지도 못합니다. 어쩌면 그 사람은 나처럼
알리바이가 없지 않고 뭔가 멋진 알리바이를 갖고 있는지도
모르지요. 그리고 사실 ads가 과연 안대석의 이니셜인지 아니
면 그 어떤 사람의 이름인지는 알 수 없는 일 아니겠어요? 나로
서는 다만 민주시민의 입장에서 발견한 실낱 같은 단서를 제공

하였을 뿐입니다. 아무튼 좋습니다. 내가 도대체 성유정씨를 죽일 만한 동기에 대해서는 어떤 기발한 추리를 하셨는지 알아보고 싶군요."

종호의 거센 반격에 강형사는 약간 기가 죽었다. 그러나 그는 백전노장으로서 결코 후퇴하지 않았다.

"우리는 한보전자의 Queen에 대한 정보가 미래전자로 흘러가고 있다는 것을 알고 있소. 누군가가 정보를 빼내고 있는 것인데, 우리 생각으로는 연구팀에서 나갈 수 있는 성질의 것이 아니라고 보여집니다. 그렇다면 외부인의 소행인 것인데, 누가 한보에 들어가 그 정보를 가져오는 데 적격이겠소? 통신으로 연결된 김종호씨 이외에 누가 있겠느냔 말이오?"

"흠, 이제는 산업 스파이란 죄명까지 덮어 씌우시는군요."

종호의 얼굴이 다시 파랗게 질렸다.

"좋습니다. 맘대로 하십시오."

종호는 팔짱을 끼더니만 더 이상 말을 꺼내지 않았다.

강형사도 더 할 말은 없는 모양인지 종호를 노려만 보고 있었다.

추경감만이 컴퓨터 화면을 들여다보다가 자판을 들여다보다가 하고 있었다. 애초에 두 사람의 대화를 듣고 있었는지 의심스러울 정도였다.

"강형사, 일어나지."

추경감이 불쑥 말했다.

"김종호씨, 도움 대단히 고마왔습니다. 이 화면은 지우지 말고 그대로 둬 주십시오. 증거물로 큰 도움이 될 것입니다."

"나 자신을 묶는 데 말입니까?"

종호가 빈정거렸다.

"철부지가 한 이야기에 너무 과민반응을 보일 필요는 없습니다."

추경감이 인사를 꾸벅하고는 그대로 애컴을 나서자 강형사도 허둥지둥 따라 나왔다.

"반장님, 철부지라니오?"

강형사는 추경감의 뒤통수에 대고 볼멘 소리로 말했다.

"그럼 그 짓거리가 철부지가 노는 꼴이지 베테랑 형사가 할 일이야? 우선 자네 말이 맞다고 한들 김종호가 보여준 그 증거는 그 자가 지우고 싶으면 얼마든지 지울 수 있는 컴퓨터 상에 놓여 있는 것 아냐? 만에 하나 김종호가 범인이라 증거를 없애 버리면 자네는 어떻게 할 생각인가?"

"그 점까지는……."

강형사는 머리를 긁적이며 겸연쩍게 웃었다.

"그럼 반장님도 김종호가 수상하다고 생각하시는군요?"

"아니, 나는 ads가 수상해."

추경감의 냉랭한 말에 강형사는 다시 한 번 풀이 죽었다.

"하지만 안대석의 알리바이는 완벽합니다. 절대로 살인을 저지를 시간이 없었어요."

"종로에서 술을 마시고 있었다고 했지?"

"예, 그리고 친구들 눈 앞에서 사라진 적이 없습니다. 마술사도 커튼 속으로 들어가야 재주를 부릴 수 있는 것 아닙니까?"

"물론이지…… 커튼 속으로 들어간다?"

추경감의 뒷말은 아주 작아서 거의 혼자 중얼거리는 말에 가까
왔다.

추경감의 얼굴이 갑자기 환해졌다.

"이것 보라구! 자네는 가끔 엉뚱한 소리로 사건의 길을 연단
말이야."

강형사는 멍한 얼굴로 추경감을 돌아보았다. 그는 자기가 금방
무슨 말을 했는지도 잘 생각이 나지 않았다.

"범인은 자네 앞에 놓여 있는 폭이야. 이제 부린 수작만 찾아내
면 되는 거지. 헌데 그게 그리 쉽지는 않을 것 같은데⋯⋯."

추경감은 고개를 갸웃거리더니 갑작스레 큰 소리를 냈다.

"이런 젠장할! 우선 뭐라도 좀 먹기로 하세. 이거야 당최 배가
고파싸서 생각이 제대로 돼야지."

둘은 가까운 기사식당으로 들어가 설렁탕 한 그릇씩을 뚝딱
해치웠다. 강형사도 나름대로 골똘히 생각하고 있는 형편이었는
데 추경감이 먼저 일어섰다.

"내일 한보 전산실에 모두 모이도록 해놓게. 한보로서는 허락
하지 않을지 모르지만 김종호도 그 자리에 있게 하란 말야.
그가 맡아야 될 역할이 지대할지 모르니까."

"반장님, 무슨 생각이 있는 건지 귀띔이라도 좀 해주시지요."

"일찍 자고 내일 아홉시까지 모아 놓게."

추경감은 강형사의 말은 아랑곳하지 않고 계산을 마치고는
휑하니 나가 버렸다. 그 뒤를 강형사가 손을 흔들며 쫓아 나갔지
만 벌써 버스에 오르고 있는 뒷모습만이 얼핏 눈에 들어왔을
뿐이었다.

"그럴 수는 없습니다. 우리 회사의 핵심부에 타인을, 그것도 적이라고 할 수 있는 미래전자 사람을 들여 놓을 수는 없습니다. 그건 돌아간 성유정씨의 넋도 인정하지 않을 겁니다."

전산실장 이제혁의 반대는 강형사의 생각보다 훨씬 완강했다.

"글쎄, 죄송한 줄은 알지만 그러니 협조를 부탁드리는 것 아닙니까?"

"뭐라 말씀하셔도 그것만은 안 되겠습니다. 굳이 전산실에서 회합을 가져야 하는 이유가 어디에 있습니까?"

"그곳이 사건 현장에서 가깝고……."

사실 강형사는 그 이유를 자신이 모르니 제혁을 설득시킬 수 없는 것이 당연한 일인지도 몰랐다.

"그럼 이제 추반장님이 오면 키 스테이션에도 들어가자고 할지 모르겠군요?"

"사건 해결에 필요하다면 충분히 그럴 수도 있는 것입니다."

강형사도 단호하게 말했다.

"그렇다면 영장을 가져오시든지 하십시오. 저희 입장으로서는 사활이 걸려 있는 곳입니다. 아무리 사건 해결에 중요하다고 해도 그건 허용할 수가 없습니다."

"그러지 마시고 이건 한 사람의 생명, 아니지 범인의 경우를 포함시킨다면 두 사람의 생명이 걸려 있는 문제입니다."

강형사는 잠시 뜸을 드렸다가 말했다.

"실장님은 한보의 정보가, 그것도 Queen에 대한 정보가 미래에 흘러 나가고 있다는 것을 알고 계십니까?"

"예?"

역시 제혁의 반응은 격렬했다.

"그 말이 정말입니까?"

"명색이 경찰인데 헛된 소리를 하겠습니까?"

강형사는 다시 시간을 두었다가 말했다.

"전산실 안에서 그 범인 역시 잡도록 해 드리겠소."

제혁은 잠시 벌렁거리는 가슴을 진정시키며 생각했다. 종호가 이곳으로 온다는 것은 역시 꺼려지는 바였지만 그는 미래의 정식 직원은 아니었다. 그 어떤 사명 의식을 가지고 전산실을 살필 것은 아니겠고 그가 미래에 무슨 건의를 할 만한 입장도 아닌 것에는 틀림없다.

다만 제혁은 외부인이 전산실에 들어온다는 것이 싫었던 것이고 후일 그게 문제가 되어 자신의 진로에 악영향을 미칠 것이 두려웠던 것이다. 그러나 스파이가 있다면 그건 전혀 다른 문제에 속하는 것이 아닐 수 없다. 잡지 못한다면 그것 역시 자신의 무능에 속하는 큰 사단이 아닐 수 없었다. 그렇다면 제혁이 결정할 바는 정해져 있는 폭이었다.

"그렇다면 저로서는 선택의 여지가 없군요. 완전히 항복입니다."

강형사는 길게 숨을 내쉬었다. 사실 오늘 그 스파이가 잡힐지 안 잡힐지는 그로서는 알 수 없는 일이었다. 강형사가 알고 있는 것은 다만 미래가 한보에 대해 정보를 알고 있다는 것뿐이었다.

속으로 은근히 불안해 있는 동안 이번 사건과 관련되어 있는 사람들이 속속 자리에 모여들었다. 추경감은 정각 9시에 자리에 나타났다.

"바쁘신 여러분들을 이렇게 한 자리에 모이게 해서 죄송한 마음을 금할 수가 없습니다."

추경감은 둘러앉은 사람들을 돌아보며 인사말을 했다.

"제가 무슨 영화 속의 탐정 흉내나 내려고 이렇게 여러분에게 모여 주십사고 말씀드린 것은 아닙니다. 사실 저희는 이번 사건을 수사하면서 많은 애로 사항에 부딪혔습니다. 고도의 과학과 접목되어 있는 이번 사건을 다루는 데 있어서 이미 둔해져 버려 새로운 지식을 받아들이기에는 벅찬 저 같은 사람은 무능함을 뼈저리게 느껴야 했습니다. 아니, 느낍니다. 지금 여러분을 이 자리에 모이게 한 것도 혹 범인이 전문적인 용어로 빠져 나가려 한다면 우리로서는 속수무책으로 당할 수밖에 없기 때문에 여러분들과 함께 그런 탈출을 방지하려는 목적을 가지고 있는 것입니다."

순간 제혁의 얼굴이 흐려지는 것을 강형사는 유의해서 보았다. 그러나 이미 시위를 떠난 화살을 되돌릴 수는 없는 것. 강형사는 느긋하게 추경감의 다음 말을 기다렸다.

"이번 사건은 일종의 밀실 사건인 셈이었습니다. 밀실 사건이란 본래는 출입구가 없는 곳에서 벌어진 사건을 가리킵니다마는, 물론 키 스테이션에는 출입구가 있었지요. 그것도 두 군데나 말입니다."

추경감은 몸을 사람들의 중앙으로 서서히 이동시켰다.

"그러나 키를 가지고 있는 사람들은 모두 알리바이를 가지고 있습니다. 우리는 그래서 다른 방향으로 이 밀실의 문제를 풀어

보려 했습니다. 성유정씨가 누군가를 불러들인 것은 아닐까
하는 점이었습니다. 어때요? 김종호씨, 그날 이곳에 오셨습니
까?"

사람들의 눈길이 모두 종호를 향했다.

"험, 나, 나는……."

"시치미떼지 말아요! 지문이 나왔으니까."

강형사가 빽 소리를 쳤다. 오늘 아침 키 스테이션 바깥 도어의
지문 분석 통보가 왔었던 것이다.

"하, 하지만……."

종호는 당황한 나머지 식은땀을 주르륵 흘렸다.

"이자식, 네 녀석이!"

안대석이 주먹을 불끈 쥐고 종호에게 달려들었다. 강형사가
얼른 뛰어가서 제지를 했다.

"만일 당신이 어제 우리에게 그 데드 레터를 보여 주지만 않았
다면 저 역시도 당신을 범인으로 지목했을 것입니다."

추경감의 말에 모두들 다시 시선을 추경감에게 돌렸다. 안대석
도 고개를 돌려 추경감을 바라보았다.

"당신은 여기서 장비들을 이용해서 그 데드 레터를 보여 줄
수가 있겠지요?"

"한 번 해보지요."

곧 전화선이 이어지고 애컴과 연결이 되었다. 잠시 후 모두들
성유정의 마지막 편지를 보게 되었다. 안대석의 얼굴이 순식간에
흙빛이 되었다.

"아냐! 난 아냐!"

안대석의 비명이 전산실 안에 가득 찼다.

"왜 그렇게 지레 겁을 내지요?"

추경감이 잔잔한 어조로 말했다.

"당신에게는 확고부동한 알리바이가 있지 않습니까?"

추경감의 그 말에 안대석은 약간 평온을 되찾았다. 그러나 여전히 부르르 몸을 떨고 있었다.

"물론 처음에는 우리도 당신을 의심하지 않을 수 없었습니다. 하지만 당신은 관객들 앞에 온 몸이 노출되어 있었어요. 누구도 그런 상태에서는 마술을 부릴 수가 없는 거지요. 하지만 몸을 사리고 있었던 사람이 있었습니다."

추경감은 몸을 돌려 마용남을 지목했다.

"바로 당신이지요."

"무슨 소리에요? 나는 미여컴에서……."

"그렇지요, 프로그램을 짜고 계셨다고요? 우리는 그 프로그램을 한번 보고 싶습니다. 당신이 그곳에서 짠 프로그램은 도대체 뭐지요? 그건 어디 있습니까?"

"지금은 갖고 있지 않아요."

마용남은 무뚝뚝하게 대답했다.

"그렇게 말하실 줄 알았습니다. 우리는 어젯밤 미여컴으로 가서 컴퓨터를 역순으로 작동시켜 당신이 만들었다고 주장하는 그 프로그램을 만들어 보았습니다."

"거짓말! 그런 일은 불가능해."

마용남은 크게 놀랐다.

"가능해."

양성수가 차갑게 그 부르짖음에 대꾸했다.

"그것은 베이직이라는 아주 초보적인 언어로 만들어진 음악에 불과했습니다."

추경감은 피식 웃음을 띄우며 말했다.

"마용남씨, 왜 그런 걸 만들었죠?"

"그건, 그건……."

마용남은 대꾸를 하지 못했다.

"그건 당신이 만든 게 아니기 때문이지요. 음악을 좋아하던 성유정씨가 만든 인공지능 프로그램 중의 하나였던 겁니다. 당신은 인공지능 프로그램을 작동시켜서 인공지능으로 하여금 컴퓨터를 계속 조작하게 하여 우리를 속여넘기는 데 성공했어요. 그리고는 그곳으로 돌아와 성유정씨를 죽인 겁니다."

"내가 왜?"

마용남은 생기를 잃은 목소리로 반문했다.

"부와 명예를 위해서지요. 미래에 자료를 팔고 드디어는 자리를 옮겨 인공지능을 완성한 댓가로 군림하고 싶어서였습니다. 때문에 당신은 미래에 핵심적인 자료는 건네 주지 않았어요. 자신을 데려가야만 한다는 것을 알리고 싶어서였겠지요."

"아니야!"

"부인할 수 없는 증거가 이 ads라는 문자요."

추경감은 준열하게 그를 추궁했다.

"모두 이것이 영어 이니셜인 줄 알았겠지만 이것은 왼손으로 칠 수 있는 한글의 자음 조합입니다. 성유정은 목을 졸려 죽어 갈 때 영문으로 키를 두드리고 있었지요. 오른손은 졸린 목을

풀기 위해 애썼기 때문에 자유로운 손은 왼손뿐이었죠. 글자를
영문으로 치다가 한글로 치자면 변환키를 눌러야 하는데, 성유
정은 숨이 넘어가는 상태로 그렇게 할 여유가 없었지요. 한글
변환키를 누르지 못하고 한글로 이니셜을 누른다고 누른 것이
지요. A, D, S, 이 키를 한글로 눌렀을 때는 어떻게 될까요.
A는 한글의 미음(ㅁ)자와 같은 키, D는 한글의 이응(ㅇ)자와
같은 키, S는 한글의 니은 (ㄴ)자와 같은 것이지요. 따라서
그녀가 한글 변환키를 눌렀다면 'ㅁ, ㅇ, ㄴ'이 되지요. 이것은
마용남의……."
추경감은 말을 더 계속할 필요EH 없다는 듯 끝냈다.
"미래는 당신 같은 사람을 통해 열리는 것이 아니야! 미래는
밝고 바른 마음을 가진 자에게만 손짓하는 것이라고."
추경감은 용남에게 수갑을 채우며 평소답지 않게 노한 소리를
내고 말았다.

여섯번째 史庫

여섯번째 史庫

1

달빛이 대낮처럼 밝았다. 계곡을 흐르는 강물에도 달빛은 적요를 깃들이며 넘쳐 흘렀다. 멀리 산그림자 속으로 뻗어나간 2차선의 아스팔트 길이 달빛을 받아 더욱 하얗게 보였다.

바위 틈으로 쉴 새 없이 흐르는 개울물이 하얀 바윗돌에 부딪혀 오르며 달빛을 향해 물거품을 뿜기도 했다.

개울물 소리 간간이 풀벌레 소리가 정적을 깨뜨리며 무더운 한여름밤을 천천히 꿈속으로 스며들게 하는 시간이었다.

신작로와 산등성이 사이 야트막한 풀밭에 텐트를 친 두칠이는 텐트에 들어갈 생각이 없는 듯 풀밭에 반듯하게 드러누운 채 하늘의 달을 쳐다보고 있었다. 구름이 둥근 달 주변을 바쁘게 지날 뿐, 하늘은 느긋이 평온한 밤을 지내려는 것 같았다.

팔베개를 하고 한가하게 누워 있는 두칠의 귀에 가끔 모기가 왱왱거리며 덤볐다. 그래도 두칠은 꼼짝하지 않고 그냥 누워 있었다.

"뭘 하는 거야. 두칠형, 안 자?"

여남은 걸음 떨어진 곳에 텐트를 치고 잠을 청하던 은혜가 나직한 목소리로 말했다.

"뭘 하느냐고?"

그제야 두칠은 은혜의 존재를 생각해낸 듯 대꾸를 했다.

"나 지금 북두칠성 구경하는 중이야."

"호호호……."

은혜가 텐트 속에서 간드러지게 웃었다. 박두칠의 별명이 북두칠성이었기 때문이다. 박두칠이라는 발음이 북두칠성과 비슷하기도 했지만, 그보다 별자리에 관한 전설이나 별점 같은 것에 관심이 많고 친구들 앞에서는 늘 별을 화제로 삼았기 때문에 붙은 별명이었다.

"어디 나도 북두칠성이나 좀 볼까?"

은혜가 부시시 텐트 속에서 기어나왔다. 흰 잠옷 위에 점퍼를 걸친 희한한 모습이었다. 점퍼는 소매를 끼지 않고 그냥 어깨 위에 걸치고만 있었다.

"야, 달빛이 굉장하구나. 난 달빛이 이렇게 밝은 것인 줄 정말 몰랐어. 도시에서야 어디 달빛 구경할 틈이 있어야. 대낮 같은 백열등이나 수은등 아래서만 살다 보니까 이 위대한 달빛을 모르고 자랐지 뭐야. 박형, 어떻게 생각해?"

은혜가 두칠의 누워 있는 머리맡으로 와 두 팔로 무릎을 싸안고 동그마니 앉아 두칠의 얼굴을 들여다보며 물은 말이었다.

두칠은 누운 채로 은혜의 얼굴을 올려다보았다. 달빛을 머리에 이고 있어서 은혜의 얼굴이 선명히 보이지는 않았으나 흰 눈동자와 웃을 때의 하얀 이가 눈에 선히 들어왔다. 미풍을 타고 흔들리는 몇 가닥의 머리카락이 흰 달빛을 흔드는 것 같아 신비스러웠다. 길고 부드러운 목에 은은한 달빛이 역광으로 실루엣을 그려 주었다. 그런 그녀의 모습이 매우 매혹적이라고 두칠은 생각했다.

"은혜……."

두칠은 은혜를 올려다보다가 감탄사 같은 한 마디를 토해냈다. 은혜는 아무 말도 하지 않고 그냥 조용히 웃어 보이기만 했다.

"은혜……."

두칠이 누운 채로 깍지꼈던 손을 풀고는 치켜올려 은혜의 목을 싸안았다.

그리고 천천히 은혜의 목을 자기 얼굴께로 잡아당겼다. 은혜는 두칠의 하는 대로 순순히 맡겨 두었다.

두칠은 눈앞에 바싹 다가온 은혜의 얼굴을 한동안 황홀한 듯 가만히 들여다보았다. 크고 서글서글한 눈이 겁을 먹은 탓인지 더욱 커 보였다.

잘 생긴 코는 달빛을 받아 한결 오똑했다.

작고 도톰한 입술은 잘 다듬은 조각을 연상케 하며 숨을 가쁘게 했다.

두칠은 은혜의 길고 풍성한 생머리에서 달빛을 털어냈다.

"은혜……."

갑자기 은혜를 끌어당겨 번개같이 입술을 훔쳤다.

그 바람에 균형을 잃은 은혜가 두칠의 가슴에 손을 짚고 앞으로 넘어졌다. 두 사람은 정신없이 서로의 입술을 더듬었다.

"안 돼요!"

한참만에 은혜가 정신이 돌아온 듯 두칠의 얼굴을 밀어내려고 기를 썼다.

그러나 두칠의 한 손은 은혜의 허리를 단단히 감고 있었고 다른 한 손은 열심히 잠옷 자락을 헤치며 허벅지 사이를 비집으려 애를 쓰고 있었다.

"두칠형! 왜 이래요!"

은혜가 머리를 흔들며 두칠의 팔을 잡았다. 어느 새 은혜도 팔에 힘이 빠졌다. 그러면서 두칠의 가슴에 더욱 밀착되어 가는 자신을 발견했다. 두칠의 손이 침범하기 쉽도록 허벅지를 열어주고 싶은 생각으로 가득 찼다.

"은혜, 우리 결혼하자."

두칠이 가쁜 숨결 사이로 엉뚱한 말을 꺼냈다.

"뭐라고?"

은혜는 그 말에 기계적인 반응을 보였다. 두칠을 밀치고 후다닥 일어섰다. 마치 전기에 감전된 사람 같은 반응을 보였다.

뜻밖의 은혜 행동에 두칠은 당황했다.

"두칠형, 지금 한 말 진정이야?"

은혜가 일어선 채 허리에 손을 짚고 따지듯 말했다.

두칠은 은혜의 갑작스런 변화에 놀란 나머지 엉거주춤 일어나

앉은 채 그녀를 쳐다보고만 있었다.

박두칠과 양은혜는 S대학의 같은 4학년이었다. 그들은 전국의 전설이나 민화수집을 위해 만들어진 S대학의 학생 서클 미리내 멤버 중의 일행이었다.

멤버 중 여섯 명이 전국의 민요와 전설수집을 위해 여름방학 동안 이곳 저곳을 답사하고 있었다.

박두칠은 역사학과 4학년, 양은혜는 국문학과 4학년이었다.

그들 일행이 서부 경남의 가장 오지인 지리산 기슭, 산청군 차황면에 온 것은 전날 저녁 무렵이었다. 차가 없어 읍내에서 몇 시간을 기다리다가 하루에 두 번 다니는 고물 버스를 타고 오는 바람에 그렇게 늦어 버린 것이다.

일행 여섯 명은 강가의 야트막한 둔덕에 텐트를 치고 밥을 지어 먹으며 즐거운 하룻밤을 보냈다. 박두칠과 양은혜만이 고참인 졸업반 학생이고, 지도교수와 3학년이 각 한 명, 나머지는 2학년 학생들이었다.

마음껏 바캉스 기분을 내며 즐긴 일행은 이튿날 아침 라디오에서 흘러나오는 뉴스를 듣고 비명을 질렀다.

그들 학교의 국사학 교수이며 미리내 서클 지도교수이기도 한 하주원 여사가 학교의 자기 연구실에서 피살되었다는 소식 때문이었다.

라디오에서 짤막한 뉴스만 전해 들은 일행은 한동안 쇼크로 멍하니 앉아 있기만 했다. 한참만에 이들은 빨리 서울로 가야 한다는 생각을 해냈다.

하주원 여사는 뛰어난 말솜씨와 우아한 용모로 남녀 학생들한테 인기가 대단한 교수였다. 의과대학이나 공과대학 학생들도 하교수의 강의를 듣기 위해 먼 캠퍼스까지 밀려오기 때문에 하교수의 강의실은 항상 만원이었다.

그뿐 아니라 우리나라 역사학계에 종종 새로운 학설을 발표하여 신진 국사학자로도 그 이름이 널리 알려져 있었다.

특히 기존의 사관을 공격하여 원로 사학자들과 논전을 벌인 사건은 유명했다.

이번 미리내 서클의 전설과 민화수집 여행에도 같이 오기로 되어 있었으나 출발 전날 워낙 밀린 일로 해서 부득이 오지 못했던 것이다.

그런 하교수가 갑자기 연구실에서 피살되었다는 것은 충격이 아닐 수 없었다.

일행은 여행을 중지하고 말없이 짐을 챙겨 낮 12시에 읍내로 나가는 버스를 타기로 했다. 그러나 문제가 생겼다.

농요를 수집하러 아침 일찍 혼자 이웃 재 너머 마을로 떠난 양은혜가 돌아오지 않은 때문이었다.

일행이 읍내로 떠나는 버스를 탈 때까지 은혜는 돌아오지 않았다. 하는 수 없이 고참인 박두칠이 남아 은혜와 함께 같이 오도록 했다.

양은혜는 해가 뉘엿해서야 어깨에 멘 녹음기조차 무거운 듯 기진맥진한 상태로 돌아왔다.

그 상태로는 도저히 버스가 닿는 산청읍내까지 걸어갈 수 없을 것 같았다.

이렇게 해서 결국 두 사람은 하룻밤을 더 보내게 되었다.

"두칠형! 방금 뭐라고 그랬어요? 나하고 결혼하자고? 지금
두칠형이 제 정신으로 하는 소리야?"

은혜가 꿈에서 깬 듯 두칠을 쳐다보며 말했다.

"……."

"나 약혼자 있다는 것 알잖아요. 지금 프랑스에 유학 가 있는
우리과 조교를 잊진 않았겠지?"

그랬었다. 은혜한테는 약혼을 하고 유학을 가 있는 M재벌의
둘째아들이 있었다.

"남자가 일시적인 충동에 못 이겨 아무 소리나 함부로 뱉는
게 아니에요. 책임질 수도 없는 엄청난 약속을 함부로 하고는
일시적인 충동을 해소하려고 드는, 지성인답지 못한 짓은 좀
집어치워."

"미안해. 하지만 내가 은혜를 좋아한 것은 은혜가 그 부잣집
녀석과 약혼하기 전부터야. 우리는 친구고 동창생이지. 나는
학문이나 진리도 좋아하지만 사랑도 좋아한단 말이야. 오늘
밤의 내 행동이 평소와는 너무 달라 보였는지 모르지만 그게
사실은 내 진심이거든. 은혜를 맘 속으로 좋아하고 있었어.
그런데 은혜는 한 번도 내가 고백할 수 있는 기회를 주지 않았
을 뿐이야."

두칠이 진지한 목소리로 나직하나 단호하게 말했다.

"바보, 두칠씬 바보란 말야."

은혜가 딱하다는 듯이 말했다. 그리고는 조용히 손을 내밀었
다. 마치 누나가 넘어진 동생을 일으켜 세우려는 듯한 자세였다.

두칠은 못 이기는 체 천천히 두 손으로 은혜의 손 끝을 잡

았다.

"두칠씨는 착한 남자예요. 하지만 때를 맞출 줄 모르는 바보예요."

은혜가 두칠을 달래듯 나직이 말하다가 흠칫 놀라며 큰 소리를 질렀다.

"저게 뭐야?"

신작로 끝편이 갑자기 소란스러워지면서 플래시 불빛이 여러 가닥 번쩍였다.

그리고 웅성거리는 소리와 함께 여러 사람이 걸어오고 있었다. 그 틈에 찢어지는 듯한 여인의 울음소리도 섞여 들렸다.

몇 사람이 무엇인가를 들고 오고, 그 주변을 남자들이 둘러싼 채 걸어오고 있었다. 뒤에 따라오는 여인은 울음을 그치지 않았다.

두칠과 은혜는 아스팔트 길 위로 뛰어 내려갔다.

갑자기 산기슭에서 렌턴을 들고 나타난 그들을 보고 그쪽 일행도 멈칫했다.

"무슨 사고가 났습니까?"

두칠이 일행을 보고 말을 건넸다. 사람을 단가에 얹고 그것을 떠메고 오던 남자 서너 명이 두칠 일행을 물끄러미 쳐다보았다.

그들이 들고 있는 것은 꼭 죽은 사람 같아 소름이 끼쳤다.

"이 밤중에 뉘고?"

앞장서 있던 사나이가 두칠의 말에 대답을 않고 오히려 질문을 했다. 희끗한 턱수염이 달빛에 반사되었다. 노인이었다.

"저희들은 이곳에 학술 조사를 온 서울 학생들입니다. 무슨 사고라도 당하셨나요?"

은혜가 조용히 말했다.

"사고는 사고지. 사람이 죽은 거보다 더 큰 사고 있나?"

노인이 한 손으로 턱수염을 쓱 문지르면서 말했다.

"아이고, 이기 무신 변고고? 멀쩡하던 놈이 이 꼴이 돼서 물 속에서 나오다이…… 쯧쯧쯧……."

두칠과 은혜는 단가에 얹힌 것이 시체라는 말을 듣자 머리카락 이 쭈뼛해지는 공포를 느꼈다. 달빛 아래 희미하게 누워 있는 단가 위의 물체를 그제야 확인할 수 있었다.

"자, 그럼 여기서 좀 쉬다가 가세."

앞장서 있던 노인이 일행을 보고 말했다. 시체를 메고 있던 사람들이 잔디 위에 단가를 내려놓고 그 자리에 풀썩 주저앉으며 한숨을 쉬었다. 남자들은 담배를 태우고 여자들은 숨 죽여 울고 있었다. 여자는 두 사람으로 나이 든 여자와 젊은 여자가 모녀간 같았다.

"학생들은 무슨 조사를 한다꼬 이 골짝까지 왔노?"

노인이 담배를 피워 물며 두칠과 은혜의 아래위를 살폈다. 젊은 남녀가 무슨 못된 짓이나 하고 다니는 것 아니냐는 못마땅한 표정이었다.

두칠은 낮에 있었던 일이며 가지 못하고 둘만 남게 된 경위를 자세히 설명했다. 노인은 그제야 두 사람을 보는 시선이 부드러워 진 듯했다.

아름답던 달밤은 오히려 무겁고 음산해져 은혜의 작은 가슴을 오돌오돌 떨게 만들었다.

"그런데 무슨 사고를 당하셨나요?"

은혜가 무서움을 이기려는 듯 또록또록한 목소리로 노인을 향해 물었다.

"우리도 무신 영문인지 잘 모른다 아이가. 읍내서 석수일하는 상베이(相炳)가 1주일째 안 보인다 안 보인다 하더이, 글쎄 장군소 물 속에서 죽어서 떠오른기라……."

노인은 두칠이나 은혜가 알아들을 수 없는 사투리를 간간이 써 가면서, 상병이라는 사람의 죽음을 설명했다.

진상병은 읍내에서 할아버지 때부터 돌 깎는 일을 해온 3대째 되는 석수였다. 산청군 일대의 산소 석물은 모두가 이 집 부자의 솜씨로 세워졌을 정도였다. 돌 깎는 일을 천직으로 알고 50평생을 오직 그 일에만 일생을 바치다시피 한 진상병이 1주일 전 점심 나절부터 슬그머니 없어졌다. 그리고 이틀 사흘이 되어도 나타나지 않았다. 평소 술은 조금 했지만 어디 가서 곤드레가 되어 집에 나타나지 않을 사람은 아니었다.

식구들이 이곳저곳 수소문을 했으나 알 수가 없었다.

꼭 1주일이 지난 뒤 읍내에서 50여 리나 떨어진 차황면 철수리에 있는 장군소(將軍沼)에 사람의 시체가 떠올랐다는 소식이 전해졌다.

그곳은 물살이 빙글빙글 도는 위험한 곳이라 사람들이 평소에도 겁을 내던 장소였다. 깎아지른 듯한 바위 계곡 사이에 소(沼)가 있었기 때문에 접근하기도 어려웠다.

그곳에선 아흔아홉 마리의 용이 승천하려다 단 세 마리만이 성공하고 아흔여섯 마리는 늙고 심술 많은 이무기가 된 채 남아

있어서 사람이 범접하면 끌어들인다는 무시무시한 전설이 있는
곳이었다.

동네 사람들은 그 시체가 진상병과 비슷하다는 것을 알고 읍내
집으로 연락을 했던 것이다.

그날 느지막에 진상병의 가족들이 담력 좋은 사람 너댓 명을
사가지고 장군소로 가서 겨우 시체를 건져냈다. 과연 그 시체는
진상병이었다. 가족들이 놀라 울부짖으며 시체를 읍내 집으로
옮기고 있는 중이었다.

읍내에서 석수일하던 사람이 무엇 때문에 아무 연고도 없는,
50여 리나 떨어진 장군소에 가서 익사체로 발견되었는지 알 수
없다는 것이 노인의 말이었다.

"아무래도 이무기가 상베이를 부른기라. 이무기도 세월이 가모
늙어 죽을 테니까…… 먼저 죽은 이무기 묘에 비석 새기 돌라
고 불러 간긴지도 모르는기라."

노인이 연거푸 담배를 피워대며 중얼거렸다.

"할아버지, 그 이무기 전설 다시 한 번 말씀해 주실 수 없을까
요?"

은혜가 멍청하게 이야기를 듣고 있다가 퍼뜩 생각이 난 듯
텐트로 달려가 녹음기를 들고 왔다. 녹음기에 스위치를 넣은 뒤
노인 앞에 마이크를 가져다 댔다.

"이기 뭐꼬? 마이크 아이가. 내보고 노래 부르라꼬?"

달빛에 반짝이는 마이크를 보자 노인이 머리를 절레절레 흔들
었다. 마이크를 보니까 야유회 때나 회갑연 때 부르던 노래 생각
이 난 모양이었다.

"노래가 아니구요……."

그때였다.

"자, 인자 모두 가입시다."

단가를 메고 오던 중늙은이가 큰 소리로 명령하듯 말하며 일어섰다. 노인도 부시시 일어섰다. 숨을 죽이며 흐느끼고 있던 모녀도 일어서서 걷기 시작했다.

달빛 아래 장례행렬 같은 일행이 흐느낌을 남기며 멀리 사라져 갔다.

"이상하지. 오늘 두 번이나 죽음과 마주친 셈이야."

풀밭에 주저앉은 두칠이 혼잣말처럼 이야기했다.

"저 석수장이는 정말 이무기들이 필요해서 불러 갔을까? 뭣때문에 그 위험한 물 속에 들어간 것일까요? 하교수님의 죽음과 그 석수장이의 죽음이 꼭 무슨 불가사의한 인연이라도 있는 것처럼 생각돼요."

"말도 안 되는 소리 하지 마. 은혜는 가끔 무당의 예언과도 같은 터무니없는 이야기를 한단 말야. 서울에 있는 하교수님의 죽음과 지리산 기슭 늙은 석수의 익사 사건이 도대체 무슨 연관이 있단 말이야? 후후후……."

두칠은 전혀 터무니없다는 듯 웃기까지 했다.

"꼭 그런 것만은 아닌 것 같아. 1주일쯤 전에 하주원 선생님이 이곳에서 사적조사를 했지 않아요?"

그랬다. 미리내 서클 일행이 이곳에 온 것은 하주원 교수를 단장으로 하는 사적조사팀이 다녀온 직후 이곳을 가보자고 했기 때문이었다.

하주원 여사는 이곳 산청군내에는 아직 규명되지 않은 역사적 흔적이 여러 곳에 산재해 있기 때문에 상당한 시간에 걸쳐 연구할 가치가 있다고 말했었다. 그뿐 아니라 전설이나 민화, 민담 등을 채집하려면 이곳을 찾아봄직하다고 권유했던 것이다. 하주원 교수가 같은 과의 교수인 김민제 교수, 대학원 박사과정의 이규일, 정선희 등과 함께 이곳 베틀굴을 조사하고 간 것이 바로 1주일쯤 전이었다.

"은혜는 가끔 신비스러운 데가 있어. 다른 사람이 범접할 수 없는 신비, 아니 신비라기보다, 뭐라고 할까, 불가사의한 여자라는 느낌을 주거든. 그것이 육감적인 매력과 합쳐질 때 남자를 꼼짝 못하게 하는 힘이 있단 말야."

"두칠이형, 지금 칭찬이유 비난이유?"

은혜는 달빛 아래 흰 이를 드러내며 웃어 보였다. 산골의 밤은 이미 자정을 훨씬 넘어 새벽이 가까와 오고 있었다.

2

"하주원 박사는 독신이었나?"

추경감이 사건 현장인 하주원 교수의 연구실을 한 바퀴 둘러보고 온 뒤 강형사를 보고 물었다.

"예, 독신이었습니다. 주로 연구실에서 기거를 했더군요. 연구실 옆에 조그만 침실이 있거든요."

"피살됐을 때는 무슨 옷을 입고 있었나?"

"평상복이었습니다. 검은 체크무늬가 있는 흰 블라우스에 쪽빛 주름치마를 입고 있었어요. 아까 제가 현장 사진 드렸지 않아요?"

강형사가 들고 다니는 노트를 넘겨보며 말했다.

추경감은 담배 한 개비를 꺼내 물었다. 고물 지포 라이터를 찾느라고 호주머니를 뒤적뒤적하는 사이 강형사가 재빨리 가스 라이터로 불을 켜댔다.

"아냐."

그러나 추경감은 강형사가 켜댄 라이터불을 훅 불어서 꺼 버리고 기어이 자기 고물 지포 라이터를 꺼내 몇 번이나 철거덕거리며 불을 켠 뒤 담배를 피웠다. 무모한 고집이었다.

추경감은 길게 담배 연기를 뿜으며 하주원 박사의 피살 상황을 머리 속에 정리해 보았다.

서른여섯 살의 비교적 젊은 여류 사학자. 대만의 봉갑(逢甲) 대학에서 위지동이전(魏誌東夷傳)에 관한 연구로 박사학위를 받았다. 그러나 그 후 학문의 방향을 바꿔 조선조의 사관(史館)에 관한 연구 발표로 학계의 주목을 끌었다.

하박사는 여자로서는 드물게 보는 큰 키에 인형처럼 동그란 눈, 잘 생겼다기보다는 귀염둥이 같은 얼굴에 긴 목이 서구적 분위기를 풍기는 그런 여자였다.

대학 다닐 때부터 남학생들이 따라다녔으나 아무도 그녀의 학문을 향한 정열이나 자존심을 꺾고 자기 여자로 만들지는 못했다. 나쁘게 말하는 사람들은 여자가 콧대가 세어서 시집가긴 글렀다고 비난하기도 하고, 인물값한다고 빈정대기도 했다.

어쨌든 학문하느라고 시집 못 간 노처녀로 대학가에 알려져 있었다.

그녀를 나쁘게 말하는 동료 교수들은 증거는 없지만 아마 몰래 여러 남자와 즐기는 생활을 할지도 모른다고 했다.

그 여자가 자기 연구실에서 피살된 것이다. 사인은 가슴을 두세 번 찌른 날카로운 흉기가 심장을 다쳤기 때문이라고 밝혀졌다. 검시의의 보고에 따르면, 그 흉기는 펜싱의 칼 끝이거나 아니면 기다란 송곳 같은 것이고 사망 시간은 전날 밤 10시에서 1시 사이라고 했다.

자기의 연구실에서 아침이 되어도 나오지 않아 경비원이 문을 열고 들어가 보았더니 하박사가 소파에 앉은 채 목을 앞으로 숙이고 죽어 있더라는 것이다. 발치에 흐른 피가 거의 말라붙어 있었다고 했다.

"흉기는 발견하지 못했단 말이지?"

추경감이 다시 강형사를 보고 물었다.

"그렇습니다. 분명히 칼은 아닌 것 같습니다."

"그 연구실에서 발견한 단서는 아무것도 없단 말인가?"

"그렇습니다. 수없이 많이 쌓여 있는 책이랑 간단한 화장 도구, 잠옷가지 그런 것들뿐이었습니다. 커피를 끓여 먹을 수 있는 도구가 있더군요. 구석구석에 고물 같은 너덜너덜한 고서들이 잔뜩 쌓여 있었습니다."

강형사가 열심히 설명했으나 추경감은 벌써 현장을 다 살피고 온 터여서 그냥 귓전으로 들었다.

"꽤 비싼 오디오 세트가 있더군요. 리모콘으로 작동하는 고급이었어요. 하박사가 평소 팝송을 좋아했다고 하더군요. 디스크도 수백 장이나 있었어요."

"현장은 당분간 그대로 잘 보존하라고 일러요."

"털끝 하나 건드리지 않았습니다. 아니 반장님, 제가 형사 생활 8년째입니다. 아직도 올챙이 취급하십니까?"

강형사가 불만스럽게 말했다.

그러나 추경감은 들은 체도 하지 않고 다른 질문을 했다.

"강형사는 누가 죽였다고 생각하나?"

"그걸 알면 벌써 범인 잡고 일계급 특진 상신했겠습니다."

추경감은 어처구니없다는 듯 강형사를 물끄러미 쳐다보았다.

"농담입니다."

강형사가 머리를 긁적긁적하며 말을 계속했다.

"아무래도 강도나 우발적인 범행 같지는 않습니다. 계획적인 살인 같은데, 그렇다면 지면이 있거나 아주 친한 주변 인물이 아닐까요? 추리소설에서는 흔히 범인은 뜻밖에 가장 믿었던 사람이지 않습니까?"

"그리고 보니 하주원 박사 피살사건도 추리소설 못지않은 미스테리가 많군. 추리소설에는 대개 제2의 범죄 현장이란 것이 있는데, 이 사건도 캐보면 그런 제2의 현장이 어딘가 있는지 몰라. 그걸 좀 알아봐."

"설마 장마다 꼴뚜기야 나겠습니까?"

"주변 인물은 좀 정리를 해봤나?"

"여기 리스트가 있습니다."

강형사가 늘 들고 다니는 수첩은 형사한테는 어울리지 않는 대학노트같이 큼직한 메모장이었다. 그것을 들추었다.

"같은 사학과의 학과장인 김민제 교수가 겉으로 보기에 가장 가까운 사이였답니다. 김민제 교수는 올해 쉰을 갓넘은 멋장이 사학자라고 하더군요. 성격이 활달하고 낙천주의자여서 학생들한테도 인기가 있었다고 합니다."

"결혼은 했나?"

"물론이죠. 3남매가 있는데 큰아이가 올해 대학에 들어갔다고 합니다. 하교수와는 같은 팀이 되어 사적학술조사 같은 데 자주 다녔다고 합니다. 1주일 전에도 조교 두 사람과 넷이서 경남 어딘가 사적조사를 다녀왔다고 합니다."

"김민제 과장은 만나 봤나?"

"아직⋯⋯."

"그 다음은?"

"대학원서 박사과정을 공부하고 있는 조교가 몇 명 있습니다. 그 중에도 하여사와 거의 침식을 같이 하다시피 한 조교에 정선희라는 여자가 있습니다. 나이 스물다섯, 물론 미혼입니다. 키가 작고 얼굴이 별로예요. 제가 만나 봤거든요."

"뭘 보고 별로라는 거야?"

추경감이 빙긋이 웃으며 물었다.

"제가 총각이지만 이래뵈도 여자 보는 눈은 고급입니다. 후후후."

"그 다음은?"

"예, 또 가까운 조교로 이규일이라는 청년이 있습니다. 군대 갔다 와서 대학원에 복학한 조교인데 나이는 서른입니다. 체격이 건장하고 과묵한 성격이더군요. 하여사가 죽었다고 하자 가장 침통해 했습니다. 그 외에 하교수를 몹시 따르는 학생들이 몇 명 있었습니다. 학술 서클인 '미리내' 멤버들인데……."

"미리내라면, 거 혹시 팝송 클럽 아니야?"

"팝송요? 하교수가 팝송을 좋아했지만, 그건 팝송이 아니고 학술 클럽입니다. 민화, 전설, 사투리 같은 것을 조사하고 발표하는 서클이더군요. 하주원 여사나 김민제 교수가 지도교수랍니다. 그 서클 학생 중에 사학과의 박두칠, 국문과의 양은혜 같은 학생이 가까이 지냈다고 하더군요. 양은혜는 하교수의 살림집에 자주 들러 집안일도 거들어 주곤 했답니다."

"그 외는?"

추경감이 창 밖을 내다보며 무엇인가를 골똘히 생각하는 것 같았다.

"그 외에는 집에서 살림 사는 수원댁이라는 아주머니 정도입니다. 참 연구실의 입구에는 수위 두 사람이 있었습니다. 그런데 사건이 나던 날 밤부터 그 이튿날까지는 고씨라는 수위가 24시간 당번이었답니다. 처음 시체를 발견한 것도 고씨였으니까요."

"그래? 24시간 당번이었다고? 그 고씨한테 참고 진술 받은 것 있지?"

갑자기 추경감의 눈이 반짝했다.

"있습니다만……."

"빨리 가져와 봐."

추경감은 고씨의 진술을 검토하기 위해 돋보기 안경을 꺼내 썼다.

고씨의 진술에 의하면, 하주원 여사는 피살체로 발견되기 전날 밤 네 명의 남녀를 그 연구실에서 만났다고 했다.

S대학의 교수 연구실은 캠퍼스 뒤편의 산기슭에 단층건물로 따로 지어져 있어 아파트 비슷한 구조를 하고 있었다.

하교수가 쓰고 있는 연구실은 인문과학대학 교수들만이 들어 있는 F동이었다. F동은 열네 명의 교수가 몇시에 들어왔다가 몇시에 나갔는가 하는 것을 현관 수위실에서는 다 알고 있었다. 더구나 하주원 여사의 방은 수위실 바로 옆방이어서 그 방에 누가 들어가고 나가고 하는 것까지 알 수 있게 되어 있었다.

하주원 교수가 피살체로 발견되기 전에, 즉 8월 3일 밤, 하여사 는 오후 다섯시경부터 연구실에 있었다.

조교인 이규일과 정선희 등 세 사람이 무슨 고서 뭉치 같은 것을 들고 연구실로 들어간 뒤 여섯시경에 정선희는 돌아가고 이규일 조교와 하주원 여사만이 여덟시가 넘도록 같이 있었다고 했다.

8시 반쯤 건너편 E동에 있는 김민제 과장이 하여사를 찾아왔 다. 김민제 과장은 같은 인문대학 연구실을 쓰지 않고 학과장들만 이 쓰는 E동에 연구실이 있었다.

김민제 과장이 하여사의 연구실에 들어간 뒤 10여분 있다가 조교인 이규일이 시무룩한 표정으로 나갔다. 이규일은 항상 시무 룩한 표정만을 짓고 있기 때문에 이날만 특별히 그런 것 같지는 않았다고 고씨는 진술했다.

김민제 교수는 두 시간쯤 지난 10시 반께 하교수 방을 나갔다는 것이 고씨의 진술 내용 전부였다.

"그러면 하주원 여사 연구실에서 가장 늦게 나간 사람은 김민제 과장이란 말이야?"

추경감이 조서를 검토하다가 강형사를 쳐다보며 확인했다.

"물론입니다."

"김민제가 밤 10시 반께 하주원 여사 연구실에서 나간 뒤 아무도 하주원 여사 연구실에 들어간 사람이 없단 말이지?"

추경감이 다그치듯이 물었다.

"그렇습니다. 그건 조금 전에도 제가 말씀드렸지 않습니까?"

"그럼 하주원 여사가 생전에 마지막 만난 사람이 김민제 과장이구먼 그래."

"그렇고말고요. 그러나 김과장이 나간 뒤에 하교수는 분명히 살아 있었다 이겁니다."

강형사가 자신만만하게 말했다. 어떻게 경감쯤 된 사람이 머리가 그렇게 안 돌아가느냔 투다. 김민제 교수가 범인이라면 이때까지 강형사가 이렇게 우물쭈물하고 있겠느냐는 표정이었다.

"아냐. 내가 그 고씨란 수위를 좀 만나 직접 이야기를 들어봐야겠어."

추경감이 부리나케 나가 차를 손수 몰고 S대학으로 갔다.

평소에는 성질이 느긋해서 답답하기 짝이 없는 사람이 일단 무슨 생각이 들면 젊은 형사 못지않게 재빠른 것이 추경감이었다.

"이봐, 고씨. 그날 그러니까 8월 3일 저녁에 말야……."

추경감이 연구실 입구에 닿자마자 다짜고짜 고씨를 불러 세웠다.

"예?"

고씨가 영문을 몰라 물끄러미 추경감을 쳐다보았다.

"예는 뭐가 예요? 그날 밤 하주원 박사가 피살되던 날 밤 말이야."

"아아, 네……."

"그날 밤 10시 반께 김민제 과장이 하여사 방에서 나갔단 말이지?"

"예, 꼭 10시 30분인지는 잘 모르겠습니다만 그쯤 됐습니다."

"그 뒤 하여사를 본 일이 있나?"

"예, 있습죠. 12시 가까이 되어서 하여사가 전축을 크게 틀어놓고 있었어요. 너무 소리가 커서 딴 방에 방해가 되지 않나 하고 걱정을 하고 있었지요. 그런데 맞은편 연구실의 최정빈 교수가 나오더니 저보고 막 야단을 치더군요. 밤중에 누가 이렇게 몰상식하게 오디오를 크게 트느냐고요. 아마 하주원 교수님께 직접 말씀드리기가 곤란해서 그런 것 같았어요. 그래서 제가 하교수님 방 문 앞에 가서 노크를 하고 소리가 너무 크다고 했죠."

"그랬더니?"

"그랬더니 금방 전축 소리를 줄이시더군요."

"방안을 들여다봤는가?"

"아뇨. 문은 열지 않았어요."

"그때가 몇시쯤이라고?"

"열두시가 거진 다 되어서였습니다. 텔레비에서 영시 뉴스를 하고 있었으니까요. 하교수님은 보통 한시나 두시께가 되어야 잠이 드시는데, 그날도 거진 한시 가까이 돼서 전축을 껐어요."

"그 뒤엔 그 방에 아무도 들어간 사람이 없었다 이건가?"

"예, 제가 꼬박 지키고 있었으니까요."

"아침에 시체는 어떻게 발견했는가?"

추경감은 매우 실망한 태도로 물었다.

"아, 그건 제가 설명하죠."

그때 누군가 추경감 앞에 불쑥 나타났다. 그들이 F동 연구실 입구 정원에 서서 주고 받는 이야기를 듣고 E동 쪽에서 나온 것 같았다.

"제가 하교수의 시체를 발견했거든요. 아참, 이거 실례했습니다. 보아하니 경찰서에서 오신 것 같은데, 저는 이 학교에 있는 김민제라는 사람입니다."

김민제가 추경감한테 공손히 절을 하면서 말했다. 둥글둥글하고 낙천적인 얼굴에 예의바르고 단정한 사람 같았다.

"저는 시경의 추경감입니다. 그렇지 않아도 좀 뵈올까 했는데……."

"그럼 하교수 연구실에 잠깐 들어갈까요?"

그래서 두 사람은 현장이 잘 보존되어 있는 하주원 박사의 연구실로 들어가 소파에 마주앉았다. 탁자 위에는 핏자국이 그대로 남아 있었다.

"교수님이 하박사의 피살체를 발견하게 된 경위를 좀 들었으면 하는데요."

"예, 말씀드리죠. 저는 연구실에서 자지는 않습니다. 요즘은 방학 중이라 강의는 나가지 않지만 늘 낮엔 연구실에 나옵니다. 그날 아침에도 출근해서 연구실로 들어가려는데 수위 고씨가 숨을 헐떡이며 달려오더니 하박사 연구실에 좀 가봐 달라고 하더군요. 평소에 일찍 일어나는 하박사가 10시 가까이 되었는데도 나오질 않아 가서 문을 노크해 봤지만 아무 응답이 없더란 것입니다. 그래서 고씨와 제가 연구실로 가서 문을 두드려 봤죠. 여전히 아무 기척이 없더군요. 문을 밀어 보았으나 안에서 잠겨 있어서 꼼짝도 안 했어요. 그래서 결국 열쇠 여는 기술자를 불러 와서 문을 따고 들어갔더니 글쎄…… 아이 끔찍해서 말이 나오지 않는군요."

김민제 교수는 명랑하던 얼굴이 갑자기 일그러졌다.

"문이 안에서 잠겨 있었다구요?"

"예."

"그 전에 하교수님 방을 다녀갔다고 하던데……."

"아, 예, 알고 계셨군요. 저녁 8시께 왔다가 한두 시간 있다 나갔습니다."

"그땐 무얼 하셨습니까?"

추경감의 말에 김민제는 노골적으로 불쾌한 얼굴을 했다.

"아, 뭐 뜻이 있어서 한 이야기는 아닙니다. 그냥 참고로……."

추경감은 미안해 하면서 어쩔 줄 몰라했다.

동안인 경감의 얼굴이 보기 민망하게 되었다.

"예, 그냥 학술조사에 대한 이야기를 했습니다. 1주일쯤 전에 경남 산청군의 한 사적을 조사한 일이 있었지요. 그래서 그

이야기를 주로 했습니다."

"술이나 커피 같은 것은……?"

"예, 칵테일을 한두어 잔씩 한 것 같습니다. 하박사님 냉장고엔 늘 준비가 되어 있었으니깐요. 학술적인 이야기 외엔 별로 한 이야기가 없었습니다."

"교수님이 처음 들어갔을 때 조교인 이규일씨가 그 방에 있지 않던가요?"

추경감은 이렇게 말하며 넌지시 김민제의 표정을 살폈다. 김민제의 얼굴에 약간의 파문이 이는 것 같았다.

"이규일군요? 으흠, 그러고 보니까 그 친구가 와 있었군요. 내가 들어가자 그 친구는 금방 가 버리더군요, 으흠."

잔기침을 하는 김민제의 얼굴에서 추경감은 무엇인가를 얻으려고 애를 썼다.

3

박두칠과 양은혜는 거의 뜬눈으로 밤을 새웠다. 울창한 소나무 숲 너머로 찬란한 태양이 쏟아져 내려왔다. 간밤에 있었던 두 갈래의 묘한 분위기가 강렬한 햇빛 앞에 말끔히 흩어져 버렸다.

두칠과 은혜 사이에 싹트던 이성으로서의 야릇하고 가슴 두근거리던 분위기와 시체를 떠메고 가며 울음을 삼키던 마을 사람들에게서 느꼈던 전혀 반대되는 두 분위기, 그것을 비추던 달빛도 그렇게 다를 수 있었을까 하고 은혜는 생각했다.

두 사람은 텐트를 걷고 짐을 챙겼다.

일찍 읍내로 나가는 버스를 놓치지 않기 위해 서둘렀다. 한참 짐을 꾸리던 은혜가 갑자기 손길을 멈추었다.

"두칠형, 우리 이렇게 서둘 게 아니라 다음 차로 가면 안 될까?"

"갑자기 또 왜 그러는 거야? 여자의 마음이 갈대라고는 하지만 아직 여름이야, 가을도 아니고……."

"마을에 내려가서 장군소 전설을 꼭 좀 채집하고 싶은데……."

"저런! 내 그 얘기가 나올 줄 알았어. 사람이 저렇게 욕심이 많아 가지고……. 그냥 가자고 해봤자 될 일 아니니, 그럼 마을로 내려가자구. 그 대신 오후 차 편으로는 꼭 가는 거야!"

"알았어."

은혜는 갑자기 신이 난 듯 외쳤다.

두 사람이 마을 촌로들로부터 채집한 장군소(將軍沼)의 전설은 어젯밤에 들은 이야기와 별로 다를 것이 없었다. 다른 것이 있다면, 베틀굴이라는 곳과 장군소의 연관이었다.

베틀굴이란 마을 바위산에 있는 자연 동굴을 일컬었다. 바위 틈 사이로 난 입구가 좁은 천연동굴로 입구까지 가는 길이 매우 험했다. 좁은 입구를 들어서면 제법 널찍한 곳이 나왔다. 그곳에서 선녀들이 베를 짰다고 하여 베틀굴이란 이름이 붙었다고 전했다.

그 베틀굴 안쪽에 무시무시한 함정 같은 계곡이 있었다. 굴

속 천길 계곡 밑에는 물이 흘렀다. 그 물은 바로 장군소로 연결되어 있어서 선녀들이 베를 짜다가 잘못해 실패를 떨어뜨리면 며칠 뒤 장군소에서 건질 수 있다는 전설도 전해졌다.

베틀굴과 장군소는 줄잡아 20리는 됨직한 거리였다.

그러나 그 베틀굴에는 아무도 들어가 본 사람이 없었다. 그곳에 들어가면 살아 나오지 못한다는 전설 때문이었다. 설사 살아 나왔더라도 얼마 못 가 횡액을 당한다는 것이었다.

읍내 석수 진상병이 장군소에 실종된 지 1주일만에 발견된 것도 그가 베틀굴에 들어갔다가 함정 계곡에 빠져 이레만에 시체가 되어 장군소로 떠올랐기 때문이라는 것이 촌로의 이야기였다.

"말도 안 되는 허황된 소리야."

마을을 벗어나 신작로로 나오던 두칠이 은혜를 보고 한 말이었다.

"말도 안 된다고만 할 수 없는 것 아냐? 때로 전설이란 무슨 경계의 뜻이나 후세에 경고하는 의미를 가진 경우가 많거든. 베틀굴과 장군소의 관계는 실제 지질학적으로 가능한 일인지도 몰라. 1주일 전 하주원 교수와 김민제 교수 일행이 보고 간 곳이 저 베틀굴이란 말인가?"

은혜가 갑자기 생각난 듯이 물었다.

"그렇다는 거야. 베틀굴 자체보다 그 주변에 세워진 비석들을 살핀 모양이거든. 임진란 이후 많은 유림 석학들이 은둔 생활을 하면서 이곳 바위산에 와 있었다고 하더군. 당시의 시문(詩文)이나 역사 비판 같은 글을 바위 이곳저곳에 남겨 둔 게 많다

나. 그뿐 아니라 김민제 교수의 주장은, 그 베틀굴이라는 곳이 조선조 때 중요한 문서를 보관하던 비밀 서고 같은 역할을 했다는 거야. 민화 채집 중에 나온 얘기지만."

"비밀 문서를 보관했다고?"

은혜의 눈이 반짝했다. 마치 보물찾기 내기에서 무엇인가 찾아낸 소녀의 호기심 같은 눈빛이었다.

은혜의 그런 긴장된 표정이 참으로 섹시하다고 두칠은 생각했다. 대낮에 음흉한 생각을 하게 된 자신이 겸연쩍어 두칠은 땅을 내려다보며 피식 웃었다.

"두칠이형!"

은혜가 불렀다.

"왜?"

"우리 베틀굴에 좀 갔다 갈 수 없을까?"

"뭐라고?"

두칠이 난감한 표정을 지었다.

"지금 열한시야. 열두시 넘으면 버스가 없어서 읍내로 못 간다는 것 알지?"

"북두칠서엉!"

은혜가 떼를 쓸 때 하는 말투였다. 은혜의 끝없는 탐구심이 또 발동한 것이었다.

은혜에게 호기심이 발동하면 아무도 말릴 수 없다는 것을 두칠은 잘 알고 있었다.

평소에는 예절 바르고 깔끔하고 머리 좋기로 이름난 은혜지만 한 번 고집을 부리면 당할 사람이 없었다.

지난 연초에만 하더라도 프랑스에서 유학하고 있는 자기 대학의 조교와 약혼하겠다고 우겼다. 그 바람에 조그만 기업체의 사장인 은혜 아버지가 결국 지고 말았다.

그러나 약혼한 뒤 어찌된 셈인지 약혼자에 대한 관심이 거의 없어진 듯했다. 편지를 주고 받는 것 같지도 않고 전화를 거는 법도 없었다.

"북두칠서엉!"

은혜의 목소리가 더 높아졌다.

"알았어요, 알았어. 까짓 거 텐트에서 하룻밤 더 자면 될 것 아냐."

두칠은 빨리 체념했다.

"고마워, 두칠형."

그렇게 해서 그들은 동네 개구장이 학생 하나를 앞세우고 바위산을 올라갔다.

산 중턱까지는 아카시아며 소나무, 전나무 등이 얽혀 제법 울창한 숲이 있었으나 중턱을 넘어서자 나무 하나 없는 바위만으로 엉긴 산이 나타났다.

세 사람은 부지런히 서너 시간을 걸어 산의 거의 정상 부분에 다다랐다.

그곳에는 여기저기 편편하고 큰 바위들이 놓여 있었다. 편편한 바위 끝 이곳저곳에는 비석 같은 것이 더러 서 있었다. 오랜 비바람에 씻겨 이끼 같은 것이 잔뜩 끼어 있고 풍상에 깎혀 글자를 금방 알아보기 힘들었다.

"저기 저곳이에요. 소나무 두 그루가 서 있지요. 그 사이가 베틀굴이에요."

개구장이가 30여 미터 앞의 큰 바위 덤불 사이를 가리켰다. 바위 틈새에 굽은 소나무 두 그루가 달랑 서 있었다. 그 험한 바위 틈에서 어떻게 생명을 부지하며 나무가 자랐는지 신기하게만 보였다. 그 소나무 사이 바위 절벽에 조그만 틈새 같은 것이 보였다. 그것이 베틀굴 입구였다.

"가 보자."

은혜가 앞장섰다.

"안 돼요! 큰일납니데이!"

개구장이 소년이 말렸다. 소년은 겁에 질려 꼼짝 않고 선 채 소리만 질렀다.

"거기 들가모 죽어요!"

"괜찮아. 그건 거짓부렁이야."

은혜가 웃으며 말했다.

"거짓부렁 아이라요. 거 들가모 죽어요. 옛날에도 여러 사람 죽었다캐요."

소년의 얼굴은 더욱 공포에 질렸다. 소년은 슬금슬금 뒷걸음질을 쳤다.

"애야, 수고했다. 그럼 넌 여기서 내려가도 좋아."

두칠이 주머니에서 천원짜리 두 장을 꺼내 주며 소년의 등을 툭툭 쳐 주었다.

"와요? 저기 드갈라카능교?"

"아니, 우리는 여기서 좀 놀다 갈 테니 너 먼저 내려갈래?"

두칠이 부드럽게 말하자 소년은 굳은 표정을 풀며 머리를 끄덕였다.

"저기 들가모 큰일납니데이."

소년은 뒤돌아 내려가면서도 걱정된다는 듯 당부를 했다.

두칠과 은혜는 서로 얼굴을 쳐다보았다. 들어갈 것이냐 말 것이냐를 서로 묻고 있었다.

"두칠형, 겁나?"

"겁나? 웃기지 마. 그 따위 전설을 누가 믿는데? 여기까지 왔다가 그냥 갈 수는 없잖아?"

두칠은 큰소리를 쳤으나 마음 속은 꺼림칙했다.

"하주원 선생님이 여기 들어가 보고 갔다지?"

은혜가 말했다. 하주원 교수가 죽은 것이 그렇다면 이 베틀굴의 저주를 받았다는 말인가?

두 사람은 불안한 그림자를 나타내지 않으려 애쓰면서 베틀굴로 걸어갔다.

굴에는 보통 키의 사람 하나가 겨우 들어갈 만한 입구가 있었다.

두칠이 렌턴을 켜들고 먼저 들어갔다. 음침한 굴 속에서 기분 나쁜 냉기가 전신을 엄습하는 것 같았다.

굴은 입구만이 그렇게 좁을 뿐 안은 제법 넓었다. 그리고 넓은 공간의 양쪽으로 캄캄한 두 개의 입구가 입을 벌리고 있었다.

뒤를 따라 들어오던 은혜가 불안한 듯 두칠의 왼팔을 잡고 꼭 붙어 섰다. 은혜의 따뜻한 체온이 느껴졌다.

"톰소여의 모험 생각나니?"

두칠이 불안을 덜어주려고 말을 걸었다.

"그럼 박형은 톰이고 난 베키란 말이지? 호호호."

"자아, 그럼 슬슬 탐험을 시작해 볼까요?"

두칠이 연극조로 말하면서 플래시로 사방 벽을 살펴보았다. 벽은 두부모를 자른 듯 정확하고 평평한 돌로 되어 있었다. 인공으로 다듬은 것 같지는 않았다. 지각 이동에 따라 거대한 바위가 갈라지면서 생긴 공간 같았다.

음습한 공기가 피부에 느껴졌으나 동굴 특유의 퀴퀴한 곰팡이 냄새 같은 것은 전혀 나지 않았다.

두 사람은 천천히 걸어 오른쪽 벽 틈으로 들어갔다. 한 10여 미터 들어가자 굴은 점점 좁아지고 발판 바위와 벽 사이가 점점 갈라져 더 이상 들어갈 수 없었다. 발 밑은 캄캄한 함정처럼 끝없이 꺼져 있었다. 그 캄캄하여 지옥 같은 발 밑의 허공에서 이상한 소리가 들렸다. 어떻게 보면 짐승의 울부짖음 같기도 하고 어떻게 들으면 파도소리 같기도 했다.

"이 밑이 지옥인가 봐."

두칠이 끝이 보이지 않는 함정에 플래시를 비쳐 보며 말했다.

"이 지옥이 장군소까지 연결되었다는 그곳 아닐까요?"

은혜의 목소리는 약간 떨려서 나왔다. 그러고 보니 두칠의 왼팔을 움켜쥔 은혜의 손도 약간 떨리는 것 같았다.

"저게 무슨 소리 같아? 지옥에서 들려오는 소리가 저런 소리 아닐까?"

"물소리 같기도 하고, 여자가 흐느끼는 소리 같기도 하고……."

"섬뜩하지? 겁나지?"

두칠이 은혜의 얼굴에 플래시를 갖다 대며 말했다.

은혜는 두칠의 팔에 이제는 완전히 매달리다시피 했다.

"어때? 결혼해 주지 않으면 여기 빠뜨릴 거야."

"비겁자!"

"후후후……."

두칠은 팔로 은혜의 허리를 슬그머니 감으면서 웃었다.

"우리 소리 좀 녹음해요."

은혜가 걸고 있는 녹음기의 스위치를 눌렀다.

두 사람은 이번에는 왼쪽 굴로 들어가 보았다. 그곳은 사다리꼴로 된 창고 같았다. 여기저기 서너 군데로 굴이 뚫려 있고 입구는 창고의 굴다리처럼 생겼다. 벽은 약간 자색이 나는 단단한 돌로 둘러싸여 있었다.

"두칠형, 이것 봐!"

은혜가 한쪽 벽 모서리에서 이상한 것을 발견했다. 돌벽에 글자가 새겨져 있었다.

글씨가 조잡하게 새겨져 있어서 얼른 판독하기는 어려울 것 같았다.

"이게 무얼까? 선사시대 우리 조상이 새겨 놓은 것 아닐까?"

은혜가 흥분한 목소리로 말했다. 손으로 벽의 글씨를 쓰다듬어 보았다.

"선사시대에 무슨 한자 글씨가 있어?"

그들은 플래시를 비치며 한참 글자를 뜯어보았다. 도무지 무슨 이야기를 썼는지 알 수 없었으나 분명한 글자 몇 자는 읽을 수가 있었다. 춘추(春秋), 사각(史閣), 역조(歷朝) 등이 그것이었다.

제일 끝 부분에서 만력삼십사(萬歷三十四)라는 글자를 판독할
수 있었다.

"와, 굉장한 발견이야!"

두 사람은 흥분하여 한동안 정신없이 글자만 만졌다. 무슨
뜻인지는 몰라도 천고의 비밀을 자기들만이 발견한 것처럼 생
각되었다.

"이걸 탁본 뜨자."

두 사람은 똑같이 그렇게 생각하고 굴 밖으로 나가 배낭에서
창호지며 먹물, 솜방망이 등을 꺼내 들고 들어가 벽에 새겨진
글의 탁본을 떴다. 작업을 하는 두 사람의 손이 흥분에 들떠 부들
부들 떨렸다.

4

두칠과 은혜가 하주원 교수의 집에 도착한 것은 장례를 치른
뒤였다. 평소 하교수가 거처하던 집은 학교에서 그리 멀지 않은
곳에 있는 아파트였다. 하교수는 주로 학교 연구실에서 생활했기
때문에 집에는 잘 들르지 않았다.

하교수의 집에는 김민제 과장 이규일 조교, 정선희 조교, 그
리고 다른 동료 교수 몇 명이 거실에 침통한 표정으로 앉아
있었다.

특히 하교수와 가까이 지내던 김민제 교수는 허탈한 표정이었다. 이규일 조교는 술을 마셨는지 벌겋게 상기된 얼굴에 고통을 참지 못하는 듯한 괴로운 표정을 짓고 있었다.

교수들과 인사를 나눈 두칠과 은혜는 거실 구석에 조용히 앉았다.

"거참, 귀신 곡할 노릇 아닌가? 아무도 들어간 사람이 없는데 찔려서 죽다니……."

누군가가 탄식하는 말을 했다.

"혹시 자살을 할 수도 있지 않을까요?"

누군가가 다시 말을 받았다.

"뭣 때문에 하교수가 자살을 한단 말입니까? 자살할 이유가 없을 뿐 아니라 자살했다면 그때 사용한 칼이든 뭐든 심장을 찌른 흉기가 있어야 할 것 아닙니까?"

사람들의 이야기를 들으며 한 곳을 쳐다보고 있던 두칠은 깜짝 놀라 하마터면 소리를 지를 뻔했다. 거실벽 한쪽에 몇 장의 글씨며 탁본이 압침으로 아무렇게나 붙어 있었다. 그 중 자기들이 베틀굴에서 탁본해 온 것과 똑같은 탁본이 한 장 걸려 있었기 때문이다.

두칠이 손으로 은혜를 쿡쿡 찔러 턱으로 그 탁본을 가리켰다.

은혜도 그것을 발견하고는 소스라치게 놀라는 표정이었다.

그렇다면 하교수가 자기들보다 먼저 그것을 발견하고 탁본을 떠다 두었다는 이야기가 아닌가?

다시 말해 자기들보다 먼저 그 베틀굴에 들어갔었다는 이야기다.

베틀굴에 들어간 사람은 반드시 횡액을 당한다고 하던 촌로의
말이 문득 머리를 스쳤다.

그것은 터무니없는 미신이라고 웃어 넘기려 했지만 어쩐지
두칠과 은혜의 머리에서는 그 말이 떠나지 않았다. 베틀 앞에서
백지장처럼 하얗게 질리던 소년의 얼굴이 생생하게 다시 떠올랐
다.

"선생님, 저게 무슨 탁본입니까?"

두칠이 곁에 있는 김민제 교수한테 나직한 목소리로 물으며
벽에 있는 문제의 탁본 글씨를 가리켰다.

"음, 저것 말이냐? 저것은 경상남도 산청군에 있는 어느 동굴
속의 글씨를 탁본해 온 건데 내가 발견한 거야."

"예?"

두칠의 눈이 둥그래졌다.

"그럼 선생님도 베틀굴에 갔었단 말입니까?"

"아니, 너희들이야말로 베틀굴을 어떻게 아니?"

이번에는 김민제 교수가 눈이 둥그레졌다. 거실에 앉아 있던
여러 사람이 이쪽을 쳐다보았다.

은혜가 가방 속에서 탁본해 온 글씨를 끄집어냈다. 벽에 붙어
있는 탁본과 비교해 보았다. 한눈에도 똑같은 글씨로 보였다.

"흠!"

김민제 교수가 감탄을 했다. 그것을 보고 있던 이규일, 정선희
조교도 놀라는 표정이었다.

"너희들이 이 베틀굴에 들어가 봤단 말이지?"

"예."

"그래, 거기서 무엇을 발견했니?"

"이 탁본에 뜬 글씨밖에는 아무것도 못 찾았어요. 굴이 여러 갈래 있는 것 같았는데 더 들어가 보지는 못했어요."

은혜가 대답했다.

"이게 무엇을 뜻하는 글자들입니까?"

두칠이 김교수를 보고 물었다.

"글쎄, 아직 자세한 것은 모르겠지만 그곳이 조선조 중기에 만들어진 사고(史庫)인 것 같아. 그것이 만약 사고(史庫)라고 한다면 이것은 굉장한 발견이지. 조선조 실록의 일부를 바꿔야 할 정도로 놀라운 일이야. 지금 내가 그것에 관한 논문을 준비하고 있는데, 올 가을 사학(史學) 대회에서 발표할 생각이야. 아마 이것이 발표되면 사학계가 발칵 뒤집어질걸."

앉아 있던 사람들은 모두 놀라는 표정을 지었다.

"선생님, 저희들이 지금까지 배운 조선조의 사고는 모두 다섯 군데뿐인 걸로 아는데, 그럼 여섯번째 사고가 있었다는 말입니까?"

두칠이 다시 물었다.

"자네가 배운 것뿐 아니라 모든 기록에는 5대 사고(五大史庫)라는 것으로 밝혀져 있지. 자네들 알다시피 사고란 고려조 말기에서부터 조선조에 걸쳐 존립하던 왕조실록 보관창고 아닌가. 이 실록(實錄)이란 왕조에서 가장 귀중한 역사문서이기 때문에 유실을 우려해 그 보관에 여간 신경을 쓴 것이 아니지. 조선조 초기에는 이 실록을 네 군데의 사고, 즉 한양의 춘추관, 충주, 전주, 성주의 네 곳에서 똑같은 것을 한 질씩 보관하고 있었지. 한데 이것이 임진왜란 때 거의 다 타버리고 용케도 전주 사고본만이 남아 있었거든. 뒤에 황해도 묘향산으로 옮겼지. 후세 사람들이 묘향산 사고본이라고 부른 게 그거야. 묘향산 사고본은 다시 강화도로 옮겨 전등사와 마니산에 옮겨가며 보관해 오다, 조선조 말기에는 정종사로 옮겨지고 다시 규장각 도서로 보관되다가, 지금은 서울대학교에서 보관하고 있다네. 임진왜란 이후 세 곳의 사고본이 다 타버리자 선조 때 다시 5대 사고를 짓고 실록을 재인해서⋯⋯."

"재인이 뭐예요?"

은혜가 중간에 질문을 했다.

"다시 찍는다는 말이지. 요새 같으면 복사라는 뜻이야. 그래서 그것을 재인해서 다섯 군데에다 보관해 왔지. 한 곳은 서울의 춘추관, 그 외의 것은 모두 지방에 보관했지. 강릉의 오대산, 태백산, 마니산, 적상산 등 다섯 곳의 사고를 5대 사고라고 한다네."

"그 5대 사고의 실록들은 지금 다 보관돼 있나요?"

"춘추관 사고만이 인조 2년 이괄(李适)의 난 때 불타고 나머지는 조선조 말까지 보관되었다네. 그런데 충주 사고본은 일본인들이 도꾜대학으로 가져갔는데 동경대지진 때 불타 버렸지. 태백산 사고본과 마니산 사고본은 규장각으로 갔고 적상산 사고는 구황실 문고로 보관하고 있네."

"네."

"그러면 산청군 차황면의 베틀굴에 여섯번째의 사고가 있었다는 말씀인가요?"

은혜가 다시 물었다.

"내 생각으로는 그렇다네."

"그렇다면 왜 모든 기록에 5대 사고만 나와 있을까요?"

두칠이 물었다.

"글쎄, 그것이 의문이라네. 실록이나 야사 등에 모두 사고는 다섯 군데로 기록하고 있지. 다섯 군데가 다 불타서 동시에 없어지는 일은 거의 없을 것이라고 생각해서 다섯 군데를 지었던가 봐. 하지만 조선조 초에는 네 군데에 보관을 했지만 세 군데서 소실되지 않았나. 그래서 다섯 군데도 동시에 다 재난을 만나 없어질 수도 있다고 생각한 것이겠지. 그래서 기록에 남기지 않고 극비의 사고, 즉 여섯번째의 비상사고(非常史庫)가 있었을 것으로 나는 생각하네. 그것이 여섯번째가 아니고 첫번째일 수도 있지만, 기록에 있는 것은 누가 찾아내서 없애려면 다 없앨 수 있는 것 아닌가?"

"누가 그것을 그렇게 찾아내서 불태우기까지 하겠어요?"

은혜가 물었다.

"자네는 역사공부할 때 사화(史禍)에 대해 배우지 않았나? 역사의 기록 문제 때문에 선비를 죽이고 죽고 한 일이 얼마나 많은가? 역사의 심판을 두려워하는 권력자들이 역사책을 뜯어 고치려고 얼마나 애썼나? 조선조의 폭군들은 자기의 역사기록인 사초(史草)를 안 보여 준다고 사관을 못살게 군 사건도 부지기수지."

"역사의 심판을 두려워하는 것은 동서고금을 막론하고 마찬가질 거야."

이때까지 잠자코 있던 이규일 조교가 거들었다. 약간 혀가 꼬부라진 말소리였다.

"그래서 다른 다섯 곳의 실록이 다 없어지더라도 비밀사고 하나만을 후세에 전해야겠다는 생각에서 모든 공식기록에서는 이 제6의 사고를 다 삭제했을 것이라고 생각한다네."

"그럼 선생님은 어떻게 거기에 제6의 사고가 있다는 것을 알았습니까?"

"몇년 전 나는 산청군 일대의 각 가문 문집을 조사하다가 어느 집 고서 속에서 이상한 문집 하나를 발견했지. 임진난 때 서울 조정의 봉교(奉敎) 한 사람이 산청으로 숨어 들어와 적어놓은 글이었는데……."

"봉교가 뭐예요?"

은혜가 다시 교수의 말허리를 자르고 물었다.

"봉교란 조선조 때 사관(史官)의 이름인데 정칠품(正七品) 벼슬이지. 이인선(李仁宣)이라는 이 봉교의 문집 중에 베틀굴에 관한 기록이 있다네. 그곳에 선조 이전의 중요 서적이 보관돼 있기 때문에 사람들을 그 근방에 얼씬하지 못하게 했지. 접근하면 횡액을 당한다는 말을 퍼뜨려 놓았다고 적혀 있더란 말이야."

"아아, 그랬었군요."

두칠과 은혜는 입을 딱 벌리며 감탄했다. 그곳에 들어가면 죽음을 당한다는 전설은 그런 연유로 해서 전해졌던 것이다.

"그 여섯번째 사고는 언제 지은 것이라고 추측됩니까?"

두칠이 호기심 가득 찬 눈으로 물었다.

"여기를 좀 보게."

김민제 교수가 탁본 끝부분을 가리켰다.

"여기 만력삼십사(萬歷三十四)라고 새겨져 있지 않나. 만력이란 중국의 연호인데 명나라 만력연대 34년이란 뜻이지. 우리나라 연대로는 조선조 선조 39년, 1606년일세. 이때가 남은 실록 사고본을 재인해서 5대 사고를 설치하던 해라네. 아마도 5대 사고를 지을 때 같이 만든 것이라고 생각되네."

"그렇다면 그 봉교 벼슬을 지낸 사관이 문집을 남기지 않았다면 거기에 사고가 있다는 것을 후세 사람이 아무도 몰랐을 텐데, 보관하나마나 묻히고 마는 것 아닙니까?"

두칠이 다시 물었다.

"그렇다네. 그래서 구전으로 그곳에 사고가 있다는 암시를 한 노래까지 있지. 조선조 때 궁중에서 궁녀들 사이에 불려지던 베틀노래라는 노래가 전해 오는데 말야, 그 가사 속에 '뫼그늘 아래 베틀굴 베틀베틀 들어가면 우리 성상 만나네'라는 귀절이 있거든. 이것이 바로 산청 베틀굴 속 왕조실록을 암시한 것이라고 나는 생각하네. 뫼그늘이란 산음(山陰)이란 뜻인데 산청군의 옛날 지명이 산음현(山陰懸)이지. 그러나 이것은 어디까지나 나의 학설일 뿐이고 확인된 역사적 사실로는 아직 미흡한 데가 많아."

김민제 교수는 흐뭇한 표정으로 담배를 피워 물었다.

그러나 아까부터 이규일 조교는 비웃는 듯한 얼굴을 하고는 무엇인가 혀 꼬부라진 소리로 혼자 중얼거렸다.

5

"반장님, 하교수란 여자 말입니다. 교수라는 인격자가 뒷구멍으로 호박씨를 까고 있었습니다."

강형사가 중요한 것을 발견한 듯 사뭇 흥분한 목소리로 팔을 휘저어 가며 말했다. 강형사가 흥분하면 양쪽 소매를 자꾸 걷어올리거나 팔을 휘젓는 버릇이 있었다.

"무슨 냄새를 또 맡고 와서 이렇게 흥분하나? 그 호박씨하고 범인하고 무슨 관계가 있어?"

추경감은 의자에 앉아 바깥 풍경을 내다보며 눈도 떼지 않고 말했다.

"반장님, 글쎄 하교수가 말입니다. 참 반장님, 하교수의 인물이 어떻다고 생각합니까? 그만하면 속된 말로 인물값하게 생겼지 않았어요? 게다가 서른여섯 살이나 되도록 시집을 가지 않은 것은……."

"서론이 너무 길어. 그래, 뭘 알아왔단 말인가?"

추경감이 피우던 담배를 재떨이에 비벼 끄며 물었다.

"하교수의 남자 관계가 보통 복잡한 게 아니라 이 말씀입니다. 글쎄 교수건 박사건 반반하게 생긴 여자가 그냥 독신으로 지낼 수 있어요? 제가 무슨 성녀라고……."

"이봐, 강형사, 죽은 사람을 함부로 그렇게 비난하는 것 아냐. 그건 사자에 대한 모독이야."

"하지만 반장님, 그게 사실인 걸 어떻게 합니까. 그 하교수가 자기보다 여섯 살이나 아래인 연하의 남자와 연애를 하고 있더라 이겁니다."

"사랑에는 국경도 나이도 없다고 소설책에 나와 있어."

"그건 소설이죠."

"그래, 그 연하의 상대가 누구야?"

"이규일. 대학원 박사과정에 있는 조교 말입니다. 그 녀석 덩치가 큼직하고 황소처럼 우직하게 생긴 얼굴이 힘깨나 쓰게 생겼어요. 그뿐 아니라 그 녀석 눈을 보면 음흉하기 짝이 없어요."

"이젠 산 사람도 마구 욕질이군. 그래, 그건 어떻게 알았어?"

추경감이 포켓을 이곳저곳 뒤지며 담배를 찾다가 담배가 떨어진 것을 알자 금방 재떨이에 비벼 끈 꽁초를 다시 집어들었다. 그 모양을 보고 있던 강형사가 담배갑을 꺼내 디밀었다.

"이규일의 연구실서 일기장을 뒤지다가 알아냈지요."

"남의 일기장은 왜 뒤졌어?"

"아무래도 난 그 녀석이 수상하게 보였어요. 일부러 침통한 척하는 모습이 영 마음에 들지 않았거든요."

"그래서?"

"그 녀석의 일기엔 온통 사랑하는 하주원씨로 가득 차 있더군요. 간간이 K교수와 하주원이 만나는 것을 질투하는 글 같은 것도 보였는데, K교수는 김민제 과장을 말하는 것 아니겠어요? 말하자면 삼각관계 같은 것이지요."

"그런 걸 함부로 단정하는 경솔함이 자네의 결점이야."

"함부로 단정하는 건 아닙니다. 하교수 집에 있는 가정부 아줌마를 꾀어서 그 사실을 확인했답니다."

"그 사실이라니?"

"이규일이 하교수와 보통관계가 아니란 것 말입니다. 그리고 하교수를 가운데 두고 스승과 제자 사이인 이규일과 김민제가 거북한 사이란 것 말입니다. 한 달에 한두 번은 이규일이 하교수 집에 와서 자고 갔답니다."

"뭐라고?"

추경감이 놀란 표정을 지었다.

"정말입니다. 그럴 땐 가정부 아줌마를 꼭 수원 집으로 보내는데, 한번은 전철역까지 갔다가 지갑을 안 갖고 나와 도로 집으로 돌아온 일이 있답니다. 무심코 거실문을 확 잡아다녔다가 기겁을 하고 도로 닫았다는 겁니다. 그 황소 같은 이규일이 벌거벗은 채 하주원을 번쩍 들고 욕실에서 나오더란 겁니다. 함께 샤워를 하고 침실로 안고 가는 모습이었답니다."

"정말이야?"

"수원댁한테 직접 들은 일인걸요. 그 사건 이후로 하교수는 수원댁한테는 아주 펴 놓고 이규일과 놀아났답니다. 수원댁은 비밀을 지켜주는 조건으로 월급을 거의 배 가까이 올려 받았다고 하더군요."

"그런데 어째서 수원댁이 그런 이야기를 자네한테 털어놓았단 말야?"

"수원댁은 본시 뼈대 있는 가정에서 늙은 사람인데, 그런 상스러운 짓을 도저히 그냥 보아 넘길 수가 없었다고 합니다. 더구나 이규일뿐만 아니라 나중에는 김민제 교수까지 들락거려 구역질날 정도로 하교수에 대해 혐오감을 느꼈답니다. 때론 넌지시 충고까지 했으나 완전히 자기를 벌레 정도로 취급하더랍니다. 그래서 나쁜 감정이 뼛속까지 차 있더군요."

"그러면 이규일과 김민제 두 사람을 동시에 상대했단 말이야 뭐야?"

"김교수야 들락거려도 헛물만 켰다고 수원댁이 그러더군요."

"아니, 이규일과 정선희는 서로 사랑하는 사이라고 자네가 그러지 않나. 그런데 같은 조교인 정선희는 그 사실을 몰랐단 말인가?"

"눈치를 못 챘다고 봐야죠. 그들 관계는 나중에 알고 보니 서로 사랑하는 사이가 아니고 정선희가 혼자 짝사랑한 사이였어요."

강형사는 목이 마른지 엽차를 한 잔 가져다 벌컥벌컥 마신 뒤 말을 계속했다.

"그런데 말입니다, 한 가지 이상한 것은 하교수 연구실에서 본 오디오 세트 있죠? 그게 국산이 아니고 마란츠라는 일제였단 말입니다. 그런데 그것과 똑같은 것이 이규일의 연구실과 김민제의 연구실에도 있었거든요."

"그게 뭐가 이상한가?"

"이상하지 않습니까? 어떻게 해서 세 사람이 똑같은 오디오를 산단 말입니까? 더구나 그것도 꽤 값이 나가는 외제에다가 모두 리모트 콘트롤러로 움직이는 최신 제품으로 말입니다."

"그걸 좀 알아보고 와."

추경감은 그렇게 지시하다 말고 다시 지시 사항을 수정했다.

"아냐, 나하고 같이 S대학 연구실로 좀 가지. 가서 알아보기로 해."

두 사람은 강형사의 프레스토를 타고 S대학으로 향했다. 천호동을 지나 남한산성 입구 가까이에 있는 S대학까지 가면서 두 사람은 더위 때문에 땀을 흠뻑 흘렸다. 차에 에어콘이란 게 있긴 했으나 날씨가 워낙 더워 맥을 추지 못했다.

두 사람은 우선 하교수의 연구실 문을 열게 하고 수위와 함께 들어갔다.

너댓 평 정도 됨직한 연구실의 두 벽은 책으로 가득 차 있고 문 쪽 벽에는 오디오 세트와 커다란 스테레오 스피커가 놓여 있었다. 강형사의 말대로 마란츠 리모콘이었다.

"리모트 콘트롤러(코맨더)는 어디로 갔나?"

추경감이 오디오를 작동시켜 보다가 물었다.

"저기 있군요."

강형사가 소파 뒤 바닥에 떨어져 있는 리모트 콘트롤러를 집어 들고 왔다.

추경감은 그것을 들고 신기한 듯 열어보기도 하고 켜보기도 했다.

"강형사, 집에 이런 것 있어?"

"헤헤헤, 반장님, 제 월급이 얼만데 이런 걸 삽니까? 저보다 월급을 많이 받는 반장님 집에도 없으면서."

강형사가 뒷머리를 긁적긁적하며 말했다.

추경감은 한쪽 벽에 있는 도어를 열었다. 여자의 화장품 냄새가 확 풍겼다.

조그만 싱글 베드가 놓여 있는 침실이었다. 연구실치고는 호화
판이었다.

"여기서는 밖으로 나가는 문이 없나?"

추경감이 수위를 보고 물었다.

"없습니다. 모든 연구실은 이 앞 복도로 나 있는 출입문 말고는
사람이 드나들 곳이 없습니다. 저 뒤쪽 창문으로는 사람이 드나
들 수 없죠."

수위가 소파 뒤에 있는 조그만 창문을 가리켰다. 방범 쇠창살
사이로 모기장 문이 덧씌워져 있었다. 사람이 드나들 수 있는
문이 아니었다.

"그것 참 귀신 곡할 노릇이군. 아무도 없이 잠겨진 방안에서
여자 혼자 심장을 찔려 죽다니, 자살했다면 흉기를 감췄을 턱도
없고……."

강형사가 중얼거렸다.

"문이 안에서 잠긴 거야. 간단하지. 요즘 모든 도어 실린더는
가운데 있는 녹커를 눌러 놓고 나오면서 닫으면 자동적으로
잠겨. 그러니까 범인이 나가면서 잠글 수도 있어."

추경감이 설명을 하면서 탁자 위와 책상 위에 흩어져 있는
고문서며 책자들을 뒤적여 보았다. 모두가 붓글씨로 씌어진 한자
들이어서 뭐가 뭔지 알 수가 없었다. 그 중 책상 위에서 눈길을
끈 것은 한자 붓글씨를 복사기로 복사해 놓은 것이었다.

만력삼십사(萬歷三十四)라는 붓글씨를 세로로 쓴 것으로 작은
것에서부터 큰 것에 이르기까지 여러 장을 크기가 다르게 복사해

놓았다. 그것은 글자체를 감정하기 위해 만들어 놓은 것이라고
추경감은 생각했다.

"그게 뭘까요? 필적 감장한 것 아닐까요?"

강형사도 추경감이 유심히 보고 있는 복사물을 보며 물었다.

"아니, 이건 하교수 집에서도 여러 장 봤어요. 뭣 때문에 이걸
이렇게 여러 장 복사를 해놨을까요?"

추경감은 강형사의 말을 귓전으로 들으며 복사물 중 한 장을
슬쩍 집어 호주머니에 넣었다.

"김민제 교수 연구실은 어딘가?"

추경감이 물었다.

"저쪽 E동입니다. 가 보시겠어요?"

수위 고씨가 문을 열면서 말했다. 추경감과 강형사는 고씨의
안내로 이번에는 김민제 교수의 연구실로 들어갔다.

"김박사님, 안녕하세요."

추경감이 구면이라 먼저 인사를 했다.

"어서 오십시오, 경감님."

김민제 교수는 몹시 못마땅한 표정으로 마지못해 같이 인사를
했다.

"여기까지 왔다가 더워서 냉수나 한 그릇 마시고 갈까 하고
들렀습니다."

추경감은 연구실 안으로 들어가 소파에 털썩 주저앉으며 말했
다. F동의 연구실보다 훨씬 크고 좋아 보였다. 과장들이 쓰는
곳이라 그런 것 같았다.

강형사의 말대로 정말 마란츠 오디오가 놓여 있었다. 하교수의

연구실과 마찬가지로 고서 같은 책들이 여기 저기 잔뜩 쌓여 있었다. 하교수 연구실보다 다른 것이 있다면 벽의 여기저기에 여러 가지 사적 사진이 잔뜩 붙어 있는 점이었다.

절에서 본 것 같은 부처며, 미륵, 사찰건물, 석조물, 토성, 산등성이 등 별로 신통해 보이지 않는, 하잘 것 없는 그림들이 벽을 온통 차지하고 있었다.

김교수가 냉수에 얼음을 넣은 글라스 두 개를 들고 왔다.

"고맙습니다. 오디오 세트가 아주 좋군요. 음악을 좋아하시나 보죠?"

추경감이 넌지시 말을 걸었다.

"음악이라구요? 난 음칩니다, 음치. 노래래야 이미자의 동백아가씨, 남인수의 애수의 소야곡 같은 유행가 정도를 좋아하죠. 왜 유치합니까?"

김민제 교수가 지나치게 시비조의 반응을 보였다.

"허허허, 저도 유행가 좋아하죠. 특히 남인수의 애수의 소야곡, 감격시대 좋지요."

추경감은 민망해 하며 웃어 보였다.

"그런데 유행갈 듣기 위해 저렇게 비싼 오디오 세트를 사다가 여기에 갖다 놓지는 않았을 것이고……."

"아, 그것 말입니까? 교수 연구실과 오디오, 그거 어울리지 않는 것이죠. 헌데 저 놈을 가져다 놓은 이유가 있습니다. 작년에 일본의 천리교 대학이라는 대학 교수들과 동양사에 관한 프로젝트를 하나 해냈는데, 그때 연구비로 받은 돈을 가지고 뭣을 할 것인가 한참 논란을 하다가 결국 저 놈을 사기로 했

죠. 하주원 박사가 팝송을 좋아해서 저 따위 오디오 사는 것을
퍽 좋아했습니다. 결국 저 놈을 세 마리나 사서 일본서 가져왔
죠. 막대한 관세를 물고 가져와서 내가 하나, 하박사가 하나,
이규일군이 하나 가져갔죠."

김민제 교수는 계속 이 놈 저 놈 하면서 오디오 세트를 손으로
툭툭 치며 말했다.

"세 분이서 그 프로젝트에 참가했습니까?"

강형사가 물었다.

"그랬었죠. 뭐 조교라고 이규일군을 뺄 수야 없잖아요?"

그 동안 추경감은 콘트롤러를 만지작거리고 있었다. 그것이
몹시도 신기한 듯 만져보고 뜯어보고 했다.

"저, 한 가지만 물어보겠습니다. 8월 3일 밤, 그러니까 하교수가
피살되던 날 밤 8시 반께 하박사 연구실에 갔었죠."

"그건 벌써 여러 번 말했지 않습니까. 내가 그때 갔더니 이규일
조교와 하박사가 있더군요. 독신 여자 사는 방에 총각놈이 밤중
에 왜 찾아왔는지 모르겠어요. 그 놈 엉큼한 놈 같아서 내가
좋지 않게 말했더니 나가 버리더군요."

"뭐라고 말씀하셨습니까?"

"상대가 스승이라도 총각 놈이 밤에 혼자 사는 여자방에 찾아
오는 법이 아니라고 했죠."

"교수님은 왜 밤에 혼자 사는 노처녀 연구실에 찾아갔습니까?"
강형사가 퉁명스럽게 물었다.

"나야 학과장 아닙니까. 그리고 내가 뭐 여자 꽁무니나 따라다
니는 총각입니까? 무슨 말씀을 그렇게 하시오?"

김민제 교수가 몹시 불쾌한 듯 고함을 지르다시피 떠들었다.

"미안합니다. 김교수님의 인격을 의심하는 것은 절대 아닙니다."

김민제 교수가 펄쩍 뛰는 바람에 강형사는 사과를 하지 않을 수 없었다.

"교수님, 한 가지만 더 물어보겠습니다. 이규일 조교가 나가고 난 뒤 하교수와 10시 반까지 근 두 시간 동안 함께 계셨는데, 그때 그 방에서 무슨 수상한 것을 발견한 일은 없나요?"

추경감이 물었다.

"수상한 일이라뇨?"

"가령 침실에 누가 숨어 있었다든지."

"에끼 여보슈. 처녀 침실에 뭐가 숨어 있단 말입니까? 그 침실엔 그때 개미새끼 한 마리 없었어요."

"김선생님이 침실에 들어가 보셨습니까?"

추경감이 빙긋 웃으며 말했다. 김민제 교수는 금세 그게 무슨 뜻인가를 알아차리고 당황해 했다.

"그냥, 그냥 심심해서 무심코 한 번 열어봤지요."

"처녀의 침실을 심심해서 열어봅니까, 외간 남자가 밤중에? 후후후."

강형사가 코웃음을 쳤다.

"그렇다고 칩시다. 그날 밤 하교수는 무슨 수상한 언동을 보이지 않았나요?"

"그 여자는 보통 앙큼스럽지 않습니다. 무슨 일이 있어도 나한테 털어놓을 사람이 아니죠. 우리는 주로 여섯번째 사고(史

庫)에 대해 토론을 했습니다. 여섯번째 사고란 내가 산청군에서 발견한 것인데……."

"예, 그건 이야기를 들어서 알고 있습니다. 올 가을 학회에 보고할 예정이라면서요. 굉장한 발견을 하셨더군요. 축하합니다."

추경감이 고개를 숙여 경의를 표하는 시늉을 했다.

"한 가지만 더 묻겠습니다. 교수님은 누가 하박사를 어떻게 죽였다고 생각합니까?"

추경감이 끈질기게 다시 물었다.

"그걸 알면 내가 형사질 해먹지요. 그야 뭐 뻔한 것 아닙니까? 치정관계로 어느 놈이 밤에 숨어들어서 한 짓인지 모르죠."

"치정관계라고요?"

추경감이 귀를 쫑긋 세웠다.

"하교수는 존경받는 우리나라의 사학자죠. 나보다 더 이름을 날린 장래 있는 사학자죠. 나는 그의 학문을 존경하고 같이 연구를 하지만 사생활은 좋아하지 않습니다. 잘 모르긴 하지만 남자가 있는 것 같았거든요."

김교수가 몹시 불쾌한 듯 말했다.

"자, 그럼 우린 가지."

추경감이 일어섰다. 두 사람은 강형사가 운전하는 프레스토에 다시 탔다.

"자네, 하주원 박사 아파트 알지? 수원댁 있는……."

"그리로 갈까요?"

두 사람은 하주원의 아파트에 도착했다.

거기서 추경감은 박두칠과 양은혜를 만났다. 두 사람은 거실 탁자 위에 자기들이 산청에서 가져온 탁본을 놓고 무엇인가를 열심히 맞추어 보고 있었다.

"여, 학생들 또 만났군."

두 사람은 강형사를 보자 반갑게 인사를 했다.

"좀 올라가도 될까?"

"저희들도 주인은 아닌데요. 어서 올라오세요."

양은혜가 상냥스럽게 말했다.

"범인은 알아냈습니까?"

박두칠이 강형사를 보고 물었다. 강형사와는 학교 연구실과 이곳에서 몇번 얼굴이 마주친 적이 있어 친숙해졌다.

"아직……."

"제 생각에는 산청군의 베틀굴이라는 것과 이번 사건이 연관이 있지 않나 하는 막연한 생각이 듭니다."

"어째서?"

"베틀굴에 들어갔던 사람은 반드시 횡액을 당한다고 했거든요. 우리가 산청서 떠나기 전날 진상병이라는 석수가 죽었는데, 그 사람도 역시 베틀굴과 연관이 있는 것 같았어요."

은혜가 말했다.

"그 베틀굴이란 곳은 두 학생도 들어가 보았다고 했잖나?"

강형사의 말이었다.

"그랬어요. 그래서 우리도 실은 불안하기 짝이 없어요. 언제 무슨 횡액을 당할지 모르겠어요."

"에이, 쓸데없는 미신 같은 것 믿지 말아요. 그건 그렇고, 이거

본 일 없어?"

추경감이 주머니에서 종이 조각 하나를 꺼내어 펴 보였다. 아까
하박사 연구실서 가지고 온 복사지 중의 하나였다.

만력삼십사(萬歷三十四)라고 써 놓은 탁본 글씨의 확대복사
였다.

"이건 베틀굴에 있던 건데……. 아니, 그런데 밑에 이건 뭐야?
삼십사(三十四) 다음에 '연'(年)자가 더 있지 않아? 베틀굴
탁본은 그 자가 없는데……. 그렇지만 이건 똑같은 글썬데
한 글자만 더 있지 않아? 이건 어디서 탁본을 뜬 것일까?"

두칠은 하교수 방 벽에 있는 베틀굴 탁본에 그것을 가지고
가서 대 보았다. 만력(萬歷)이라는 글씨 모양이 똑같았다.

"그렇다면 여기 이 탁본을 뜬 비석과 베틀굴 벽의 글씨는 같은
사람이 썼다는 말인가?"

추경감이 고개를 갸우뚱했다.

"우리 딴 데 가서 좀 알아보기로 하지. K대학 원로학자인 석박
사한테 가서 좀 자문을 구하자구."

추경감과 강형사는 다시 프레스토로 돌아와서 K대학으로 향
했다.

"난 아무래도 김민제 교수나 이규일 조교 중 한 사람이 범인인
것 같단 말야."

추경감이 혼잣말처럼 중얼거렸다.

"전 처음엔 이규일이란 녀석이 범인인 줄 알았습니다. 그 녀석
이 하박사를 김민제 과장한테 뺏기게 되니까 홧김에 죽인 것이
아닐까 하고 생각했습니다. 그러나 그 녀석은 사람을 그렇게

치밀하게 죽일 위인이 못 된다고 봐요. 오히려 김민제 교수가 범인인 것 같아요. 같은 게 아니라 녀석이 틀림없어요."

강형사의 말을 듣고 있던 추경감이 혀를 끌끌 찼다.

"증거도 없으면서 생사람 잡지 말게. 김교수가 그 방에서 나간 뒤 두 시간이 지나도록 하주원 박사는 살아 있었어. 심장을 찔린 사람이 팝송을 틀어놓고 즐기고 있었단 말이야?"

"글쎄 그건 아무래도 설명이 안 되는데요. 혹시 그 고선가 뭔가 하는 수위가 범인이 아닐까요? 자기가 죽여 놓고 거짓말을 할 수도 있잖습니까? 아침에 혼자서 그 방문을 열어볼 수도 있는데, 김민제 교수를 데리고 가서 현장을 보게 한 것은 자기 범행을 감추기 위한 것이 아닐까요? 최초로 시체를 발견한 사람은 일단 의심을 받게 되니까 말입니다."

강형사의 눈이 반짝 빛났다. 그 바람에 핸들을 놓쳐 하마터면 차가 앞차의 꽁무니를 받을 뻔하고 급정거를 했다.

"하지만 고씨는 하주원을 죽일 만한 동기가 없어."

추경감이 고개를 가로 저었다.

"왜 동기가 없습니까? 하박사는 서른여섯 살이지만 매력 있고 예쁜 처녀였습니다. 더구나 바람기가 항상 몸 주변에서 떠나지 않는 그런 여자였죠. 고씨도 사나이인데 왜 여자를 탐내지 않았겠습니까? 교수와 수위의 관계라는 신분이 그것을 막을 만한 방파제는 못 됩니다. 심야 오디오의 리듬 소리가 너무 크다는 옆방 교수의 항의를 전달하려고 방문을 열었을 테죠. 그때 비스듬히 누워 음악에 취해서 몽롱해 있는 아름다운 여체를 발견했다고 합시다. 그때 욕정을 참지 못한 고씨가 하주원을 강제로

범하고는 더럭 겁이 나서 죽일 수도 있죠. 그리고는 시침 뚝
떼고 그 방을 나와 거짓말할 궁리를 한 거죠."

강형사가 아주 그럴 듯한 추리를 해보였다.

"검시 결과 하박사가 추행당한 흔적이 있었나?"

추경감이 물었다.

"그런 흔적은 없었다고 합니다."

강형사가 풀이 죽어 대답했다.

두 사람은 K대학까지 갔으나 석박사를 만나지 못했다.

그 뒤 며칠 동안 추경감은 혼자서 부지런히 이곳저곳을 다녔
다. 주로 석박사를 만나 무슨 일을 꾸미는 것 같았다.

6

무더운 8월도 중반을 훨씬 넘어서자 아침 저녁이면 제법 시원
한 바람이 옷깃을 파고 들었다.

그 동안 하주원 박사 피살 사건으로 동분서주하던 추경감이
갑자기 밝은 표정이 되어 시경 사무실로 들어왔다. 그리고는 급히
강형사를 데리고 S대학 연구실로 달려갔다.

"범인은 김민제 교수야. 지금 체포하러 가는 길이야."

차 안에서 추경감이 말했다.

"예? 그게 정말입니까?"

강형사가 깜짝 놀라 큰 소리를 쳤다.

두 사람이 김민제 교수의 연구실에 도착했을 때 마침 그곳에는 이규일, 정선희 조교와 박두칠, 양은혜 등이 와 있었다. 여름 방학 동안의 답사 과제에 대한 중간 보고를 하고 있는 중이었다.

"여, 교수님 수고가 많으십니다. 그런데 오늘은 저희 사무실까지 좀 가주셔야겠습니다."

추경감은 빙긋 웃으며 무엇인가를 열심히 설명하고 있는 김교수를 향해 말했다.

"이 무슨 무례한 짓이요? 우린 지금 토론 시간이란 말입니다. 좀 있다가 들어오실 수 없어요?"

김민제 교수가 얼굴이 불그락푸르락하면서 추경감을 나무랐다.

"그럴 시간이 없겠는데요, 위선자 교수님. 김민제씨를 살인 혐의로 체포하고자 합니다."

추경감이 여전히 빙긋 웃는 부드러운 얼굴로 말했다.

"나를 살인범으로 체포하겠다고요? 얘들아, 너희들 들었지? 하하하."

김민제는 조교와 학생들을 보며 말한 뒤 고함을 질렀다.

"명예훼손으로 고발하기 전에 여기서 썩 꺼져요."

그러나 추경감은 조금도 불쾌한 표정을 짓지 않고 다시 말했다.

"김민제씨, 당신을 하주원씨 살해범으로 연행하고자 합니다. 순순히 같이 가시죠."

"내가 하주원 박사를 죽였다는 겁니까? 하하하, 그래, 증거가 있소? 하하하."

김민제는 너털웃음까지 웃으며 말했다.

"증거는 충분히 있지요."

"내가 뭣 때문에 동료 교수를 죽인단 말입니까?"

증거가 있다는 말에 김민제는 약간 주춤한 듯했다.

"베틀굴인가 여섯번째 사고(史庫)인가 하는 것 때문에 사고가
난 것이지요. 산청군 차황면에 베틀굴이라는 것이 있다는 것은
당신이 먼저 알아낸 것이 틀림없죠. 하주원 교수보다 훨씬 선배
이고 학과장이면서도 학문적 명성이나 성과는 도저히 하교수를
따를 수가 없었지요. 그래서 당신은 세상이 깜짝 놀랄 만한
일로 하주원 박사를 누르고 싶었던 거죠. 더구나 이규일군으로
부터 하주원을 도로 뺏고 싶었구요. 당신은 베틀굴이 조선조의
여섯번째 사고라는 기발한 아이디어를 생각해냈습니다. 이것을
입증만 한다면 사학계가 발칵 뒤집혀질 것이고 당신은 학계의
각광을 받을 것이라는 생각을 했죠. 그래서 베틀굴을 여섯번째
사고로 만들기 위한 작업을 시작했던 겁니다. 아니, 만들기
위한 작업이 아니라 학술적인 자료 발굴을 한 것이죠."

"웃기지 마십시오!"

추경감은 빙긋 웃으며 말을 계속했다.

"당신이 증거라고 내세우는 선조 때 봉교 이인선(李仁宣)의
문집에 기록된, 베틀굴에 중요한 물건이 보관되어 있으니 들어
가지 말라고 한 것은 조선조의 실록이라고 볼 수가 없어요.
역적의 누명을 쓰고 쫓겨온 이인선은 그의 선조들이 부관참시
당하는 것을 막기 위해 선조들의 뼈를 그곳에 가져다 숨겨

됐죠. 그리고는 아무도 접근하지 못하게 그런 전설을 퍼뜨린 것이라고 K대학 석박사가 말하고 있어요. 그렇지 않다면 자기들의 족보 같은 개인적인 문서였는지도 모르는 일이죠. 또 당신이 증거로 내세우는 궁중의 베틀가라는 구전 동요는 산청의 베틀굴과는 아무 상관이 없는 동요라는 정설이 벌써 정립돼 있어요."

"그래도 베틀굴 안에 있는 이곳이 비밀 사고로 선조 39년, 중국의 명나라 만력 34년에 설정되었다고 씌어 있는 명문(銘文)은 어떻게 설명하시겠습니까? 경감 나으리!"

김민제가 여전히 비웃듯이 말했다.

"그것이 중요한 점이요. 당신이 바로 하주원 여사를 죽이게 된 원인이 그거요. 당신은 완벽한 증거를 만들기 위해 그곳에 불에 탄 고서들을 가져다 흩어 놓았지요. 마치 실록이 불탄 것처럼 보이기 위한 것이었죠. 그리고 하여사 일행이 그곳에 답사를 가기 며칠 전 그곳에 먼저 간 당신은 산청읍내의 석수 진상병(陳相炳)을 막대한 돈을 주고 꾀어서 그곳에 데리고 가 벽에 글씨를 새기게 했던 거요. 그곳에 새긴 글씨는 조선조의 진짜 사고인 무주(茂朱) 적상산 사고의 비석 글씨를 탁본을 떠다가 가져가서 만들었죠. 진짜처럼 보이기 위해 노력을 많이 했더군요. 적상산의 명문에는 끝부분에 만력삼십사년(萬歷三十四年)이라고 되어 있는데 글자를 줄이기 위해 해년(年)자는 빼버리고 새겼지요. 그런데 그게 당신 실수였어요. 하주원 박사를 그곳에 데리고 가서 옛날 글씨처럼 흙과 숯검정을 발라 위장한 명문을 보였지요. 하지만 하박사는 적상산 사고에 대한

전문가였다는 것을 잘 모르셨던 거죠. 하교수는 첫눈에 그 글씨
가 적상산 명문과 같다고 생각하고는 그것이 가짜라는 것을
알았던 거요. 당신이 8월 3일날 하교수 연구실에 갔을 때 그것
이 적상산 명문을 옮겨다 만든 가짜라는 것을 확인했다고 말했
죠. 글씨란 같은 사람이 같은 자를 쓰더라도 글씨의 모양이나
획의 굵기가 절대로 똑같을 수 없는 겁니다. 그런데 복사기도
사진기도 없는 선조 때 어떻게 획의 굵기까지 똑같은 글씨가
딴 곳에 또 있을 수 있단 말입니까? 당신은 하교수의 학문적
양심으로 꾸짖는 말을 들을 수가 없었죠. 그래서 서류철할 때
쓰는 송곳으로 하박사의 심장을 찔러 버린 거요. 창호지로 된
고서를 많이 다루는 사학 교수 연구실엔 기다란 송곳이 항상
있죠. 이런 것 말입니다."
추경감이 책상 위에 있는 김민제의 송곳을 들어 보였다.
"그럴 듯한 추리군요. 엉터리 추리 하느라 수고 많았소. 그런데
내가 이 방에서 나가고 난 뒤 오디오를 틀면서 즐기고 있던
사람은 그럼 누구란 말인가요?"
김민제 교수는 다소 풀이 죽긴 했으나 승복할 태세는 전연
아니었다.
"아직 내 말은 끝나지 않았소. 당신은 베틀굴에서 글자를 다
새긴 뒤 진상병을 굴 속의 함정으로 밀어넣어서 영원히 입을
다물게 하려고 했소. 그러나 그 굴 밑은 장군소로 가는 강줄기
와 연결되어 있다는 것을 몰랐던 거요. 그 굴은 약 10만 년
전 광상(鑛狀) 변동으로 인해 바위산이 깨져 생긴 자연 동굴인
데 밑바닥은 강줄기로 통해져 있었소. 여기 은혜양이 그 굴

속에서 녹음해 온 소리를 감정해 봤더니 물 흐르는 소리였답니다. 좌우간 장군소에 근 1주일 뒤에 나타난 진상병의 시체는 당신의 살인을 고발하고 있소."

추경감이 엄숙한 얼굴로 말했다.

이야기를 듣고 있던 두칠과 은혜는 너무 놀란 나머지 얼굴이 백지장처럼 하얗게 질렸다.

"당신이 그날 밤 10시 반경 하주원씨 방을 나간 뒤 12시부터 1시 사이에, 하주원 박사가 오디오를 너무 시끄럽게 틀고 고씨가 줄여 달라고 하자 소리를 줄였다고 했죠."

"그렇소. 내가 죽인 뒤라면 어떻게 그렇게 했단 말입니까? 하박사는 심장에 송곳을 꽂고 노래를 듣나요?"

"그러나 그것이 당신의 기막힌 속임수였소. 당신은 송곳으로 하박사를 찔러 죽인 뒤 그 송곳과 오디오 세트의 리모트 콘트롤러를 옷속에 감추어 가지고 나갔소. 나가면서 도어의 실린더 안쪽 녹커를 눌러서 문을 닫아 잠기게 해 놓았죠. 그리고 송곳은 연구실 뒤쪽 숲 속에 버리고 집 마당을 서성거리고 있다가 열두시쯤 되어서 일을 시작했던 거요. 하박사 연구실의 뒤창문은 여름이라 열려 있었지요. 그러나 방범 철책이 있어 사람은 들어갈 수 없습니다. 당신은 오디오의 리모트 콘트롤러로 뒤창문에서 안에 있는 오디오를 작동시켰죠. 소리를 아주 크게 나도록 볼륨을 올렸고, 그리고 고씨가 도어를 두드리면서 소리를 낮추라고 하자 리모트 콘트롤러로 소리를 낮추어 주었죠. 마치 사람이 살아서 하는 것과 똑같이 했단 말입니다. 당신은 1시쯤 오디오를 끄고 당신 집으로 갔던 거요."

그제야 김민제의 얼굴이 파랗게 질렸다. 그러나 아직도 항복하
지는 않았다.

"그건 추리지요. 증거를 대시요."

"그렇다면 또 증거를 대죠. 당신은 리모트 콘트롤러를 당신
연구실로 가지고 갔죠. 가서 생각해 보니까 이것이 하박사 연구
실에 없으면 이상하게 보일까봐 도로 가지고 가서 뒤창문을
통해 안으로 집어넣고 왔습니다. 물론 지문 같은 것은 다 닦았
기 때문에 당신 지문이 나올 순 없죠. 그런데 그게 실수였습니
다. 당신 연구실에도 똑같은 마란츠 오디오가 있기 때문에 그만
콘트롤러를 모르고 바꿔서 가져다 놓은 겁니다. 여기 있는 이것
이 하박사 연구실 것이고, 하박사 연구실에 있는 것은 원래
당신 거요."

추경감이 오디오세트 앞에 놓여 있는 콘트롤러를 들고 와서
전지 넣는 곳을 열고 조그만 배터리 두 개를 꺼냈다.

"이 배터리는 일제 도시바입니다. 당신은 일제 배터리를 쓰지
않고 국산을 씁니다. 전기 면도기도 그렇고……."

"그것도 국산이요."

김민제가 태연히 말했다. 그러자 추경감이 배터리를 김민제
앞에 내밀었다. 분명히 도시바 마크가 붙어 있었다.

"하박사는 지난 달에 일본 갔다 오면서 충전용 도시바 배터리
를 사 갖고 와서 썼습니다. 다른 전기 기구나 카메라에도 모두
도시바 배터리만을 썼습니다."

"……."

김민제 교수는 그제야 머리를 감싸 쥐고 그 자리에 푹 주저앉

았다.

"당신 같은 사이비 학자가 있기 때문에 상아탑이 가끔 욕을 먹는 거요. 결국 하주원 박사는 진리를 진리라고 주장하다 죽은 학자요."

"그뿐이 아닙니다!"

그때까지 잠자코 듣고만 있던 이규일 조교가 거들었다.

"하박사를 부도덕한 사람으로 소문낸 것도 저 사람입니다. 수원댁을 돈으로 매수해서 제자인 나와 지저분한 관계가 있는 것처럼 떠들게 했죠. 우리 하교수님처럼 단정하고 깔끔한 숙녀가 어디 있겠습니까?"

"그러고 보면 나만 깜박 속아 바보가 된 것 아냐?"

강형사가 투덜거렸다.

두칠과 은혜는 의외의 엄청난 광경에 놀란 나머지 한 마디 말도 하지 못한 채 그저 서로 얼굴만 쳐다보고 있었다.

사랑의 알리바이

사랑의 알리바이

① 여대생, 의문의 죽음

연일 계속되는 혹한은 1월 17일 새벽에도 마찬가지였다. 추위는 강씨의 허술한 옷깃새를 뚫고 들어와 절로 진저리를 치게 만들었다. 그러나 다행히도 오늘은 바람은 없었다.

"안녕하세요!"

"어이, 수고하누만."

신문을 돌리는 소년이 강씨에게 꾸벅 인사를 했다. 강씨는 인사를 하며 멀어져 가는 소년을 돌아보았다. 날이 어두워 소년은 금세 시야에서 사라졌다.

새벽 4시 반, 그리고 추운 겨울이었다. 나와 있는 사람이라곤 자신과 소년뿐인 듯한 느낌에 강씨는 그렇게 오래 소년이 사라진 어둠을 바라보고 있었다. 잠시 후 강씨는 다시 청소차를 끌며 어둠을 부수기라도 할 양 중얼거렸다.

"어유, 오늘은 또 무슨 기사가 났을꼬? 또 몇이나 죽었을는지
모르지."

하필이면 신문을 보고 죽음부터 생각하는 자신이 경박스러워
강씨는 피식 웃어 버렸다.

그 소년은 오래 전부터 만난 소년이었다. 매일 새벽 그들은
마주 보며 지나쳤고 그러다 보니 인사도 나누게 된, 그러나 그
이상은 아무 것도 모르는 사이였다. 강씨는 그 소년과 신문 뭉치
를 보며, 때로 자신이 당기고 있는 리어카의 무게를 망각한 채
엉뚱한 상상을 하곤 했다. 그것은 자신도 저 소년이 들고 있는
신문 뭉치 속에 자신의 이름, 강득길(姜得吉) 석 자를 박아보고
싶다는 소망을 꿈처럼 펼쳐보곤 했다. 그것은 전혀 말도 되지
않는 허황한 공상이었다. 과속으로 달리는 자동차의 헤드라이트
와 엔진 소음이 그를 제정신 나게 해주곤 했다. 그러나 이번에는
엉뚱한 생각이 그의 풍부한 상상력을 막았다. 그리고 그 엉뚱한
소망이 어쩌면 이루어질지도 모를 일이 생겼다.

처음에 강씨는 아스팔트 위의 그것이 마네킹인 줄 알았다. 어쩌
다 트럭의 진동 때문에 마네킹이 떨어지는 경우가 있기 때문이
다. 그 물체가 강씨의 발에 채였을 때, 그것은 꼭 마네킹마냥 뻣뻣
했다.

내려다보던 강씨의 얼굴은 차차 굳어져 갔다. 그것은 여자였
다. 젊은 여자였다.

"어! 여보세요."

강씨는 손도 대지 못한 채 불러 보았다. 하지만 여인은 꿈쩍하

지 않았다. 강씨는 마른 침을 삼키며 목장갑을 벗었다. 오른손을 가슴에 두어 번 문지르다가 결심한 듯이 허리를 굽혀 여인의 얼굴에 손을 대보았다. 여인의 얼굴은 새벽 거리의 기온보다도 차가왔다. 강씨는 진저리를 치면서도 서서히 손을 목께로 더듬어 내려갔다. 여인은 움직이지도 않았고 숨결도 맥박도 따스함도 전혀 느껴지지 않았다.

"죽었구나!"

강씨는 손을 거두며 황급히 서너 발자국 뒤로 물러섰다. 뒷걸음 치던 발이 청소 리어카의 바퀴에 걸렸다. 강씨는 망치로 얻어맞기 라도 한 것처럼 털썩 엎어지며 비명을 질렀다. 여인이 금세라도 벌떡 일어설 것만 같았다.

"무슨 일이오?"

뒤에서 방범대원 최씨의 목소리가 들려왔다.

"여기요! 여기요!"

강씨는 부들부들 떨면서 소리를 쳤다. 최씨는 빠른 걸음으로 다가왔다.

"강씨, 무슨 일이오?"

최씨도 놀란 모양이다. 둘은 오래 전부터 잘 알고 지내는 사이 였다.

"사, 사, 사……."

강씨는 말을 하고자 노력을 했지만 혀가 얼어붙기라도 한 듯 도대체 움직여지지를 않았다.

"사라니? 사가 뭐요?"

최씨가 이번엔 피식 웃었다.

“자, 숨을 크게 쉬어요. 자, 들이쉬고, 내뱉고…… 이제 천천히 말해 봐요.”

강씨는 최씨의 말처럼 숨을 고르게 쉬고 입을 뗐다.

“사람이, 죽었어.”

“옛?”

“바로, 저기.”

강씨는 여인을 가리켰다. 어두워 어슴푸레하게밖에 보이지 않았다. 최씨는 슬금슬금 사체로 다가갔다.

“화, 확실히 죽었소?”

“만져 봤어.”

그 말에 최씨도 당황해 하는 것 같았다.

“여기 꼼짝 말고 있어요. 난 파, 파출소에 다녀올 테니.”

“아, 안 돼. 누굴 혼자 두고 가려고. 가, 같이 가세. 시체가 도망치진 않을 것 아닌가?”

강씨는 깜짝 놀라 최씨의 다리에 매달리며 말했다.

“죽은 여자가 일어날 것도 아니고, 뭐가 무섭다고 이래요. 금방 다녀올 테니 이거 놔요.”

최씨는 강씨의 팔을 풀어놓으며 달래듯이 말했다. 그러나 그러는 그의 팔도 역시 떨리고 있었다.

“젊은 여자야.”

최씨는 바쁜 걸음으로 발을 옮기며 중얼거렸다.

경찰은 대략 15분쯤 후에 도착했다. 그러나 그것은 강씨의 일생에서 가장 긴 15분이었다. 경찰이 오자 강씨는 그 자리를 한시라도 바삐 벗어나려고 했다.

"난 가도 되죠?"

"안 됩니다. 최초의 발견자이시니까. 참고 질문을 할 것이 있습니다."

강씨의 바램과는 달리 순경은 딱딱하게 대꾸했다.

"그럼 빨리 하구료."

영하 10도가 넘는 듯 살을 에는 날씨인데도 강씨의 얼굴엔 땀방울이 맺혔다.

"제가 하는 게 아닙니다. 곧 상부에서 형사들이 올 것입니다."

"이런, 제기랄. 그럼 그때까지 여기 있어야 한단 말이오?"

순경은 더 이상 대꾸하지 않았다. 강씨는 머물 수밖에 없었다. 강씨에겐 다시 악마 같은 시간이 흘렀다. 5시 반쯤 되어 순경이 말한 상부의 형사들이 나왔다.

"처음 시체를 발견하신 분입니까?"

강씨에게 다가온 사람은 50대로 보이는 영감이었다. 영감 ──이건 그 사람을 표현하는 아주 적당한 말일 것이다. 그는 나이에 비해 훨씬 주름이 많고 늙어 보이는 강씨와 하나도 달라 보이지 않았다. 강씨에게는 그 점이 우선 마음을 놓이게 했다.

"예."

"저는 시경에 있는 추경감이라는 사람입니다."

"예."

"강득길씨라고 했나요?"

"예."

"하하하, 불안해 하지 마십시오."

추경감은 붙임성 있게 말했다. 그러나 아직 어두워 표정이 잘 보이지는 않았다.

"추우시죠? 담배 한 대 태우시죠."

추경감은 담배를 뽑아 강씨에게 권했다.

"이 추운데 사람을 이렇게 세워 놓다니, 참."

추경감은 라이터를 꺼냈다. 그것은 아주 낡은 지포 라이터였다. 열심이 불을 켜려고 했지만 기름이 떨어졌는지 불꽃만 번쩍일 뿐 불이 켜지지 않았다.

"경감님, 그것 버리라고 제가 한 번만 더 이야기하면 만번은 될 겁니다."

옆에서 젊은 친구가 라이터를 켜 담배불을 붙여 주며 말했다.

"허허, 자네는 낭비가 심한 거야. 강득길씨, 이쪽은 강형삽니다."

라이터 불빛에 잠깐 보인 강형사라는 사람의 인상은 무척 날카롭게 보였다.

"강득길씨, 사체를 발견한 후에 어떤 일을 하셨나요?"

"예…… 저, 만져 봤어요."

"만져 봤다고요?"

강형사가 놀란 목소리로 되물었다.

"예, 호, 혹시 살았나 해서……."

"주변의 쓰레기를 쓸었어요?"

"……저……."

추경감의 질문에 강씨가 머뭇거렸다.

"쓰레기를 수거하셨냐고요? 잠시 리어카를 봐도 될까요?"

"안 돼요!"

강씨가 갑자기 당황해 했다.

"저, 아무것도 없습니다."

"뭐, 별 뜻은 아닙니다. 긴장하지 마세요. 혹시 범인의 유류품이라도 쓸어 담았나 해서 물어본 겁니다."

추경감은 상대의 과민 반응에 머쓱해서 해명을 했다.

"범인? 범인이라고요?"

강씨가 눈이 둥그레지면서 물었다.

"사고사일 수도 있지만, 또 살인사건일 수도 있지요."

"경감님! 사체를 옮길까 하는데요?"

현장에 있던 순경 하나가 물어왔다.

"응, 사진 찍고 현장 검증 끝났으면 좋아."

"예."

"빨리 처리하게."

강형사는 강씨에게 주소니, 발견 시각이니, 사체의 움직임 여부 등 의례적인 것을 물어보고는 황급히 사라졌다. 다른 경찰관과 감식반도 함께 가 버렸다.

강씨는 먼동이 틀 무렵까지 그 근처를 서성거렸다. 뼛속까지 시린 추위만 아니었다면 자신이 꿈을 꾸고 있는 줄 알았을 것이다. 그러나 꿈은 결코 아니었다. 그곳은 보도가 없이 상가와 차도가 바로 연결되어 있는 곳이었다. 혹은 미친 듯이 질주하는 새벽의 트럭이 목숨을 위협하기도 하는 그런 곳이다. 여인이 쓰러졌다고 하는 자리가 바로 눈앞에 있다. 빙판에 하얗게 길고 날카로운 흠이 나 있다. 근처 술집에서 내버린 물이 밤새 얼었던 모양이다.

죽은 여인은 누구였을까? 왜, 오늘 새벽 하필이면 내게 발견되었을까? 강씨는 하늘을 우러렀다. 서서히 밝아오는 하늘 위로 식구들 얼굴이 주렁주렁 떠올랐다. 강씨는 고개를 설레설레 저으며 쓰레기 리어카를 당기기 시작했다.

강씨는 그날 석간 신문을 샀다. 그의 생각대로 거기에는 그의 이름이 나와 있었다. 한 명의 기자도 그를 찾아오진 않았다. 그러나 그의 이름이, 그의 직업과 나이까지도 신문에 활자로 찍혀져 있는 것이었다.

〈여대생 의문의 죽음〉

기사는 그런 제목이 붙어 있었다.

〈오늘 새벽 4시 반 무렵 정혜린(22세, S대 서양화과 4년)양이 변사체로 그곳을 지나던 청소부 강득길(53)씨에 의해 발견되었다. 경찰은 정양의 소지품 중 지갑이 없어진 점을 들어 강도 살인사건으로 판단하고 있다. 따라서 경찰은 인근 불량배를 중심으로 수사를 펼치고 있다.〉

1단 기사로 대강 이런 내용이었다. 강씨는 읽고 난 뒤 머리를 갸웃했다. 죽은 여인은 신원을 증명할 것이 하나도 없었는데 경찰이 그것을 어떻게 알아냈을까 하는 점이다.

시경으로 돌아온 추경감은 우선 검시관의 의견부터 들어보았다.

"사인은 뭡니까?"

"아직은 모르겠지만, 뇌진탕 같군요."

"뇌진탕이라구요?"

"예, 이것은 사체의 발에서 약 50㎝쯤 떨어진 곳에서 수거한
겁니다."

"그것, 구두굽 아니요?"

검시관이 비닐 봉지 안에서 치켜든 것은 꽤 높은 하이힐굽임에
틀림없었다.

"맞아요. 여길 보시죠. 구두굽이 쇠굽으로 되어 있지요. 얼음판
에 긁힌 흔적도 쇠굽과 일치하고 있더군요. 엎어지면서 뒤통수
가 깨졌어요. 뭐, 그건 심한 상처는 아니었지만 아마 뇌출혈이
있은 듯합니다. 확실한 건 아닙니다만……. 그런데 신원을 확인
할 만한 것이 없는 게 이상하군요. 옷차림새로 보아 부잣집
따님 같은데 돈도 한푼 없었다는 것이 뭔가 찜찜하군요."

"그래요? 의사도 육감이란 게 있나요? 수사관이 되는 게 더
좋을 뻔했는데요."

추경감은 검시관의 어깨를 툭툭 치며 웃었다. 그때였다. 강형사
가 무슨 두꺼운 쪽지 같은 것을 들고 들어왔다. 그것은 혜린의
치마주머니에서 찾아낸 미술전람회의 팜플렛이었다. 그것 외는
신원을 밝힐 만한 아무런 단서가 없었다.

"추경감님, 이게 도움이 될까요?"

강형사는 다이얼을 전람회장으로 돌리며 말했다. 아직 전람회
는 열리지 않고 있어 우선 전람회를 갖는 화가의 전화번호부터
알아보아야 했다.

"여보세요, 거기 이번에 주진만(朱鎭萬)씨 개인전을 여는 세문
화랑입니까?…… 예, 그럼 주진만씨 자택 전화번호를 알 수
있을까요?"

강형사는 주진만의 집 전화번호를 알아낸 뒤 추경감을 바라보았다.

"괜히 전화요금만 올리는 것 같아요."

"잔소리 말고 전화나 걸어."

추경감은 심드렁하게 대꾸했다. 담배가 길게 재를 늘어뜨린 채 타들어가고 있었다.

"알았습니다."

강형사는 빈정대듯이 대꾸했다. 추경감은 다이얼을 돌리는 강형사를 슬쩍 쳐다보고 곧 고개를 돌렸다.

"강형사, 자네는 이 사건이 살인이었으면 신나겠지? 그러나 나는 이 사건이 불행한 사고로 일어난 것이기를 바라네."

그러나 강형사는 들은 체도 않고 열심히 다이얼을 돌렸다.

"여보세요? 주진만씨입니까?"

전화가 연결된 모양이다.

"마침 계셨군요. 여긴 경찰입니다. 잠시 만나뵐 수가 있을까요? 별일은 아닙니다만…… 예 그리로…… 예, 압니다. 종로2가 은하수 다방. 예, 곧 가죠."

강형사가 손으로 동그라미를 그려 보였다. 됐다는 표시다.

"반장님, 저는 처음부터 그 팜플렛이 중요한 신원의 열쇠라고 생각했습니다."

"어째서?"

추경감이 쳐다보지도 않고 말했다.

"그 여자에겐 유류품이라곤 아무것도 없었습니다. 핸드백을 안 가지고 다니는 여자가 있습니까? 그러니까 핸드백은 강도가, 살인범이 가져간 것이 틀림없어요. 뿐만 아니라 신원을 알게 될 만한 것은 모두 가져가 버린 거죠. 그런데 치마 호주머니 속에 있는 그 팜플렛은 몰랐던 겁니다. 경감님도 보아서 아시겠지만 여자는 검은색 코트를 입고 있었어요. 치마 위에 덮어 입고 있었지요. 물론 코트에도 주머니가 있었는데 치마에 있는 주머니보다도 더 크고 깊은 주머니였죠. 그런데 편한 코트 주머니에 팜플렛을 꽂거나, 혹은 핸드백에 넣지 않고 불편한 치마 주머니에 왜 팜플렛을 넣었을까요? 결론은 간단해요. 그 여자는 코트를 벗어놓을 수 있는 따뜻한 실내에서 그 팜플렛을 받은 겁니다. 아마도 그 장소에서 일어날 즈음이었겠지요. 아마 바쁜 일이 있었는지도 모르지요. 그 팜플렛을 치마 주머니에 넣은 뒤 외투를 걸치고 나온 것 아니겠습니까? 그렇다면 누가 팜플렛을 주었을까요? 전람회의 날짜를 보면 모레부터 시작이더구만요. 그럼 전람회장에서 가져온 건 아니지요. 또 작은 화랑에서 열리는 개인전에 무슨 돈이 많다고 팜플렛을 여기저기 뿌리고 다니겠습니까? 그럼 남은 결론은 하납니다. 전람회를 여는 사람이 그 여자에게 직접 주었을 겁니다. 따라서 전람회 주인공은 이 여자를 잘 아는 사람입니다…… 반장님, 곧 다녀오겠습니다."

강형사가 메모지를 다시 읽어 보면서 걸어나갔다.

"22, 3세, 짙은 눈썹, 큰 눈, 쌍꺼풀, 작은 입, 둥그스름한 얼굴 윤곽, 긴 생머리, 약간 야윈 몸매, 보통 키, 미인형……."

"자네 지금 소설 여주인공 그리는 거야?"

중얼거리는 강형사의 말을 듣고 추경감이 빈정댔다.

"아니 경감님, 제가 문학 지망생이었다는 사실을 몇 번이나 알려 드려야 됩니까?"

강형사가 투덜거렸다.

"아무리 봐도 자네 소설가 되기는 글렀어. 후후후."

추경감은 오히려 강형사를 놀려댔다. 강형사는 부루퉁한 얼굴로 나갔다. 강형사는 주진만의 개인화실 근처인 종로2가 다방에서 주진만씨를 만났다.

주진만은 어제 오후에 자기 아틀리에에서 그 여자를 만났다고 말했다.

죽은 여인은 22세, 이름은 정혜린, S대학 4학년생이었다. 강형사는 의아해 하는 주진만한테 정혜린이 죽었다는 말은 하지 않았다. 그리고 정혜린의 집을 알아낸 뒤 그 집으로 직접 찾아갔다.

오전 10시 20분, 혜린의 가족 셋이 강형사와 함께 경찰병원으로 들어왔다. 아버지 정현익씨와 어머니 이길자씨 그리고 동생 혜미에 의해 사체가 혜린이라는 것이 확인되었다.

가족들의 슬픔이 한 파고를 지나갈쯤 되어 추경감이 말을 붙였다.

"뭐라 위로의 말씀을 드려야 할지 모르겠습니다. 경황이 없으시겠지만 따님의 소지품 중 없어진 게 혹시 없는지요?"

"그…… 글쎄요? 여보, 그……."

정현익은 당황하며 부인을 불렀다.

"그러니까 지갑이나 반지, 핸드백, 그런 것 중 없어진 것이 있나 살펴봐 달라는 겁니다."

추경감은 공손하게 부인에게 재차 설명을 했다.

"핸드백이 없어요. 그 안에 언니 지갑도 있었어요."

혜미가 말을 꺼냈다. 추경감이 혜미를 돌아보았다. 혜미는 스무 살쯤 되어 보였다. 언니 혜린과 꼭 닮았다고 생각했다.

"사실입니까?"

강형사가 정씨 부부를 보고 다시 물었다.

"예."

부인이 흐느끼면서 고개를 끄덕였다.

"그렇다면 이 사건은 강도살인일 확률이 높습니다…… 부검을 해야 될 것 같은데……."

"그건 안 돼요!"

강형사의 말에 부인은 기겁을 하며 큰 소리를 내질렀다.

"그건, 그건 안 돼요. 내 딸이 이렇게 횡사한 것도 억울한데……. 흐흑, 흑, 아이고, 아이고, 또 여기다 칼질까지 한다니…… 아이고, 그건 안 됩니다. 그건 안 돼요……."

추경감은 난감한 표정으로 한참 앉아 있다가 아버지 정현익을 데리고 복도로 자리를 옮겼다.

정현익은 조그만 중소기업체의 생산과장으로 일하고 있는 사람이었다. 온순하고 겁에 질린 표정이다.

"정과장님 따님의 경우, 물론 사고사일 수도 있습니다만, 아까 젊은 친구가 이야기한 대로 강도살인일 가능성도 높습니다. 부검을 하지 않으면 정확한 사인은 물론 사망시간도 알 길이 없습니다. 다시 말하자면 누가 따님을 해쳤는지 알 수가 없다는 말입니다. 따님을 저렇게 원혼으로 만들지는 않으시겠지요?"

정과장은 이마에 솟아오르는 땀을 닦으며 난처한 표정을 지었다. 쉰이 넘어 보이는데 퉁퉁한 부인과는 달리 바짝 말라 있었다.

"…… 하지만……그, 저……뭐랄까……."

"주저하지 마시고 말씀하십시오."

"딸의 죽음을 더 이상 여기 저기서 들춰대는 게 싫습니다. 그런다고 죽은 사람이 살아납니까?"

"그러나 만약에 못된 놈한테 죽음을 당했다면 그 원수는 갚아야 하는 것 아닙니까? 범인을 찾아내야 한단 말입니다."

"저도, 만일 딸애가 살해되었다면 결코 범인을 용서할 수 없습니다."

정과장은 고개를 숙이며 주먹에 힘을 주었다.

"예, 좋습니다. 그러면 부인을 좀 설득해 주시지요."

추경감은 정과장을 데리고 다시 사체가 놓여 있는 영안실로 자리를 옮겼다.

"저도 언니 몸에 칼대는 건 싫지만, 언니는 살해된 거니까 부검을 해야 해요. 언니도 그걸 바랄 거예요."

추경감이 들어갈 때 혜미가 말을 하고 있었다. 죽은 혜린도 저렇게 당찬 여학생이었을까 하는 생각이 추경감의 머리를 스쳤다.

"살인이라고 왜 그렇게 확신하는 거죠?"

강형사의 눈이 번쩍였다.

"난 누가 범인인지도 알아요."

혜미는 냉정하게 말했다. 눈이 붉게 물든 소녀로서는 전혀 어울리지 않는 말투였다.

"그게 누구란 말입니까?"

강형사가 깜짝 놀라 혜미에게로 다가서며 물었다.

"혜미야! 너 지금 무슨 소리를 하려고 그러는 게냐!"

정과장이 화를 내며 큰 소리로 나무랐다. 부인도 눈이 둥그레졌다.

"아버지도 아시잖아요. 언니는 어제……."

"그만! 그만해라! 무슨 벌받을 소릴 하려는 게냐!"

부인이 다가와 혜미의 팔을 잡으며 말을 막으려 했다. 그러나 혜미는 어머니를 뿌리치고 다시 말을 뱉다시피 했다.

"언니는 어제 주진만씨를 만났어요. 그 남자가 언니를 죽인 거예요."

2 사랑의 알리바이

혜린의 죽음은 모두에게 큰 충격이었다. 양주에서 치러진 그녀의 장례식에는 동생 혜미가 살인자라고 주목한 주진만도 와 있었다. 날은 추웠고, 사람들의 마음은 더욱 차가왔다.

"혜린의 사인은 뭡니까?"

장례식이 끝나자 주진만이 강형사에게 다가와 물었다. 강형사와 추경감은 일단 이 사건을 강도살인으로 보고 수사를 하고 있었다.

"1차적인 원인은 뇌진탕입니다. 하지만 그것이 바로 죽음을 일으켰던 것은 아닙니다. 보다 직접적인 것은 17일 새벽의 추위였습니다."

"옛?"

둘 사이에 다른 한 사내가 끼어들어 이야기를 듣다 문득 놀란 소리를 냈다.

"아니, 그게 무슨 말씀입니까?"

사내는 금테 안경을 쓴, 키가 크고 호리호리한 몸매의 남자였다.

"참, 저는 김윤호라고 합니다. 혜린양과는 각별한 사이였습니다."

"예, 저는 이번 사건을 담당한 강형사라고 합니다. 그리고 이분은 추경감님이십니다."

강형사가 같이 인사를 했다.

"그런데 하시던 말씀이……"

"예, 혜린양의 사인에 대해 말씀드리던 중입니다. 혜린양은, 현재 저희가 생각할 수 있는 한에서 말씀드리는 것입니다. 혜린양은 16일 밤 10시에서 17일 새벽 2시 사이에 빙판에서 미끄러져 쓰러졌습니다. 그것이 누군가의 밀침에 의한 것인지는 알 수가 없습니다. 그때 혜린양은 뇌진탕을 일으키고 쓰러져 정신을 잃었던 것입니다. 그래서 혜린양은 17일 새벽의 강추위에 얼어……"

"그만하십쇼, 됐습니다, 됐어요."

　진만이 강형사의 말을 막았다. 그는 하염없이 눈물을 흘리고 있었다. 윤호는 파랗게 질린 얼굴로 서 있었다. 그러나 윤호는 돌연 주먹을 움켜쥐더니 진만의 멱살을 움켜쥐었다.

　"이놈의 자식, 그 거짓 울음을 그치지 않을 거야! 난 알고 있어. 그날 네놈이 혜린이와 만났지. 혜린이는 너와 결혼할 생각이 없었어. 그래서 혜린이를 네놈이 쫓아가 밀친 거야. 그렇지, 말해! 말하라고!"

　윤호는 속삭이듯이 낮게 말을 했다.

　"눈물을 거둬. 혜린이가 묻힌 이 땅 위에 네놈의 눈물을 같이 둘 순 없어. 네놈이 이곳으로 와 혜린의 넋이 아직도 여기에 헤매고 있을 거야. 당장 눈물을 거둬, 이 자식아."

　윤호는 이야기하며 진만의 몸을 마구 흔들어댔다. 그러나 진만은 몸을 온통 내맡긴 채 반항의 작은 몸짓도 없이 그저 눈물만 흘리고 있었다.

　"에이!"

　윤호는 크게 탄식을 하며 진만을 팽개쳤다. 진만은 비틀비틀 밀려 뒷걸음질치다가 모로 쓰러지고 말았다.

　"허허, 왜들 이러십니까?"

　강형사가 사이에 뛰어들었다. 강형사는 진만에게 다가가 그를 일으켜 세웠다.

　"그래, 내가 죽였다."

　진만은 울며 그렇게 말했다. 그를 부축한 강형사의 몸이 전기충격이라도 받은 듯 움찔하며 굳어졌다.

　"내가, 내가 혜린일 쫓아만 갔다면, 쫓아만 갔다면 혜린인 안 죽었을 건데…… 그래, 윤호 새꺄! 이제 혜린인 편할 거다. 선택하지 않을 수 있는 나라로 갔으니. 사람을 돈으로 싸뭉개려는 네놈의 더러운 손길을 벗어났으니 혜린인 얼마나 즐거웁겠냐! 내가 아직도 살아 네놈을 보는 게 고역이지!"

진만의 말은 도저히 앞뒤가 닿지 않아 강형사는 어찌해야 할 바를 몰랐다. 진만의 어깨를 두드리며 진정하라고밖에 해줄 말이 없었다.

둘의 싸움이 일어나는 바람에 장례식에 모였던 사람들이 추경 감이 있는 쪽으로 우르르 몰려와 윤호와 진만, 두 청년을 바라보았다. 그 바람에 진만의 독설로 얼굴이 벌겋게 상기되어 버린 윤호였지만 어찌할 수 없이 그 자리를 벗어났다.

"저 청년이 S그룹의 계장이래요."

"저기 울고 있는 청년 말예요?"

"아니요, 지금 절로 가는 청년요."

"어머, 그래요? 아직도 새파란 젊은인데요?"

"누가 아니랍니까? S그룹에서 촉망되는 유망주라나요. 대학도 명문A대를 나왔고 아주 머리가 좋다는군요."

"그래요? 정과장댁 큰딸을 좋아했나 보죠?"

"좋아만 했으면요? 결혼까지 하려고 했는데, 그만…… 에이, 사람이 산다는 게 참 허망하지요."

"글쎄 말예요. 참 좋은 나이에 비명횡사를 하다니, 원."

"그런데 소문 들으셨어요?"

"무슨 소문요?"

"정과장댁 큰딸이 빙판에 엎어져 죽은 게 아니라 누가 죽였다고 합디다."

"아니, 그게 정말이에요?"

"그거야 정말인 줄 내가 알면 제꺼덕 신고하지 이러고 있겠수?"

"그럼 누가 죽였다고 합디까?"

"바로 저 청년이래요."

"아이구 맙소사. 저 울고 있는 청년이요?"

"글쎄 그렇다니까요. 원래 열 길 물속은 알아도 한 길 사람 속은 모르는 것 아니에요?"

"저 청년은 뭐 하는 청년이래요?"

"혜린이 선배래요. 화가라고 하데요. 그러니 그게 상대가 되겠어요?"

"상대가 되다니요?"

"아, 이렇게 뭘 모르셔서야. 저 청년도 정과장댁 큰딸을 좋아했대요. 하지만 S그룹의 유망주한테야 비교될 만한 게 뭐 있나요? 화가란 게 예나 지금이나 그렇고 그렇게 사는 건데."

"옳아. 그러니까 못 먹는 감 쑤셔나 보자고 그렇게……."

"글쎄 그렇다니까요."

"근데 그런 걸 어디서 아셨어요?"

"우리 딴 데 가서 얘기해요."

소곤거리며 열심히 이야기를 주고 받던 중년의 두 부인은 추경감이 그 이야기를 유심히 귀 기울이는 걸 눈치채고는 총총걸음으로 그 자리를 떠났다.

강형사는 여전히 진만을 붙들고 달래고 있었다. 추경감은 강형사에게 손짓을 해서 진만을 데리고 오도록 했다.

서울로 돌아오는 차 속에서는 진만에게 아무것도 묻지 않았다. 서울로 돌아와 조용한 다방에 들어갔다.

"좀 진정이 되셨습니까?"

추경감이 담배를 권하며 물었다.

"예, 추태를 보여서 죄송합니다."

추경감이 지포 라이터를 꺼내 불을 붙여 주려 하였다. 그러나 철컥거리며 불꽃만 튈 뿐 불이 붙지 않았다.

"됐습니다. 제게 라이터가 있습니다."

진만은 그렇게 말하며 라이터를 꺼내 추경감의 담배에 불을 붙여 주었다.

"허, 이 라이터가 오늘 따라 왜 이러지."

추경감이 라이터를 집어넣으며 하는 말에, 강형사가 쿡 하고 나오는 웃음을 참았다.

"월남전 때 줏어온 라이터가 아직도 쓰이고 있으니 그만하면 하긴 장한 거지요."

강형사의 빈정거리는 말에 추경감은 그저 빙긋이 웃었다.

"몇 가지 의문점이 있어서 모셔 왔습니다."

"팜플렛 문제 때문이군요?"

추경감의 말에 진만이 먼저 용건을 말했다.

"예, 그것도 포함되어 있습니다."

"그럼, 상세히 말씀드리지요."

진만의 말은 이러했다.

15일, 전람회가 7일밖에 남지 않았다. 진만은 요즘 들어 자꾸만 소원해지는 혜린 때문에 정신이 없었다. 혜린은 그가 첫 개인전을 갖는다는 걸 잘 알고 있으면서도 전혀 찾아오지를 않고 있었다. 진만은 바쁜 시간을 쪼개 M대학으로 혜린을 찾아갔다. 다음날 오후에 자신의 아틀리에에서 만나기로 약속을 하고 돌아왔다.

16일 오후에 혜린은 진만의 아틀리에로 찾아왔다.

"혜린이, 요새 왜 이렇게 발길이 뜸하지?"

"제가요? 형도 무슨 말을 그렇게 험하게 해요? 제가 뜸하긴 뭘 뜸해요?"

혜린은 활발하게 말했다.

"윤호랑 만나느라고 날 볼 시간은 전혀 없나 보지?"

"어머, 누가 그런 소리를 해요? 내가 왜 윤호형을 만나요?"

"시치미떼지 않아도 돼. 나도 눈코 막힌 팔푼이는 아니니까."

혜린이 활달하게 말할수록 진만은 딱딱한 어투로 말했다. 혜린이 자기를 속이는 것만 같아 자꾸만 불쾌해졌던 탓이다.

"물론 윤호형을 안 만나는 건 아니지만요, 그렇다고 그래서 진만이형을 못 보러 오는 건 아니에요. 제 그림을 그리고 있어요."

"혜린이 그림이라고?"

"예."

혜린은 창가로 발을 옮기며 말했다.

"도시와 농촌, 어둠과 밝음, 축제와 사랑 뭐 이런 상반된 모든 것이 하나 속에 들어 있는 그림을 그리고 싶어요. 헤어짐이 없으면 재회란 말도 없고 죽음이 없으면 삶도 없는 거잖아요.

동전을 던지면 반드시 어느 면 하나만을 선택해야 하지만, 서로 다른 두 면은 동전이라는 것 하나 속에 있잖아요? 그런 그림을 그리고 싶어요."

"그건 궤변이야."

진만은 고함치듯이 소리쳤다.

"옛?"

혜린이 놀라 진만을 돌아보았다. 혜린의 눈에는 공포마저 감돌았다.

"후후."

진만은 긴장했던 몸에서 힘을 빼며 힘없이 웃었다.

"그런 말을 왜 하는지 내가 모를 것 같아. 나는 장래가 불투명한 햇병아리 화가, 윤호는 장래가 촉망받는 엘리트 사원. 하지만 윤호는 본래 다정했던 우리들 사이에 뛰어들어온 녀석. 혜린이에게 남은 일말의 양심이 널 지금 괴롭히고 있는 거야. 詩三百 思無邪라고 했어. 예술작품 속에는 자신의 모든 생각이 나타나게 되어 있어. 넌 윤호를 택함으로써 돈과 사랑이 다 함께 들어 있는 동전을 택한다고 여기고 싶은 거야. 그렇지?"

"그건 너무 잔인한 말이에요."

혜린은 울상이 되어 진만을 바라보았다.

"잔인한 말이라고? 어떻게 네가 내게 그런 말을 할 수 있니? 내 가슴에 이렇게 깊은 상처를 내고서."

"전 아무도 선택하지 않았어요, 아직은."

혜린도 얼굴을 굳히며 대꾸했다.

"제가 진만이형을 싫어한다면 무엇 때문에 이곳까지 오겠어요?"

"관성 때문이지."

"어려운 말 쓰지 마세요."

혜린은 탁자 위의 핸드백을 집으며 말했다.

"혜린이!"

"가겠어요."

"보낼 수 없어."

"무슨 권리로요?"

혜린은 문가로 또박또박 걸어갔다. 쇠굽이라 소리가 크게 울렸다.

"널 사랑하는 권리로."

그렇게 말하며 진만은 혜린의 팔을 끌어당겼다.

"놔요!"

"놓을 수 없어!"

"놔요. 도망치진 않을 테니까."

둘은 아틀리에 복판의 탁자 곁으로 돌아와 앉았다.

"여기서는 더 이상 이야기하고 싶지 않아요. 장소를 옮겨요."

혜린이 말했다.

"좋아. 레스토랑 바다로 가지."

레스토랑 바다는 둘이 자주 갔던 곳이다. 말은 레스토랑이었지만 아주 자그마한 곳으로 까페라고 하는 것이 보다 어울리는 말인 듯이 여겨지는 곳이었다. 그러나 작은 그 레스토랑의 공간을 혜린은 좋아했다.

둘 다 식사할 생각은 들지 않았다. 혜린은 블랙 커피를 시켰다. 그녀는 쓴 맛을 사랑한다고 늘상 말버릇해 왔다. 진만은 진토 닉을 시켰다. 술을 조금이라도 하는 것이 좋을 것 같았다.

"두 분 사이가 오늘은 남달라 보이네요."

바다의 주인 강옥희가 말을 걸었다. 그만큼 둘의 얼굴이 심상찮 게 보였던 모양이다. 옥희의 말에 아무도 대꾸하지 않았다. 자주 왔던 만큼 얼굴도 익어 있었는데 아무런 대꾸가 없자, 머쓱하게 옥희는 커피와 진토닉을 내려놓고 물러갔다.

둘은 한참이나 아무 말도 없이 서로 딴 곳을 바라보며 있 었다.

"얘기하지. 시간은 자꾸 가니까."

진만이 먼저 침묵을 깼다.

"말하세요."

혜린이 냉랭하게 대꾸했다.

"딱 잘라 말하겠어. 누구야? 누구를 선택할 거야?"

혜린은 잠시 진만의 얼굴을 물끄러미 바라보았다.

"아무도 선택하지 않아요."

"그게 무슨 소리야?"

"같은 말 되풀이하지 않아요."

진만은 당혹감에 사로잡혀 담배를 꺼내 물었다.

"결혼하지 않겠다는 거야?"

"당분간은요."

"미봉책이군."

혜린은 대꾸하지 않았다.

"우리는 좀더 앉아 있었습니다. 하지만 더 이상 아무 말도 없었어요. 혜린인 바로 나갔고 나는 거기서 술을 마셨습니다. 아 참, 지난번에 강형사님한테는 거짓말을 했는데, 그 팜플렛은 혜린이가 일어설 때 제가 불쑥 건네 줬던 겁니다. 아무 말 없이 받아서 치마 주머니에 반을 접어 넣더군요. 저는 술을 좀 과하게 먹어서 그 이후로는 무슨 일이 있었는지 기억이 나질 않아요."

"그때, 그러니까 혜린양과 헤어졌던 것이 몇시쯤이었습니까?"

강형사가 질문을 했다.

"7시나 8시쯤이었던 것 같습니다."

"그 레스토랑이 어디에 있는 거지요? 혜린양이 사고를 당한 지점하고 가깝나요?"

"예, 얼마 안 떨어진 곳입니다."

강형사의 눈빛이 번쩍였다.

"그렇다면 좀 이상하지 않습니까? 혜린양이 10시에 사고를 당했다고 해도 최소 2시간 가량의 공백이 있는데 어떻게 된 일일까요?"

이 말에 진만은 한숨을 크게 쉬었다.

"그거야 제가 어떻게 알 수 있겠습니까? 단지 제가 그때 같이 따라 나갔다면 사고를 당하지 않았을 거라는 생각이 자꾸 드는군요."

"예, 자세한 진술 감사합니다. 많은 시간을 뺏어서 죄송합니다."

추경감이 인사를 하며 일어섰다. 진만은 몸을 일으킬 생각이

없이 멍하니 앉아 있었다. 밖으로 먼저 나온 추경감과 강형사는
바다 레스토랑으로 향했다.

바다 레스토랑의 주인 강옥희는 아직도 30대가 되어 보이지
않는 젊은 여인이었다. 또 대단한 미인이었다. 추경감은 신분을
밝히고 협조를 요청했다.

"주진만씨 때문이라고요? 예, 이쪽으로 오시지요."

옥희는 커튼이 늘어져 밖에서는 보이지 않는 자리로 둘을 이끌
었다.

"여기 커피 셋하고, 커피 괜찮으시지요?"

옥희는 종업원에게 말을 하다가 추경감 일행에게 말했다.

"예."

강형사가 대답했다.

"커피 셋하고 누가 찾으면 없다고 해."

옥희는 말을 마치고 커튼을 내렸다.

"뭐가 필요하신지 말씀하시지요?"

"단도직입적으로 1월 16일 오후, 아니 저녁이라는 게 옳겠군
요. 저녁때의 행적 때문입니다."

강형사가 말했다.

"16일? 16일? 잘 생각이 안 나는데……."

"그날 정혜린양과 함께 이곳에 왔다고 하던데요? 바로 다음날
혜린양은 변사체로 나타났지요."

"아! 내 정신 좀 봐. 생각나요."

강형사의 말에 옥희는 머리를 탁 치며 말했다.

"생각나다뿐이겠어요. 참 끔찍한 날이었죠. 그 예쁜 규수가……

쯧, 쯧."

옥희는 미간을 찌푸리며 혀를 찼다. 커피가 들어왔다.

"하지만 그건 사고사가 아닌가요? 왜 제게 오셨어요?"

"이상하게 여기지는 마십시오. 으레 있는 수사일 뿐이니까요. 주진만씨의 행적에 대해서 알아보려는 것뿐입니다."

"호호호, 알리바이를 조사하러 오셨다 이거군요. 놀라지 마세요. 저도 알 만한 건 다 안답니다. 물장사가 10년쨀데요."

옥희는 간드러지게 웃었다. 보조개가 패는 얼굴이 더욱 예뻐 보였다.

"응…… 말씀드릴께요. 저희 집에 오신 게 6시쯤이었을 거예요. 두 분이 되게 심각한 얼굴로 앉아 있길래 유별나 보인다고 농을 했는데 여전히 심각들 하시데요. 전에도 가끔 그런 얼굴로 들어온 적이 있었는데, 대개 어떤 작품의 구상 때문에 그러셨다면서 금방 얼굴을 풀었었는데……."

"두 사람이 언제 여기서 나갔나요?"

강형사가 앞질러 질문을 했다.

"혜린씨가 먼저 나갔어요. 그러고 나서 주진만씨는 술을 마시기 시작했는데, 엄청나게 과음을 하셔 가지고 완전히 정신을 잃으셨더랬어요. 해서 제가 종업원들 자는 뒷 골방에 눕히도록 했었지요."

"두 사람은 어디에 앉아 있었나요?"

추경감이 물었다.

"저쪽인데요."

옥희는 커튼을 젖혀 레스토랑의 제일 구석진 곳을 가리켰다.

"두 분은 늘 저곳에 앉았어요. 혹 먼저 손님이 계시면 다른 곳에 앉았었지만 자리가 비면 곧 옮겨 앉았었지요. 거기서는 편안하고 좋은 아이디어가 떠오른다고 늘 그 자리에 가 앉았어요."

옥희는 말을 하며 추경감에게 담배를 권했다. 그리고 자신도 피워 물었다.

"혜린양이 나간 게 몇신지 기억이 나지 않으십니까?"

강형사가 다시 물었다.

"글쎄요? 한 10시쯤이 아니었을까요?"

옥희의 말에 강형사는 빙그레 웃음을 띄웠다. 회심의 미소였다.

"그게 확실합니까?"

"글쎄요? 아마 맞을 거예요. 아니 확실해요, 10시 15분이었어요."

"그래요? 그럼 주진만씨는 혹시 혜린양을 뒤쫓아 나가지 않았나요?"

강형사가 조급하게 질문을 던졌다.

"아니오. 그 분은 나가는 혜린양에게 팜플렛을 건네 주곤 얼빠진 사람처럼 나가는 혜린양을 바라보기만 했어요."

"그때 여기에는 누가 또 있었나요?"

"그날은…… 종업원 김군이 일이 있다고 나가서…… 주방에 조씨가 있긴 했지만……."

"주방에서는 여기를 볼 수 있습니까?"

"아니오, 없어요."

"잘 생각해 주세요. 강옥희씨 말고 또 누가 있었습니까?"

"글쎄요? 누가…… 아참, 혜린양 나가고 5분도 안 돼서 한 손님이 들어왔었어요. 그 분도 만취가 되어 있었는데 주진만씨하고 권커니 자커니 하면서 술을 마셨어요. 호호호, 저는 참 머리가 나쁘지요."

"음…… 그 손님이 누군지 아십니까?"

강형사가 심각한 얼굴로 물었다.

"아니요, 몰라요. 처음 뵌 분 같았는데……."

"그럼 어떻게 알 도리는 없을까요?"

강형사가 애타는 듯이 물었다.

"글쎄요……."

옥희는 담배 연기를 길게 뿜으며 고개를 옆으로 돌렸다.

"어쩌면 알 수 있을지도 몰라요. 그 분, 돈이 없어서 시계를 맡기고 갔었는데 그때 주소를 적었거든요. 그게 어디 있을지도 모르겠어요."

"수고스러우시겠지만 좀 찾아주시겠습니까?"

"그러죠."

옥희는 생글생글 웃으며 나갔다.

"경감님, 이거 뭐 이렇죠? 한 가닥 풀었다 했더니 도로 얽히네요."

강형사는 투정부리듯 말했다.

"성급하면 안 돼."

추경감이 어린아이 달래는 말투로 강형사를 달랬다.

"세상에 무슨 일이 손쉬운 게 있겠어? 아직 넘고 넘을 고개가 많을 거야. 그리고 중요한 건 누굴 범인이다 라고 찍고서 수사를 하는 것이 아니라, 객관적인 증거와 상황이 가리키는 방향으로 수사를 하는 거야."

"예, 알았습니다."

강형사가 앉은 자리에서 상체를 곧추 세우며 딱딱한 군대식 어조로 대답했다.

"못 찾겠네요."

옥희가 들어오며 말했다.

"하지만 지금은 대충 찾아봐서 그럴 거예요. 분명 어디 있을 거예요."

"그러면 찾으시거든 이리로 연락을 좀 주시죠."

강형사가 명함을 건넸다.

"또 질문이 있는데, 혜린양이 나가는 것을 본 사람은 있습니까? 강옥희씨 말고 말입니다."

추경감이 질문을 했다.

"글쎄요, 9시까지는 손님들이 꽤 계셨는데…… 김군이 그 조금 전에 나갔는데 혹시 알지도 모르겠어요."

옥희는 말을 마치고 종업원을 불렀다.

"너 혹시 일전에 일찍 퇴근할 때 말야, S대 다니는 미대생 아가씨 못 봤니?"

종업원 김군은 뒤통수를 긁으며 생각하는 눈치였다.

"아, 네, 제 바로 뒤로 나왔어요. 하지만 저는 큰 길로 가고 그 분은 작은 길로 들어가는 눈치였어요. 잘은 기억이 나지 않지만……."

"그거면 됐어. 일 봐."
강형사의 입에서 짧은 한숨이 흘러나왔다.

③ 제3의 용의자

윤호는 회사에 나가지 않고 자신의 아파트에 머물고 있었다. 그의 방은 15층 꼭대기에 있었기 때문에 거리가 잘 내려다보였다. 그가 한낮에 베란다에 서서 거리를 내려다보는 것은 아주 오랜만의 일이었다. 그는 아주 활달한 성격의 소유자였기 때문에 일요일조차도 그다지 집에 있는 형편이 아니었기 때문이다. 특히 혜린과 사귀기 시작한 때부터는 더욱 그러했다. 윤호에게도 자신이 아주 오랜만에 그 자리에 섰다는 것이 새삼 느껴지고 또 마찬가지로 혜린 생각이 났다.

겨울 거리는 공허하다. 한낮의 거리는 더욱 그러하다. 윤호는 머리를 위로 쓸어올리며 방으로 자리를 옮겼다. 밖은 안보다 더 비어 있었던 것이다. 아파트의 마루에는 혜린이 그린 유화가 걸려 있다. 윤호는 신경질적으로 담배를 꺼내들었다. 한동안 피우지 않던 것을 어제 샀다. 그리고 벌써 반넘어 피웠다.

"뚜──"

성냥이 보이지 않아 담배를 내팽개치려는데 벨소리가 났다. 윤호는 담배를 입에 문 채 현관을 열어 나갔다.

"안녕하십니까?"

묘지에서 보았던 형사들이 서 있었다.

"웬일들이세요?"

윤호는 퉁명스럽게 말했다.

"혜린씨의 죽음에 대해서 몇 가지 알아보고 싶은 것이 있어
서……."

젊어 보이는 형사가 겸연쩍에 웃으며 말했다.

"말할 것이 없습니다."

윤호는 그렇게 말하며 문을 닫으려 했다.

"하고 싶은 말이 많은 줄 아는데요."

젊은 형사는 그렇게 말하며 불쑥 닫히는 문틈으로 손을 들이밀
었다. 형사의 손에는 라이터가 들려 있었다.

"참, 이거……."

윤호는 그런 형사의 애교에, 매우 못마땅한 몸짓을 하면서도
문을 열어줄 수밖에 없었다.

"오늘 특별히 홀로 계시고 싶으셨던 모양인데, 이거 참 죄송합
니다."

젊은 형사는 계속 싱글거리며 말했다. 그럴수록 윤호의 기분은
착 가라앉아 들었다.

"용건이나 말씀하십시오. 저는 말을 돌리는 데는 취미가 없습
니다."

자리에 앉기가 바쁘게 윤호가 차갑게 말을 뱉었다.

"회사로 찾아갔더니 집에 계실 거라고 하더군요. 혼자 사십니
까?"

"그렇습니다."

"집안 일에는 여자 손이 있어야 할 텐데……."

"파출부가 오지요. 오늘은 제가 그냥 돌려 보냈습니다. 헌데 성함이……."

"아! 저는 강형사라고 합니다. 그때 인사를 드리지 않았던가 요? 아시는 태도를 취하시길래……."

"아, 압니다. 옆의 분은 추경감님이라고 하셨죠?"

"예."

추경감은 간단히 대답을 하며 담배를 꺼내 물었다.

"한 대 피우겠습니다."

추경감은 공연한 소리를 하며 지포 라이터를 꺼냈다. 윤호는 그 소리에 들고 있던 담배를 슬며시 내려놓았다.

추경감은 담배를 깊이 빨아들이며 착잡해지는 기분을 느낄 수 있었다. 김윤호, 이제 스물일곱의 새파란 청년이다. 그러나 그의 아버지는 재벌 기업의 계열회사 사장이고 그 역시 굴지의 재벌회사의 엘리트 사원이다. 그는 집안 일을 파출부에게 맡기고 있다. 그리고 보라. 그의 살림살이는 결코 궁상맞은 총각의 살림 살이라고 볼 수가 없다. 추경감은 자신의 나이와 봉급을 새삼 돌아보지 않을 수가 없었다.

"강형사님, 구체적으로 알고 싶은 게 뭡니까? 저는 지금 대단히 피곤합니다. 그리고 혼자 있고 싶습니다. 제 기분 이해하실 수 있겠지요?"

"예, 십분 이해합니다. 뭐 제가 별다른 뜻이 있어서 주절주절 이야기를 늘어놓고 있는 건 아닙니다. 사실은 저도 이야기를 어떻게 풀어나가야 좋을지 통 몰라서 말입니다."

강형사는 탁자를 손가락으로 두어 번 두들겼다.

"그러면 이렇게 하지요. 우리가 일상적으로 묻는 말로부터 이야기를 풀어나가도록 합시다. 혜린씨를 마지막으로 본 것이 언제입니까?"

"1월 15일입니다."

"몇시부터 몇시까지 보셨는지……."

"글쎄요……."

윤호는 이맛살을 찌푸렸다.

"만난 건 5시 반이었습니다. 회사 지하의 커피숍에서였지요. 제가 근무 마치고 내려가서 만났으니까요. 그리고 우리는 저녁을 Q라는 레스토랑에서 먹었습니다."

"그 레스토랑에 자주 갑니까?"

추경감이 불쑥 말을 가로막고 물었다.

"글쎄요? 자주란 말을 어떻게 보아야 하는지 모르겠군요. 한 달에 기껏 서너 번 갑니다. 사람에 따라선 자주일지도 모르죠."

"바다 레스토랑에 간 적은 없나요?"

추경감이 계속 물었다.

"바다요? 그곳은 확실히 자주 갔었지요. 요즘은 가본 적이 별로 없군요. 대학 다니던 시절에 그곳을 자주 가 보았습니다만."

"진만씨 때문이었던가요?"

강형사가 물었다.

"예."

윤호는 대답을 하며 이맛살을 찌푸려 노골적으로 싫은 기색을

했다. 진만의 이름이 나오는 것 자체를 진저리치도록 싫어하는
기색이었다.

"혜린씨와 진만씨는 오래 전부터 가까운 사이였다고들 하던
데……."

"누가 그럽디까?"

강형사가 자신없이 하는 말에 윤호가 찬 바람이 이는 목소리로
쏘아붙였다.

"그건 그저 선후배 관계였을 뿐입니다. 친한 선후배라고 해둘
까요. 결코 이성의 관계는 아니었습니다. 나 자신이 그건 잘
알고 있습니다."

"그래요? 하지만 당사자들은 별로 그렇게 여겼던 것 같지 않던
데요?"

"강형사님은 죽기 전의 혜린을 본 적이 있으시단 말입니까?"

윤호의 어투는 더욱 무겁게 가라앉고 있었다.

"아니오, 아닙니다. 아까 하던 말씀이나 계속하시지요."

강형사는 일단 한 걸음 뒤로 물러섰다.

"예, 그러죠."

윤호는 답답한 듯 내려놓았던 담배를 집어들었다.

"한 대 태우겠습니다."

"예, 그러시죠."

추경감이 싱긋이 웃으며 말했다. 다시 성냥을 찾는 그에게 강형
사가 불을 대주었다.

"감사합니다."

윤호는 강형사에게 인사를 하고 담배를 한 모금 빤 뒤에 이야

기를 시작했다.

"나, 내일 진만이형 만나요."

혜린은 아무렇지도 않은 듯이 말을 내뱉었다. 윤호의 얼굴이
잠시 굳어졌다.

"그런 이야기를 왜 하지? 둘은 자주 만났잖아. 나한테 보고해야
할 의무도 없고."

"난 그 정도밖에 안 돼요?"

혜린이 고개를 테이블 밑으로 떨어뜨리며 조용히 말했다. 그것
이 무엇을 뜻하는 말인지 윤호에게 바로 전달되어져 왔다. 그러나
더욱 퉁명스럽게 말했다.

"그게 무슨 소리야?"

"아니에요."

혜린은 다시 고개를 들며 날카롭게 말했다. 하지만 윤호와 눈길
이 마주치자 얼굴을 풀며 샐쭉 웃었다.

"여긴 시끄럽고 눈이 너무 많아요. 오늘은 좀 조용한 곳으로
가고 싶어요."

커피를 마시기가 바쁘게 혜린이 말했다. 윤호 역시 내심 그
말을 기다리고 있었다.

"저녁 안 먹었지? 식사부터 하러 가지."

둘은 회사에서 두 블럭 정도 떨어진 Q레스토랑으로 갔다. 그곳
은 넓고 조용한 레스토랑이었다.

"윤호형…… 아니, 이젠 윤호씨라고 할게요. 그러는 게 낫겠
죠? 이젠 저도 졸업이니까요."

"그러고 싶다면."

"아이, 재미없어. 윤호……씨는 매사가 그렇게 불투명해요?"

"내가 불투명하다고?"

윤호는 뜻밖이라는 듯이 반문했다. 혜린은 대답하지 않았다. 잠시 동안 둘의 사이에는 잔잔한 음악만이 흐르고 있었다.

"윤호씬 저를 어떻게 생각하세요?"

불쑥 혜린이 말했다. 어리둥절한 윤호가 미처 대답을 하지 못하는데 혜린은 깔깔대며 웃었다.

"이렇게 말하는 게 꼭 상품 내놓는 듯해서 참 싫었는데……윤호씨, 나 결혼할 때가 된 것 같지 않아요?"

윤호는 일순 전기가 통하는 듯한 느낌을 받았다. 하지만 뭔가 그럴 듯한 대꾸거리가 떠오르지 않았다. 윤호는 일어나 혜린의 옆자리로 옮겨 앉았다. 혜린이 전혀 거부의 기색이 없었다.

"그래, 결혼할 때가 되었지……. 나와 결혼해 주겠어?"

혜린은 보일듯 말듯 하게 고개를 끄덕였다. 그리고는 자지러지도록 웃었다.

"세상에서 내가 제일 멋없는 구혼을 받은 여자일 거야."

웃음 끝에 혜린이 한 말이었다.

"우리는 10시쯤에 헤어졌다고 생각됩니다. 혜린은 다음날 진만일 만나 분명한 자세를 취하겠다고 했어요."

윤호의 눈에 분노의 기운이 서렸다.

"진만은 혜린의 말에 격노하여 혜린일 죽인 거예요. 이건 의심할 여지가 없어요."

윤호는 주체할 수 없다는 투로 의자에서 벌떡 일어나 마루를
왔다갔다 하며 말했다.

"하지만 진만씨에게는 알리바이가 있습니다."

"알리바이요? 바다 레스토랑에서 알리바이가 있다는 겁니까?
강형사님, 제가 주제넘게 충고하겠는데 강옥희하고 진만이의
사이는 주인과 단골 이상의 관계란 말입니다. 아시겠습니까?"

"이상의 관계?"

강형사가 놀라서 반문을 했다.

"여자들은 때로 로맨틱을 너무 찾는 경향이 있지요? 특히 그런
여자일수록 말입니다. 그 여자는 진만이 일이라면 섶을 지고
불 속에라도 뛰어들 겁니다."

강형사와 추경감은 마주 보고 의미 있는 눈짓을 했다. 용의선상
에 이제 새로운 혐의자가 등장을 한 것이다.

청소부 강씨는 집에 있었다. 오늘은 비번이라 쉬고 있는 참이
었다.

"강득길씨 계십니까?"

문밖에 총을 둘러멘 순경 둘이 자신을 찾는 것이 낮은 양철문
위로 보였다. 강씨는 등줄기의 식은 땀을 느낄 수 있었다.

"접니다만……."

강씨가 문을 열며 어정쩡하게 대답을 하는데, 두 순경은 힘껏
문을 밀치며 들어오려고 했다. 아차 하는 생각이 강씨의 머리를
스쳤다. 강씨는 들어서는 순경의 얼굴을 발로 걷어찼다.

"억!"

순경은 얼굴을 감싸쥐며 뒤로 쓰러졌다. 뒤의 순경까지도 불안정한 자세로 낮은 문을 통과하려 하고 있었기에 같이 벌렁 자빠지고 말았다. 강씨는 뒤돌아볼 생각도 하지 못한 채 뒷담을 넘어 도망쳤다. 잠시 후 두 순경이 강씨의 집으로 들어왔을 때는 좁고 다닥다닥한 산동네 어느 골목으로 강씨가 도망쳤는지 영 알 길이 없었다.

"뭐야! 놓쳤다고!"

강형사의 얼굴이 시뻘겋게 달아올랐다.

"그깟 늙어빠진 영감테기 하나를 연행하지 못하면서 무슨 놈의 경찰이야, 경찰이!"

강씨를 연행하러 갔던 두 순경은 고개가 빠져라 목을 늘이고 시멘트 바닥만을 내려다보고 있었다. 그 중 한 순경은 큼직한 반창고를 왼쪽 볼에 붙이고 있었다.

"하지만 성과는 있었잖습니까?"

소장이 다가와 순경 편을 들었다.

"그거야 미리 알고 있었던 걸 확인한 거에 불과한 거 아닙니까! 12시간 안에 강씨를 체포하도록 하십쇼!"

강형사는 여전히 씩씩대며 비닐봉지를 들어올렸다. 여자 핸드백이 그 안에 들어 있었다.

강형사는 그 길로 정과장의 집으로 갔다. 집에는 혜미 혼자 있었다.

"새로운 사실이 발견되어서 찾아왔습니다."

"주진만씨가 범인이라는 증거가 잡혔지요?"

혜미는 심각하게 말을 했다. 강형사는 이 어리고 예쁜 여학생이

진만에 대해 왜 이다지도 큰 증오를 품고 있는지 흥미롭게 여겨
졌다.

"아닙니다. 현재로서는 진만씨의 혐의가 벗겨질 여러 정황
증거들이 나오고 있습니다."

"아니에요. 그렇지 않아요."

혜미는 큰 소리로 부인을 했다. 그리고는 창피한지 얼굴을 두
손으로 가리며 말했다.

"앉으세요. 제가 커피 끓여 올께요."

"아닙니다. 곧 다시 가볼 곳이 있어서……."

강형사는 점잖게 사양을 하며 이야기를 꺼냈다.

"사모님은 어디 가셨나요?"

"장보러 가셨어요. 곧 오실 때가 됐어요. 새로운 증거란 게
뭐지요?"

"혜미양은…… 양이라고 해도 되겠지요? 몇학년이세요?"

"저요? 1학년이에요."

"고등학교?"

예상보다 어리다는 생각이 강형사의 머리에 떠올랐다.

"어머! 그렇게 제가 어려 보여요? 대학생이에요, 대학생."

"어, 죄송합니다. 머리도 단발이고 해서 고등학생인 줄로만
알았지요."

"처음엔 머리를 길게 길렀어요. 주위에서 언니랑 너무 비슷하
다고 자꾸 그래서 짧게 잘라 버렸어요."

"아, 그러셨어요."

강형사는 고개를 끄덕끄덕했다. 사실 혜린과 혜미는 아주 비슷

하게 생겼다.

"이젠 저를 보면 사람들이 죽은 언니를 생각하겠죠. 그러면 제 모습 속엔 언제나 반쯤 죽은 언니가 섞여 있게 될 거예요."

말을 하며 혜미는 크게 한숨을 내쉬었다.

"전 그런 게 싫어요."

"미안해요."

"아니, 괜찮아요."

혜미는 그렇게 말하며 살짝 웃었다. 희고 반짝이는 앞니가 붉은 입술 사이로 살짝 보였다.

"저, 이걸 기억하실 수 있으실는지요?"

강형사는 옆에 끼고 온 서류 봉투에서 비닐봉지를 꺼냈다. 안에는 아까 파출소에서 들고 나온 핸드백이 있었다.

"어?"

혜미의 눈이 둥그렇게 커졌다.

"이거 언니 거예요. 이거 어디서 찾으셨어요?"

혜미는 놀라 소리치며 핸드백이 든 비닐봉지를 들어 가슴에 꼭 안았다. 잠시 시간이 지나기를 기다린 다음 강형사가 말했다.

"핸드백들은 비슷한 모양이 많이 나오죠. 섣불리 단정하지 마시고 확실히 언니 건지 확인해 주시지요."

혜미는 품에서 핸드백을 내리고 핸드백의 바닥을 살폈다.

"맞아요. 언니는 자기 물건을 항상 아꼈어요. 모든 물건에 자기 이름자를 넣었지요. 여길 보세요."

핸드백 바닥의 한 귀퉁이엔 '린'자가 아름답게 새겨져 있었다.

"이것보다 확실한 증거는 없겠지요?"

혜미는 말을 하며 주르륵 눈물을 흘렸다.

"말씀해 주세요. 이걸 어떻게 찾으셨나요? 누가 갖고 있었죠?"

혜미의 애원조의 말에 강형사의 기분이 우쭐해졌다.

"사체를 처음 발견한 사람이 누군지 아십니까? 청소부 강득길이라는 사람입니다. 우리는 항상 최초로 살인을 신고하게 되는 이를 의심하지요. 그것은 꼭 그 사람이 수상하다는 것이 아니라 우리들, 형사들의 육감인데요, 아무튼 우리는 강득길을 주목했어요. 우리를 처음으로 의심하게 만든 것은 그 사람에게 청소차를 잠깐 살펴보자고 했을 때 기겁을 하면서 우리를 말렸던데 있었지요. 우리는 그 수상한 점을 파헤치기 위해 강씨의 집 근처에 형사를 잠복시켜 두고 탐문수사를 펼쳤습니다. 그러던 끝에 우리는 몇 가지 사실을 알아내게 되었죠. 우선은 강씨의 부인이 사건 며칠 전 이웃집에서 빌렸던 돈을 사건 후에 갚았다는 점이었어요. 강씨에게 갑자기 그 돈이 생길 이유도 없었고, 또한 그렇게 급히 갚아야 할 어떤 필연적인 이유가 있었던 것도 아니었죠. 우리는 여기서 완전히 심증을 굳혔습니다. 그 다음에 우리는 이 점을 알아보기 위해서 강씨를 파출소로 불러오기로 했습니다. 그게 오늘 12시의 일이었는데 강씨는 데리러 갔던 순경 두 명을 때려눕히고 도주를 했어요. 그리고 우리는 강씨의 장롱에서 이 핸드백을 발견했던 것입니다."

"정말 대단한 주의력을 가지고 계시는군요."

"뭐 그 정도야."

강형사는 겸연쩍게 히죽 웃었다.

"그럼 바쁜 일이 있어서 이만……."

하며 강형사가 일어나는데 벨이 울렸다.

"잠깐만요, 엄마가 오셨나봐요."

부인이 들어오고 있었다. 강형사는 지금까지 했던 말을 한 번 더 되풀이해야만 했다.

"그럼, 그 청소부가 범인일까요?"

부인은 눈물을 닦으며 물었다.

"아직은 뭐라고 이야기할 수가 없습니다."

강형사는 어물어물 대답을 했다. 그러나 실망의 눈치를 두 모녀가 보이자 무언가 더 말을 해주어야만 할 것 같았다.

"따님의 사망 시각과 사고 시각이 서로 시차를 보이고 있는 만큼 청소부가 범인이라고 보기는 현재로서는 힘든 것이 사실입니다. 만일 청소부가 단순 절도 행위를 한 것이라면 따님의 경우 강도 살인의 케이스가 아닐 것이라는 증거가 되는 것이지요. 다시 말씀드리면 그런 경우에 따님은 단순한 사고사를 당했을 가능성이 커진다는 이야깁니다."

"아니에요! 절대로 그렇지 않아요!"

혜미가 고함지르듯이 소리쳤다.

"절대로 아니에요. 언니는 아주 침착한 사람이었어요. 결코 얼음판에서 미끄러지거나 하지 않아요."

"하지만 길은 어둡고, 하이힐의 굽은 높았지요. 더군다나 고무굽이 아닌 쇠굽의 경우에서는 아무리 침착한 사람이더라도 사고를 일으키기 십상입니다. 그렇게 생각되지 않으세요?"

"아니요, 절대로 그렇게 생각하지 않아요."

혜미의 얼굴이 새빨갛게 상기되었다.

"언니는 그날 주진만에게 헤어지고 싶다고 말했을 거예요. 그리고 주진만인 그런 언니를 뒤에서 떠다밀어 죽게 만든 게 틀림없어요. 그래요, 바로 그런 거예요. 왜 이런 간단한 걸 당신들은 생각하지 못하지요?"

"혜미야!"

부인이 큰 소리로 혜미를 불렀다.

"너, 그게 무슨 실례의 말씀이냐! 강형사님, 양해하세요. 요즘 우리 집안 식구들이 모두 넋이 나가 있답니다. 혜미야, 너는 냉큼 네 방으로 돌아가!"

혜미는 얼굴을 가리고 흐느끼며 건넌방으로 뛰어 들어갔다.

"아닙니다. 십분 이해가 갑니다. 너무 야단치지 마십시오."

강형사가 나직이 이야기했다.

"아무튼 수사의 진전이 있으시다니 반가와요. 앞으로도 계속 수고해 주십시오."

부인은 그렇게 말하다 빈 탁자를 물끄러미 내려다보았다.

"아니 그래, 저건 손님에게 차 한 잔 대접할 줄을 모르나? 강형사님, 잠시만 기다리시죠."

"아닙니다. 아까도 따님이 차를 끓이시겠다는 것을 제가 말렸습니다. 볼일이 있어서 곧 가봐야 합니다. 방금 나가려는 때에 사모님께서 오셔서 그만 주저앉았던 겁니다. 이젠 정말 가봐야겠습니다."

강형사는 핸드백을 다시 챙기고 시경을 향했다.

추경감이 성과를 기다리고 있었다.

"어떻게 됐어?"

"강득길이는 놓쳤습니다만……."

"뭐? 놓쳐?"

"예, 순경이 둘이나 가 가지고서……."

"순경이 둘 가다니? 자네는 왜 안 갔어?"

강형사는 그 말에 아찔한 기분이 들었다.

"산동네가 되고, 제가 지리도 잘 모르면서 가봤자다 싶어서……."

"뭐야? 지리는 자네가 알아보나? 순경들 데리고 같이 올라갔어야 했잖아?"

"죄송합니다. 하지만 집에서 정혜린의 핸드백을 발견했습니다."

"강형사! 아직도 일을 그렇게 그 따위로 망치고 다니다니, 형사생활 몇 년이야?"

추경감이 인상을 찌푸리며 말하는 순간 전화벨이 울렸다. 강형사가 위기모면이다 싶어 얼른 수화기를 들었다.

"……응? 그래! 경감님, 강득길이 자수를 했답니다!"

5시 20분이었다.

④ 안개 속의 삼각관계

예상대로 강씨는 범행을 완강히 부인했다.

"예, 제가 눈이 삐어 가지고 핸드백을 훔쳤어요. 말씀도 마십시오. 전 얼마나 그 뒤로 혼이 났는지…… 날마다 꿈에 그 처녀가 나타나선……."

강씨는 되려 잘 됐다는 듯이 고개를 설레설레 흔들며 말했다. 그런 모습에서 강형사는 직감적으로 이 사람은 범인이 아니다 라는 생각을 했다. 그리고 사실이 그랬다. 강씨의 16일 밤부터 17일 2시까지의 알리바이는 아주 확실했다. 강씨는 4시에 집에서 나와야 하기에 10시엔 잠자리에 꼭 들었고, 그날도 예외가 아니었다. 식구들도, 이웃들도 동일한 증언을 해주었다. 그리고 잠시 후 불려 온 신문배달 소년과 방범대원의 증언 역시 그의 알리바이를 뒷받침해 주었다. 특히 소년의 증언은 집으로부터 사건 현장으로의 진행 방향을 분명히 일러주는 것이었기 때문에, 사망 시각이 잘못되지 않은 한 강씨의 살인 혐의는 아무 근거가 없는 것이 되었다.

강형사는 강씨의 심문을 마치며 사고사가 아닐까 하는 강한 의구심을 품었다. 단순절도로 강씨를 절도계로 넘긴 강형사는 그 길로 혜린의 집으로 갔다. 집에는 혜미와 부인이 있었다.

"안녕하세요? 수사는 어떻게 돼 가고 있습니까?"

부인이 조용히 물었다.

"글쎄요, 지금 같아서는 사고사인 것 같습니다."

강형사의 말에 부인은 오히려 안도의 한숨을 쉬었다. 그러나 혜미는 부루퉁한 얼굴로 강형사를 뚫어져라 바라보았다.

"치잇, 무슨 수사가 그 모양이에요?"

"혜미야!"

부인이 혜미의 입을 막으려 했지만 아무 소용이 없었다.

"저도 생각을 해 보았어요. 사실 이번 사건은 밝혀내기 어려운
점이 여러 가지 있긴 하더군요. 하지만……."

"혜미씨, 실례지만 살인사건이란 추리소설식으로 일어나는
건 아닙니다. 거기에 꼭 절묘한 트릭이 존재하는 경우란, 사실
찾아보기 어려운 것이지요. 제일 중요한 것은 언제나 객관적인
증거가 됩니다. 다시 말하자면 알리바이 같은 것이지요. 물론
이것도 범인은 아니나 알리바이가 없는 경우도 존재할 수 있지
요. 하지만 알리바이가 있는 한 다른 아무런 증거도 없이 한
사람을 범인으로 몰아갈 수는 없는 겁니다. 정말 사람의 심리란
건 묘해서 살인의 동기란 것도 사실은 아주 우습습니다. 진만씨
가 실연의 충격으로 혜린씨를 죽인다는 건 혜미씨가 언니에
대한 열등감으로 언니를 죽였다는 정도의 가능성밖에 없는
것입니다."

강형사는 언뜻 말을 잘못했다는 생각이 들었다. 혜미의 얼굴이
딱딱하게 굳어졌다.

"그 말씀, 제가 언니를 죽였다는 건가요?"

"아, 아닙니다. 그저 범죄의 동기란 그것이 대단하거나 대단하
지 않거나 다 있을 수 있다는 그런……."

"둘러대지 마세요. 정말 불쾌해요!"

혜미는 화를 내며 벌떡 일어나 자기 방으로 들어가 버렸다.

"얘, 혜미야."

부인이 불렀으나 혜미는 뒤도 돌아보지 않았다.

"죄송해요. 애가 워낙 황소 고집통이라……."

"아닙니다. 다 제가 말솜씨가 없는 탓이지요."

겸연쩍어 얼굴이 벌겋게 된 강형사는 창피스러움을 조금이라도 덜어보려고 헛기침을 두어번 한 뒤 말했다.

"부인께서는 윤호씨와 진만씨 중 어느 분을 더 좋아했습니까?"

"그야 둘 다지요. 둘 다 혜린이하곤 가까운 친구들이었어요."

"아니, 그런 말씀이 아니라 장차 사윗감으로 어느 분이 낫다고 여기셨는가 하는 것입니다."

"그, 글쎄요."

부인은 분명한 말을 하길 꺼려하고 있었다.

"말씀해 주십시오. 수사상 대단히 중요한 일입니다."

부인은 난처하게 입을 뗐다.

"그, 그거야 암만해도 김계장이 낫지 않겠어요? 장래의 가능성을 봐서라도 말이에요."

"그럼 그렇게 하도록 혜린양을 강요하신 적이 있습니까?"

"없어요."

부인을 펄쩍 뛰었다. 그러나 강형사는 부인의 과장된 몸짓을 순간적으로 파악했다.

"솔직하게 말씀해 주세요. 제가 강요라는 말을 써서 그런 모양이신데, 어떤 언질을 주신 적이 있느냐 이런 말씀입니다."

부인은 고개를 설레설레 저었다.

"제가 보건대 큰따님과 작은따님의 성격은 반대인 듯하군요. 아마 어머니께서 뭐라 하셨다면 큰따님은 그걸 따르고자 했을 것 같습니다."

강형사는 잠시 말을 멈추고 부인의 용태를 살펴보곤 다시 말을 이었다.

"지금 가장 문제가 되는 것은 진만씨와 윤호씨의 진술이 각기 상이한 방향으로 혜린씨의 행동을 설명하는 것입니다. 둘 중 하나는 거짓을 이야기하는 것이고 과연 누가 거짓을 이야기하는지는 이 사건의 핵심입니다. 이 점에 대해서 협조를 부탁드리고자 합니다."

그러나 부인은 여전히 아무런 말도 하지 않았다. 강형사는 다시 막다른 벽에 부딪힌 느낌이었다. 그리고 역시 사고사일 거라는 생각을 다지며 집을 나섰다. 시경에는 다시 그 심증을 굳히는 전갈이 있었다. 바다 레스토랑의 강옥희가 진만의 알리바이를 증명할, 그때의 손님 주소를 알았다는 연락이었다.

"만일 그 사람으로 해서 진만의 알리바이가 성립되면 이건 99% 사고사일 테죠?"

바다 레스토랑으로 가면서 강형사가 추경감에게 물었다.

"아직 모르는 일이지. 이번에 가는 김에 옥희라는 여인의 알리바이도 정확히 조사해 보아야지."

추경감은 차창 밖으로 휙휙 스치는 앙상한 버드나무를 보며 무심히 말했다.

"그리고 자네 종업원들을 대상으로 은밀하게 탐문 수사를 좀 벌여줘. 옥희와 진만의 관계에 대해서 뭔가 색다른 사실이 나올 수 있을 거야."

바다 레스토랑에 도착한 때는 마침 저녁 6시가 되어 한창 사람들로 붐비고 있었다.

"어머, 오셨어요? 이거 굉장히 바쁜데, 저기 내실로 잠깐 가 계시겠어요?"

옥희는 애교스럽게 웃으며 주방 곁의 작은 문을 열어 추경감과 강형사를 들여 보냈다. 그곳은 1평 반 정도의 얼마 안 되는 공간의 골방이었다.

"여기가 16일 밤에 주진만이 잠을 잔 곳인 모양이군요."

강형사의 말에 추경감은 의례적인 고개짓을 했다.

잠시 후에 옥희가 들어섰다. 방안은 불빛이 흐린 편이었으나 옥희의 화려한 옷에 방안이 한층 밝아진 듯한 착각마저 일어났다.

"죄송해요. 이런 누추한 곳으로 모셔서."

"원, 천만의 말씀입니다. 오히려 이런 바쁜 때 시간을 뺏는 게 죄송스럽지요."

추경감이 점잖게 대꾸했다.

"주소를 찾았는데 집주소가 아니고 직장 주소더군요."

"그 시계는 찾아갔나요?"

"예, 그건 다음날 저녁에 찾아가셨지요. 그래서 그 직장에 정말 계신지는 확인 안해 봤지만, 거짓말하실 분 같진 않아요."

"강형사, 나가서 알아보도록 하게."

추경감은 강형사에게 지시하며 의미 있는 손짓을 했다.

"이게 그 주소를 적은 쪽지예요."

옥희가 메모지 하나를 건네 주었다. 대룡산업 홍보부 제1차장 길희준이라고 쓰여 있고 전화번호가 적혀 있었다.

강형사는 종이를 받아들고 내실을 나와 일단 카운터에서 전화를 걸었다.

"여보세요, 거기 길차장님 계십니까?"

전화는 20대의 여성이 받았다.

"금방 퇴근하셨어요."

하더니 매정스럽게 달칵 전화를 끊어버렸다.

"허, 이것 참."

강형사는 멍청하게 수화기를 바라보다 내려놓으며 혀를 찼다. 그는 카운터를 보고 있는 아가씨에게 짐짓 말을 걸었다.

"아가씨는 이렇게 매몰차게 전화를 받진 않겠지?"

"예?"

카운터 아가씨는 무슨 말인지 못 알아듣고 눈을 동그랗게 뜨며 놀랐다.

"아니야. 그냥 해본 소리지. 아가씨는 마담 닮아서 상냥하게 보이는데……."

"음, 아저씬 언니한테 맘이 있는 모양이구나."

카운터 아가씨는 혀를 낼름 내밀며 샐쭉하게 말했다.

"왜 그러면 안 되나? 마담한테 애인이라도 있어?"

"아이고, 애인 있으면 우리 언니 벌써 결혼했지, 그래 여길 아직 나오겠어요?"

아가씨는 애인이 없다고 딱 잡아떼었다. 강형사는 오히려 그 점이 수상했다. 이런 경우에 농담 삼아서라도 애인이 넘친다고 하는 것이 이 바닥의 논리가 아니던가? 그래야 사내는 애가 달고 여자의 값어치가 오르는 것이다.

"아가씨, 무슨 소리야? 여자가 저 정도 생기면 남자가 줄을 잇게 마련 아냐? 내가 듣기론 요새 환쟁이하고 재미 좋다던데 뭘."

강형사는 한 걸음 더 나가 짚어보기로 했다.

"어머머, 아저씨 어디서 헛소문 듣고 그런 얘길 하시는 거예요? 언니 아시면 날벼락나요! 그 사람이야 따로 죽고 못 사는 여자가 있는데요."

강형사는 비슷한 방식으로 종업원들 하나하나에 접근해 보았지만 대답은 한결 같았다. 강형사는 그대로 물러설 수밖에는 도리가 없었다. 그는 바다 레스토랑 입구 근처에서 추경감이 나오길 기다리고 있었다. 날이 무섭게 추웠다. 담배불도 얼어붙는 게 아닌가 할 정도로 추위를 느끼며 그는 담배를 피워물었다. 10분쯤 지났을 때 추경감이 나왔다.

"경감님, 뭐 다른 일 계셨던 것 아닙니까? 왜 그리 오래 걸리셨어요, 그래?"

강형사가 농담을 던졌지만 추경감은 웃음이 헤픈 그답지 않게 굳은 표정을 풀지 않았다.

"강형사, 우린 뭔가 실수를 하고 있는지도 몰라. 내가 전에 말한 적 있지. 범인을 단정지어선 안 되고, 항상 증거가 가리키는 객관적 상황을 믿으라고 그랬지?"

추경감은 말을 끊고 잠시 걸음을 옮겼다.

"자네, 조사해 본 결과는?"

"모두들 시치미를 딱 잡아떼더군요. 하지만 제 생각으로는 그런 점이 더 수상해요."

"아니야, 어쩌면 그렇지 않을지도 몰라. 그 여자도 깔깔대며 아니라고 하더군."

"이런, 경감님! 여우한테 단단히 홀리셨군요."

"아니야. 강형사 자네 내일 혜미양을 만나 혜린양의 친한 친구들을 알아보도록 해. 그래서……."

"그래서 과연 혜린양이 누굴 더 좋아했는지를 알아보라 이 말씀이시지요."

"그래, 바로 그거야. 우리들의 이 수사는 어둠 속에 묻혀진 한 여인의 과거를, 그 인생을 추적하는 거야. 인생 찾기란 말이지."

그 말에 강형사는 씩 웃음을 지었다.

"경감님도 이제 보니 상당히 문학적인 소질이 계십니다."

"그래? 그런가?"

추경감은 그러면서 굳은 얼굴을 풀며 허허 웃고 말았다.

강형사는 다음날 혜린과 친했다는 최미정을 만났다. 그녀는 혜린과 같은 과 친구였다.

"혜린이에게 진만이형 말고 다른 남자가 있었다고요? 그건 말도 안 돼요! 죽은 사람을 그렇게 욕되게 해서는 안 돼요!"

그녀는 처음부터 흥분하여 강형사의 말을 받아들였다.

"하지만 김윤호씨는 다르게 말하던데……."

"예? 윤호씨요? 그 사람은 그냥 제3자일 뿐이에요. 물론 혹 혜린일 짝사랑했을지는 모르죠. 하지만 혜린이가 그 남자와 사랑했다는 건 거짓이에요."

이건 좀 너무 엉뚱한 것이 아닌가?

강형사는 갈피를 잡을 수가 없었다.

"혜린씨를 마지막으로 본 건 언제입니까?"

"15일이었어요."

"몇시쯤?"

"10시쯤이었죠, 아마."

"그럼 진만씨를 보셨던가요?"

"그럼요. 진만씨는 개인전 준비에 바빠서 자주 못 온다고 그러고 다음날 자기 아틀리에로 찾아와 달라고 그랬어요. 점심 먹기 바쁘게 얼마 못 있다가 돌아갔지요."

"그 점 이상하지 않습니까? 그건 혜린씨가 자주 진만씨를 보러 가지 않았다는 하나의 증거가 아닙니까?"

"아니지요. 혜린이는 자기 그림을 그리고 있었어요. 그건 혜린이가 그리고자 했던 가장 커다란 대작이었어요. 이젠 밑그림밖에 없는 완전한 미완성 작품으로 그치고 말았지만은요……."

미정은 말을 하다 새삼 슬픔이 복받치는지 훌쩍거리며 눈물을 지었다.

"그럼, 이번 사건에 대해서는 어떻게 생각하십니까?"

"믿을 순 없지만 사고라고 여겨져요. 혜린이는 아주 꼼꼼한 아이라 결코 그런 실수를 할 아인 아니었는데……."

강형사가 자꾸만 혼돈을 되씹고 있을 때 추경감은 윤호를 만나고 있었다.

"윤호씨는 혜린이를 어떻게 생각하셨습니까?"

"예? 무슨 말씀이신지?"

유리창으로 천을 잡아 찢는 듯한 듣기 싫은 소리가 울려 나왔다. 바람이 거세게 불고 있었다. 15층이기 때문이다.

"혜린씨의 성격 말입니다."

"아, 예, 혜린인 아주 치밀하고 꼼꼼한 성품을 지니고 있었어

요. 맺고 끊는 것이 분명했지요. 제가 진만이에게 혐의를 두는
것도 그래서입니다."

"아, 예, 그럼 저 16일 저녁 때 무엇을 하고 계셨는지 기억나십
니까?"

추경감의 질문에 윤호는 깜짝 놀랐다. 추경감 역시 그런 윤호의
모습을 놓치지 않았다.

"이상하게 생각하지는 마시고……."

"이젠 저도 혐의선상에 올랐다는 거군요. 예, 좋습니다."

추경감은 그의 자세에서 이상스러움을 발견했다. 그건 자신
있는 자의 대응이 아니라 범죄자의 체념과 불안이 섞인 모습이었
던 것이다.

"16일 밤 무엇을 하셨지요?"

추경감은 부드럽게 다시 물었다.

"전 제 집에 있었어요. 예, 하지만 이걸 증명해 줄 게 하나도
없군요. 혼자 사니까 말이죠."

"경비실 수위가 있지 않습니까?"

"저는 수위를 보지 못했어요. 그냥 올라왔지요. 그리고 또 수위
몰래 아파트 나가는 건 하나도 어렵지 않다고 생각하고 계시잖
아요? 저도 그런 것쯤은 다 알고 있습니다. 사건이 객관적으로
생각되어지던 때부터 내게도 이런 일이 있을 줄 알고 있었어
요. 이런 제기랄."

윤호는 굉장히 흥분한 상태였다.

"회사에서 몇시에 퇴근했습니까?"

추경감은 여전히 부드럽게 질문을 계속했다.

"7시죠."

윤호는 길게 숨을 내쉬고 대답했다. 그는 마치 체념한 범인처럼 보였다.

"바로 집으로 오셨습니까?"

"아니오, 회사 맞은편 식당에서 설렁탕을 한 그릇 먹고 왔어요. 아마 8시쯤에 집에 온 것 같아요."

추경감은 윤호의 흥분이 가라앉기를 바라며 잠시 시간을 두기 위해 담배를 꺼내 피워 물었다. 윤호에게도 한 대 권했다.

"감사합니다."

"혜린씨로부터 편지는 자주 받지 않았나요?"

질문이 다소 엉뚱했는지 윤호는 잠시 대꾸를 하지 못했다.

"말하자면 러브 레터를 받아 보셨는지 하는 겁니다."

"아니오, 혜린인 편지 쓰는 걸 좋아하지 않았어요."

"그래요? 그건 뜻밖이군요. 여자들은 글 쓰는 걸 다 좋아하는 법인데, 더구나 꼼꼼한 사람일수록."

"그렇게 일반화할 수는 없죠. 그렇지만 그림은 여러 점 받았지요. 그리고 편지라기보다는 그림엽서를 많이 보냈어요."

"그래요? 대단히 실례지만 그림엽서를 좀 볼 수 있을까요? 최근의 것 몇 장만."

"그러시죠."

윤호는 담배를 비벼 끄고 방으로 건너갔다가 곧 엽서 3장을 들고 나왔다. 그것은 아주 짧은 시간이어서 엽서를 고를 틈이 없었으리라는 생각이 추경감의 뇌리를 스쳤다.

추경감은 그 엽서를 잘 살펴보았지만 무슨 뜻인지를 영 알 수가 없었다. 그림엽서의 그림은 매우 앙징스럽고 예뻤지만 그렇다고 그것이 사랑의 표시일 리는 없었고 엽서의 글들도 이상야릇하기만 했다. 작년 12월에 보낸 엽서에는 이렇게 되어 있었다.

"안녕. 난 지금 창문을 열고자 해. 세상은 얼음과 얼음에 부딪혀 길을 모르는 햇살들로 가득 차고, 그리고 아주 추운 것 같지? 그러나 나는 지금 창문을 열고자 해. 햇살이 갈 곳을 잃으면 눈이 되어 천천히 천천히 내려올지도 모르잖아? 그러면 얼음에 되튕기지도 않을 거고."

강형사를 이리로 보내는 것이 낫지 않았을까 하는 생각이 불현듯 들었다.

"엽서에는 반말로 되어 있군요."

"존대말로 글을 쓰면 재미가 없다고 그랬었죠."

추경감은 자리에서 일어났다.

"여러 가지 협조 고맙습니다. 많은 도움이 되었습니다."

"원, 천만에요. 빨리 수사가 종결되기를 바라고만 있습니다."

배웅을 나오는 윤호는 어느덧 침착한 평소의 모습으로 돌아가 있었다.

아파트 문을 닫는 추경감을 바람이 인정사정 없이 몰아쳤다. 코트깃을 세우며 추경감은 다시 옥희와의 이야기를 떠올렸다.

"제가 주진만씨와 가까왔다고요? 호호, 참 우습네요. 그 말 윤호씨가 했죠?"

추경감은 순간적으로 당황했다. 옥희는 그 헛점을 놓치지 않았다.

"역시 그렇군요. 그 오해에는 까닭이 있어요."

"까닭이요?"

추경감은 불쑥 반문을 하고 곧 후회했다. 산전수전 다 겪은 노경감이 풋내나는 레스토랑 마담의 유도심문에 넘어간 격이었다. 그 반문은 앞서 옥희의 짐작을 시인하는 것이었기 때문이다.

"역시 그랬군요. 윤호씨는 혜린씰 사랑했지만, 제가 아는 한에서는 혜린씨는 윤호씨를 대수롭지 않게 여기고 있었어요. 그래서 그 분은 제게 관심을 잠깐 돌렸었지요. 그때 저는 그 분을 따돌리느라 진만씨를 끌어들였어요. 하지만 그것도 결코 진만씨가 저를 좋아한다고 한 것이 아니라 제가 그저 좋아하고 있다고 그렇게 말했었지요. 그러니까 그 사람 얼굴이 딱딱하게 굳더니만 다음부터는 저를 아는 척도 안 하더군요. 제가 보건대 그 사람은 너무 속이 좁고 이기적인 데가 많아요. 모르긴 몰라도 외아들일 테죠. 자기 일밖에 모르는 엘리트, 그런 사람이에요."

그때 추경감은 왜 자신이 윤호를 혐의 대상에서 빼어 놓았던가 하는 생각이 들었다. 사실은 정반대일 수도 있다. 물론 윤호는 혜린이 자신을 좋아한다고 했고, 진만은 혜린이 결정을 유보했다고 말했지만, 그러나 그렇다고 그것이 진만이 거짓말을 하고 있다는 것은 아니다. 사실상 거짓은 그 정도를 가리는 것이 아니기 때문이다. 추경감은 아파트를 나와 대룡산업을 찾아갔다.

길희준은 자리에 있었다.

"저는 시경 강력계의 추경감이라고 합니다.

추경감의 한 마디에 벌써 상대는 파랗게 질렸다.

"저, 저 무슨 일이신지요?"

"대단찮은 일입니다. 잠시만 시간을 내어 주시지요."

예, 예 하며 굽신대는 희준을 데리고 추경감은 길 건너의 다방으로 들어갔다. 희준은 40대 중반으로 보이는, 머리도 반쯤 벗겨지고 배도 적당히 나온, 인상 좋게 생긴 신사였다.

"1월 16일날 바다 레스토랑에 가신 적이 있습니까?"

"그, 글쎄요?"

희준은 기억이 나지 않는 듯이 머리를 갸웃거리다가 수첩을 꺼내 들고 날짜를 하나하나 확인해 나갔다.

"아! 16일날 동창회가 끝나고 저 혼자 그리로 갔습니다. 돈이 없어서 시계를 맡겼었지요. 하지만 다 갚았습니다."

"아닙니다. 결코 그런 것을 따지려는 것이 아닙니다."

추경감은 주름투성이 얼굴에 함박 웃음을 지었다. 상대방도 맘이 좀 놓이는지 바보같이 따라서 미소를 지었다.

5 또 하나의 살인

"제가 알려는 것은 그때 거기에 누가 있었는지 기억하시는가 하는 점입니다."

"그, 글쎄요? 술이 취해 있어서."

희준은 머리를 긁적이며 당황한 투로 말했다.

"제가 알기론 그때 그곳은 매우 한산했지요. 그렇지 않습니까?"

희준은 추경감의 말에 인상을 쓰며 그때의 기억을 되살리고자 노력했다.

"신사분이 한 분 계셨습죠. 제가 같이 술을 마셨습니다. 우린 서로 불만을 털어놓았던 것 같아요. 그러고 나서 그 신사하고 저하고 주머닐 털었는데 돈이 모자랐지요."

"그 신사분 기억하실 수 있겠습니까?"

추경감이 희준에게로 상체를 내밀며 물었다.

"그, 글쎄요…… 혹 보면 생각이 날지도 모르겠지만……."

희준은 난처한 표정을 지었다. 추경감은 안주머니에서 봉투를 하나 꺼내 들고 희준에게 건네 주었다.

"거기엔 세 남자의 사진이 있습니다. 그때 같이 있던 신사분이 누구였는지 기억을 해주시기 바랍니다."

봉투에는 진만과 바다 레스토랑 종업원 김군, 그리고 윤호의 사진이 들어 있었다. 추경감은 진만의 알리바이에 대하여 세 가지 생각을 하고 있었다.

첫째는 진만의 말이 사실인 경우, 둘째는 옥희가 진만을 위해 알리바이를 조작할 경우였다. 그때는 종업원 김군을 진만의 대리역으로 설정해 놓을 수가 있는 것이다. 그리고 세째로 매우 희박한 가능성이지만 윤호가 진만으로 가장하여 알리바이를 만들 경우였는데, 추경감은 윤호와 옥희가 오히려 다정한 관계로 그런 일을 꾸밀 수도 있으리라 생각을 한 것이다. 수사의 진전에 따라 사실은 바다 레스토랑에 있었던 것은 진만이 아니라 윤호였다고 밝혀지고 윤호는 진만을 감싸주기 위하여 알리바이를 조작했노라고 말한다면? 윤호는 오히려 알리바이가—— 완벽한 알리바이는 아니지만 성립되고 진만의 행적은 공중에 뜨게 될 수도 있다.

그러나 추경감이 이 가정에 기대를 걸고 있는 것은 결코 아니었다.

"이 사람입니다."

희준은 자신 있게 사진을 추경감에게 건네 주었다. 주진만이었다.

"그럼 바다 레스토랑에 들어간 때가 몇시였는지 혹 기억하십니까?"

추경감은 허황된 공상을 그치고 입을 쩍 다시며 시간을 물어보았다.

"10시 20분이었습니다."

희준은 시간에 대해서는 자신 있는 어투로 잘라 말했다.

"어떻게 기억하고 계십니까?"

"제가 들어갔을 때 마담에게 그 분이 시간을 물어보고 있었지요. 그때 일이 그렇게 생생히 다 떠오르는걸요."

"그럼 언제쯤 레스토랑에서 나오셨는지요?"

"2시 좀 넘어서였습니다. 그건 제 시계를 맡기면서 확인했었지요."

"예, 잘 일겠습니다. 저 마지막으로 한 가지만 더 물어보겠습니다. 그때 같이 계셨던 분이 자리를 비운 적은 없었습니까?"

"그거야 술을 먹다 보니 화장실에도 다녀오고 해야 되지 않습니까? 하지만 딱히 자리를 비운 적은 없었습니다."

"그날 술을 과하게 드셨습니까?"

"물론 대여섯 시간을 마셨으니 과하게 먹은 거지요. 하지만 정신이 오락가락한다든가 집을 못 찾아간다든가 하는 일은 일으킨 적이 없습니다."

"예, 감사합니다. 혹시라도 그날 일로 알려 주실 일이 생각나시면 이리로 전화를 해주시기 바랍니다."

추경감은 희준에게 명함을 건네고 일어섰다. 이만하면 진만의 알리바이는 더 이상 확실할 수 없을 만큼 확실하다. 만에 하나 희준에게 수면제를 먹여 알리바이를 조작했을지 모르나 그렇다면 이것은 계획 범죄란 말이 된다. 분명 이번 사건에는 계획적인 살인의 냄새는 보이지 않고 있다.

1월 23일, 사건 발생일로부터 꼭 1주일이 지났다. 그러나 아직 이 사건이 살인사건이라는 증거는 보이지 않고 있다. 진만과 윤호의 증언이 서로 엇갈리기는 하지만 그것은 사내들의 호기일 수도 있다.

"경감님, 제 생각에 이건 두 가지 중 하나입니다."

지금까지의 수사 현황을 정리하고 나자마자 강형사가 호기롭게 말했다.

"무슨?"

추경감이 서류들을 책상 위에 가지런하게 모으며 무심히 말했다.

"첫번째는 사고사입니다. 지금까지 주위 사람들의 이야기로 보아 혜린은 진만을 좋아하고 있다가 최근에 윤호로 마음을 돌린 것이 거의 분명한 것 같습니다. 이렇게 생각할 때 16일날 혜린은 절교를 선언하고 나서 그 동안의 추억에 잠겨, 또 거기

다가 돈을 선택했다는 죄책감도 어느 정도 있었겠지요. 그래서
휘청휘청 걷다가 삐끗 얼음판에서 미끄러지고 만 것입니다."

"그럼 두번째는?"

"두번째는 윤호가 범인이라는 가정입니다."

"금방은 혜린이 윤호에게로 마음이 돌아섰다고 하지 않았어?"

"예, 거기에는 변함이 없습니다. 윤호는 16일날 혜린이 진만을
만난다는 것을 알고 있었습니다. 그래서 미행을 했던 겁니다.
그리고 사고 지점에서 무슨 이야기를 했는지 물어보다가 대답
하지 않으려는 혜린과 말다툼을 벌이다가…….'

"그러다가 밀쳐서 쓰러졌다, 이거야?"

추경감의 말투가 매서웠다.

"예."

"강형사, 혜린의 직접 사인이 뭐였지?"

"뇌진탕으로…….'

강형사는 추경감의 기세에 우물쭈물 대답을 했다.

"그건 원인이야. 혜린을 죽인 건 16일 밤의 추위였어. 이게
뭘 뜻하는지 모르겠나? 만일 윤호가 범인이고 자네 가정이
맞다면, 자네는 사랑하는 여인이 기절했는데 잘 죽어라 하고
내빼겠나?"

"그렇군요…… 경감님, 그럼 이건 사고사임에 틀림없습니다."

"글쎄, 그런 것 같기도 하네만…….'

추경감은 찜찜한 표정으로 강형사의 말에 수긍했다.

"좋아, 몇 가지 문제점에 대해서만 확인해 보고 이상이 없으면
사고사로 처리하도록 하지. 내일 아침에 주진만을 만나서 8시

부터 10시에 걸쳐 혜린과 무슨 이야기를 나누었는지 정확히 알아보도록 하고 내일 중으로 사건을 종결짓도록 하세."

추경감은 서류를 왼쪽 서류철 속에 끼워 놓고는 등을 돌려 창 밖을 바라보았다. 사건의 일단락을 기뻐하는 듯이 눈이 조금씩 내리고 있었다.

그러나 사실은 그 눈 속으로 또 하나의 범죄가 그 거친 움직임으로 일어서고 있었다.

"경감님, 집에서도 아틀리에에서도 전화를 받지 않는데요?"

강형사가 수화기를 내려놓으며 툴툴댔다. 주진만에게 연락을 취하던 중이었다.

"그래? 주진만의 집은 어디야?"

"강남구 P아파트 204호실입니다."

"그러면 가까운 아틀리에부터 들러 보도록 하지."

그러나 아틀리에에는 아무도 없었다. 관리인에게 부탁하여 문을 열고 들어가 보았지만 이상한 점은 아무것도 없었다.

"괜한 헛걸음을 했네요?"

강형사가 차에 오르며 추경감에게 말을 건넸다.

"글쎄…… 난 좀 이상한 느낌이 드는군. 아틀리에가 너무 잘 정리되어 있지 않아?"

"그게 뭐 별다른 일입니까?"

"어쩐지 주진만의 성격에 맞지 않는 일이라는 생각이 드는군."

"왜요? 그 사람은 지극히 내성적으로 보이던데요?"

"그건 밖에서 볼 때의 생각이지. 그런 사람은 혼자 있을 땐

자신을 잘 주체하지 못할 때가 많아. 자신의 아틀리에는 박살이
나 있지 않을까 생각했었는데."

"그거야 사람 나름 아니겠습니까?"

추경감은 대꾸하지 않았다. 차창 밖으로 싸락눈이 아직도 흩날
리고 있었다.

강동구에 있는 진만의 아파트에 도착했을 때는 눈은 이제 폭설
로 변하고 있었다.

"이거 영 그칠 생각이 없네요."

차를 주차시키고 황급히 아파트 5동 입구로 뛰어오는 동안에
벌써 수북이 쌓인 눈을 신경질적으로 털며 강형사가 투덜댔다.

"긍정적으로 생각해 보게. 내년에는 풍년이 들 거라고."

추경감의 말에 강형사는 피식 웃었다.

"좋습니다. 긍정적으로 보지요. 경감님은 날마다 제게 사물을
비판적으로 보라고 하시더니 이거 영 앞뒤가 안 맞습니다 그
려."

그 말에 추경감도 피식 웃었다.

"좋아. 자네도 그런 농담을 할 줄 아는구만. 헌데 진만의 아파
트가 몇 호야?"

"204호입니다."

둘은 204호로 올라갔다. 방문을 두드려 보았으나 아무런 인기
척도 없었다.

"이거 좀 수상한데?"

추경감의 얼굴이 딱딱하게 굳었다.

"강형사, 경비실로 가서 빨리 열쇠를 받아오게."

"열쇠를요? 왜요?"

"아, 빨리 갔다 와!"

"하지만 우린 수색영장이……."

"수색하려는 게 아니야! 그럼 경비원도 데리고 와! 증인으로."

"예."

그제서야 강형사는 급히 내려갔다. 기다리는 1, 2분이 추경감에겐 악마의 시간처럼 길었다.

"열쇠……."

추경감은 경비원이 내미는 열쇠를 확 낚아채더니 급히 문을 열었다.

"악!"

경비원이 기겁을 하며 눈을 돌렸다. 거실 소파에 정면으로 문을 마주 보며 진만이 앉아 있었다. 얼굴이 새하얗게 질려 있는 것이 꼭 죽은 형상이었다.

추경감은 쯧쯧 하고 혀를 차곤 침착하게 주위를 살피며 마루에 올라섰다.

"경비원, 아무것도 만지면 안 돼요."

그러나 경비원은 아예 안으로 들어올 생각을 하지 않았다.

"경감님, 이거 수상한데요."

강형사가 따라 들어오며 말했다.

"음, 자살은 아닌 것 같아."

추경감이 거실을 둘러보며 말했다. 진만의 앞 탁자에는 칵테일 잔이 두 개 놓여 있고 포도주가 한 병 놓여 있었다.

"독살이군!"

추경감이 진만의 입 주위에서 냄새를 맡아보곤 말했다.

"도, 독살이라굽쇼?"

경비원이 문 밖에서 질겁을 하며 소리쳤다.

"경비원, 급히 내려가서 경찰에 전화를 좀 해주게, 살인사건이라고. 감식반도 보내 달라고 하게."

경비원은 기다렸다는 듯이 후들거리는 다리를 진정시키며 아래층으로 내려갔다. 그는 살인사건이 일어남으로 자신이 어렵게 구한 이 직장에서 쫓겨날지도 모른다는 생각에 정신이 없었다.

진만은 와이셔츠에 양복 바지를 입고 있었다. 넥타이는 풀어져 그가 앉은 소파 뒤로 아무렇게나 걸려 있었다. 앞의 탁자에는 포도주가 담긴 흔적이 그대로 남아 있는 잔이 두 개 놓여 있었고, 특히 진만의 잔에는 아직도 흔들면 찰랑일 정도의 술이 남아 있었다.

"누군가와 술을 마신 게 틀림없군요."

강형사가 중얼거리듯이 말했다.

"유서가 혹 있는지 찾아보게."

그러나 유서는 아무 곳에도 보이지 않았다. 일기장 같은 것도 없었다.

"누구였을까요? 잘 모르겠지만 술 속에 독약을 살짝 털어넣었을 것 같군요. 자세를 보아서도 술을 마시다가 당한 것 같아요."

"음, 나도 그렇게 생각되어지는군."

"좋은 점은 이것이 유리잔이라는 점이군 그래. 지문이 남아 있을 법하단 말야."

추경감이 칵테일잔을 가리키며 말했다.

"글쎄요, 독살을 한 점으로 보아 그럴 것 같진 않은데요? 왜 그런 말이 있지 않습니까? 독살에는 우발범행이 없다는 것."

"그것도 일리가 있는 말이야."

추경감이 고개를 끄덕였다.

"허나 그건 독을 준비한다는 점에서 계획 살인이라 하는 것이지 완전범죄를 의미하는 것은 아니야."

추경감의 말에 강형사는 입을 쩍 다시고는 다시 말했다.

"경감님, 이번 사건이 혜린양 사건과 관계가 있을까요?"

"글쎄…… 지금은 뭐라 얘기할 수가 없군. 좀더 조사가 필요하겠어."

"제 생각으로는 옥희가 수상합니다. 그 여자가 두 범행을 다 저지른 것 아닐까요? 그리고 진만은 그 점을 알고 있었을지도 모르지 않습니까? 혜린양과 헤어진 시간을 둘러댄 것은 그런 의도가 아니었을까요?"

그러나 추경감은 그런 질문에 대해 대꾸하지 않았다. 머쓱해진 강형사도 카페트가 깔린 거실을 이리저리 왔다갔다 했다.

"앗, 경감님!"

강형사가 문득 무엇인가를 보고 놀라 고함을 쳤다.

"뭐야?"

"여기를 좀 보십쇼."

강형사가 가리킨 곳은 진만이 죽어 있는 맞은편 의자 밑이었다. 하얀 가루가 약간 떨어져 있었다. 추경감과 강형사는 동시에 같은 생각을 떠올렸다. 떨리는 손으로 약을 포도주에 부어 넣었을, 알 수 없는 범인을.

"이건 엄청나게 서투른 범죄군요."

강형사가 혼자말처럼 내뱉은 말에 멍하니 서 있던 추경감이 무슨 생각이 떠오른 듯 강형사의 어깨를 툭 쳤다.

"이봐, 우리가 뭐하는 거지? 내려가서 경비원을 만나 보자구."

경비원은 아직껏 새파랗게 질려 있었다.

"전화 했습니까?"

추경감이 담배를 권하며 물었다.

"예……."

"몇 가지 말씀을 여쭙고자 하는데 괜찮으시죠?"

"예, 예."

경비원은 그렇게 말하였지만 덜덜 떨고 있어 담배불을 붙이지 못하고 있었다.

"여기."

강형사가 라이터를 꺼내 불을 붙여 주었다.

"어제 주진만씨를 누가 찾아왔습니까?"

"그, 글쎄요? 아예, 젊은 남자 분이 찾아왔었습니다."

"아, 그렇습니까? 그럼 나이는 어느 정도나?"

"비슷했던 것 같아요. 핸섬한 사람이었는데……."

강형사의 뇌리에 순간적으로 윤호의 얼굴이 클로즈업되었다.

"언제쯤 돌아갔지요?"

여전히 차분한 목소리로 추경감이 물었다.

"아마 9시쯤 와서 10시쯤 돌아가지 않았던가 하네요. 텔레비젼 외화가 시작할 때 갔거든요."

"확실한 겁니까?"

강형사가 채근했다.

"그럼요. 그 사람이 인사를 하고 갔거든요."

"그 뒤로 온 사람은요?"

강형사가 다시 물었다. 그렇게 앞서 가려고만 하는 강형사를 보며 추경감이 잠깐 이맛살을 찌푸렸다.

"없었어요. 혹 한밤중에 누가 왔으면 몰라도……."

"그럼 한밤중에 자주 온, 아니 자주 찾아온 여자는 혹 있었습니까?"

"예, 머리칼이 치렁치렁한 여자 분이 있었지요. 대학교 후배라 하던데요."

그건 혜린이다. 강형사가 옥희의 모습을 설명하려고 잠시 말을 멈추자 추경감이 다시 물었다.

"찾아왔던 사람이 나갈 때 당황하거나 두려워하는 기색은 없었습니까?"

"아니요, 술을 마신 것처럼 얼굴이 약간 붉고, 기분은 썩 좋은 것 같진 않았지만 허둥대거나 수상한 기색은 없었어요."

경비원은 이제 평온을 되찾아가고 있었다. 올해 나이 52. 이름 오명득. 막노동판을 구르며 잔뼈가 굵은 그에게 아파트 경비원이란 직업은 참으로 호사스런 것이었다. 바로 그가 지키는 아파트는 그의 힘이 들어가 있는 마지막 공사터였다. 그리고 이제 이 자리를 벗어나 어디로 갈 것인가를 떨던 그는 차츰 이성을 회복하며 이번 사건이 자신에게 그리 큰 문제가 아닐지도 모른다고 생각하기 시작했다.

"자살한 거지요?"

오씨는 밑도 끝도 없는 말을 불쑥 던졌다.

"자살이라니요? 그럴 까닭이 있습니까?"

강형사가 펄쩍 뛰며 물었다.

"아니요, 그저 폼이 그런 듯싶어서……"

오씨는 잘못 생각했다는 것을 곧 깨달았다. 역시 그는 살해된 것이고 어찌 되었든 그 책임이 자신에게 돌아올 것이라는 게 분명했다.

"폼이라는 건 뭘 말하는 겁니까?"

강형사가 계속 물었다.

"그거야 죽은 폼이지요. 게다가 형사님들이 이렇게 오자마자 턱 죽어 있다는 게 자살 아니고 뭐겠어요? 지은 죄가 있으니까 형사들 올 줄 알고 지레 죽어뿌린 것 아니겠어요?"

오씨는 말을 끊고 추경감과 강형사를 물끄러미 바라보았다.

"게다가……"

"게다가!"

강형사가 앵무새마냥 오씨의 말을 되풀이했다. 오씨는 때문에 더 점잖을 빼고 말했다.

"최근에 사랑하는 여인이 죽었다는 이야기들도 하더군요. 그러니 아마도 비관자살을 한 게 아닐까 싶습니다."

강형사는 킥 하며 웃음을 참았다. 시커멓고 광대뼈가 툭 불거진 중늙은이가 형사들 앞에서 다 아는 사실을 새삼스레 무게 잡고 내뱉었으니.

"말씀 대단히 감사합니다."

추경감이 정중히 인사를 하며 일어섰다. 추경감이 일어선 채 주머니에서 봉투를 꺼냈다. 오씨는 절로 침을 꼴깍 삼키며 봉투에 시선을 끌었다.

"어제 온 남자 분이 누군지 이 중에서 지적하실 수 있겠습니까?"

오씨의 생각과는 달리 봉투 안에서는 석 장의 사진이 나왔다.

"이 사람이군요."

오씨는 시무룩한 채로 사진 하나를 집어올렸다. 김윤호였다.

"추경감님……."

강형사가 입을 떼는 순간 사이렌 소리가 들려오기 시작했다.

"이런, 저 굼벵이들이 이제 도착하는 모양입니다."

밖에는 아직도 눈이 날리고 있었다. 그들은 눈 때문에 늦었노라고 보고했으나 강형사는 콧방귀를 뀌었다.

"감식반부터 좀 와 주시오."

추경감이 진만의 방 앞에서 말했다.

"조심해서 들어오고, 문 손잡이, 탁자, 특히 이 유리컵에 지문이 있는가를 확인해 주시오. 그리고 카페트 위의 하얀 분말 가루의 성분도 빨리 알려 주기 바라오."

세심한 지시를 마치고 추경감과 강형사는 차에 올랐다.

"경감님, 어디로 가지요?"

"시경으로 가세. 생각을 정리해야지."

"정리는 무슨 정립니까? 윤호는 진만을 죽일 충분한 이유가 있지 않습니까? 혜린의 경우는 비록 몇 가지가 수상하다 해도 사고사임이 틀림없고, 이번 사건은 진만이 혜린을 죽인 줄 착각한 윤호가 진만을 독살한 것임에 틀림없어요."

그 말에 추경감은 대답 없이 창 밖만 바라보고 있었다. 인간의 사악함을 속죄라도 하는 양 하얀 눈이 순결한 만큼 높이 치솟지 못하고 오히려 밑으로 밑으로 쏟아지고 있었다.

6 천사＋지옥 '87

진만의 사인은 청산가리에 의한 독살이었다. 그의 포도주잔에서도 마룻바닥의 흰 가루에서도 동일한 성분이 검출되었다. 그리고 진만의 맞은편 유리잔에서 윤호의 지문이 나왔다. 사망 추정시간은 9시에서 11시 사이.

"경감님, 당장 김윤호를 체포하시지요."

강형사는 사실을 통보받자마자 희희낙락이었다.

"어쩐지 사건이 너무 쉽군……."

추경감은 혼잣말로 중얼거렸다.

"쉽긴요, 경감님도 그러셨잖아요? 계획범죄라고 완전범죄일 수는 없다고."

"그건 물론 그렇지."

추경감은 맞장구를 치며 왜소한 몸을 힘겹게 일으켰다.

"강형사, 영장 신청해."

지문——이것은 가장 완벽한 증거이다. 윤호에게는 알리바이도 없다. 사망 시각도 일치한다.

추경감은 인상을 찌푸리며 담배를 물었다. 윤호와 진만이 혜린에 대해 이야기한 것이 틀리다는 걸 그는 정확하게 기억하고 있었다. 하나가 피해자가 되었고, 또 하나는 살인자라면 이것은 무얼 뜻하는 것일까? 간접적으로나마 윤호가 혜린을 죽인 살인범이라는 것을 가리켜 주고 있는 것이다. 윤호는 혜린을 죽이고 자신의 범죄행위를 컴플러치하여 혜린은 자신을 선택했노라고 말한 것이 아닐까? 추경감은 두 모금 빤 담배를 재떨이에 눌러 껐다.

추경감은 그 길로 윤호의 아파트를 향해 떠났다.

추경감은 곧바로 경비실로 들어가서 자신의 신분증을 내밀었다. 먼저 상대방을 위압해야 할 필요가 있었다. 그는 평소처럼 복덕방의 맘씨 좋은 영감처럼 웃어 보이지도 않았다. 경비실에 있던 경비원 둘은 졸지에 찾아온 이 무서운 불청객 앞에 놀라 부동자세를 취했다.

"여러분, 1501호에 살고 있는 김윤호씨를 알지요?"

"예."

키가 크고 턱이 튀어나온 경비원이 대답했다. 그가 좀더 고참인 것처럼 보였다. 다른 경비원은 키큰 경비원보다 상대적으로 뚱뚱해 보이고 검은 뿔테 안경을 써서 역시 상대적으로 순해 보였다.

"뭐 하는 사람인지 압니까?"

추경감은 여전히 고압적인 목소리로 물었다.

"예, S그룹의 계장이라더군요."

"S그룹? S그룹은 너무 막연하잖아요?"

"예? 예, S물산에 있다고 했습니다."

키큰 사내만이 말을 하고 있었다. 작은 사내의 불안한 몸짓이 추경감의 눈에 거스르게 비쳐졌다.

"그럼 지난 16일에 김윤호씨가 아파트에 들어오는 걸 누가 봤습니까?"

"16일이면……."

키큰 사내는 말을 흐리며 달력을 살폈다.

"목요일이니까 저희 담당이 아닌데요."

작은 사내가 떨리는 목소리로 대답했다. 물론 그의 말투에는 안도의 기운도 섞여 있었다.

"그럼 누가 담당이었죠?"

"이씨라고 경비원이 또 있습니다. 저희 셋이 번갈아 가면서 경비를 서지요."

키큰 사내가 말했다.

"둘씩 선다는 이야깁니까?"

추경감이 일이 또 꼬이는 느낌을 받았다.

"예, 본래는 제가 같이 있어야 하는데 급한 볼일이 있어서 자리를 비웠었습니다."

"이씨 연락처 알아요?"

"어제 밤을 새서 지금 지하실 골방에서 자고 있을 텐데요."

"그럼 빨리 깨워 오시오."

추경감은 키큰 사내를 보내고 자리에 앉아 담배를 한 대 꺼냈다.

"한 대 피우시겠소?"

작은 사내에게 담배를 권했지만, 그는 무슨 폭탄이라도 건네려고 하는 줄 안 것처럼 깜짝 놀라며 사양했다.

"서 있지 말고 앉아요."

추경감이 그제서야 부드럽게 말을 붙였다. 그러나 작은 사내는 긴장을 풀지 못하고 조심스레 자리에 앉았다.

"그, 평소에 김윤호씨를 어떻게 보았습니까?"

"어, 어떻게 보기는요……. 제가 어디 그런 분을 뭐……."

작은 사내는 말도 제대로 잇지 못하며 추경감의 눈치를 살폈다.

"허허허, 경비원이 이렇게 숫기가 없어서야 강도라도 들면 이 아파트 사람들 어쩌려나, 원."

"어, 어디요, 제가 이래뵈도 도둑도 한 번 잡은 적이 이, 있습니다."

"호오, 그래요?"

"그럼요."

"그럼 살인범을 잡아보는 건 어떻소?"

"사, 살인범이라굽쇼? 그, 그럼 김선생님이 누굴, 주, 죽였단 말씀이세요?"

"조사를 해봐야겠지만 거의……."

추경감은 말끝을 흐리며 경비원의 눈치를 살폈다.

"그, 그 분 저, 절대로 그럴 분이 아닙니다요. 사, 사람들이 그 분을 냉정하게 생겼다고, 곧잘 말하는데 사실은 참 좋은 분입니다."

작은 사내는 말더듬이였다. 아마도 그 때문에 이야기를 하지
않으려 했던 모양이다.

"그걸 뭘로 알 수 있소?"

"이, 이 아파트에서 우리에게 가, 가장 친절하신 분이십니다."

"구체적으로는?"

"명절 때 저희 선물을 준비해 주신다든가 하는 거지요. 부,
부인이라도 있다면 모르겠지만 총각 분이 그런 걸 다 챙겨
준다는 것이 어, 어디 보통 일입니까?"

작은 사내의 말이 채 끝나기 전에 경비실 문이 삐걱거리며
열렸다. 금방 잠에서 깬 듯한, 퉁퉁 부은 눈을 가진, 얼굴이 거무
스름한 사내가 앞서의 키큰 사내와 같이 비죽이 들어섰다.

"절 찾으셨어라우?"

뚱한 목소리였다. 키큰 사내가 주의를 환기시켜 주고자 옆구리
를 쿡 찔렀으나 그 사내는 개의치 않았다.

"아따, 경찰이 좋긴 좋구먼. 일하고 자는 사람도 요러코롬 불러
올 수 있응께."

"그럼 죄송하게 되었습니다. 앉으시지요."

"고맙네요, 잉."

사내는 누런 이를 드러내며 히죽 웃었다.

"간단하게 끝내도록 하겠습니다. 지난 주 16일, 목요일입니다.
그때에 1501호의 김윤호씨가 돌아오는 걸 보았는가 하는 것입
니다."

"야, 봤어라우."

사내는 쉽게 대답을 했다.

"몇 시쯤이었지요?"

"긍께, 그것이 8시가 쪼깐 넘었을 때가 아닌가 싶어라우. 몇 시 몇 분 몇 초냐? 이런 것까진 모르겠어라우."

"그때 어디에 계셨지요?"

추경감은 이 말을 물으며 주의해서 사내를 살폈다. 그러나 사내의 태연한 기색에는 변화가 없었다.

"주차장에 있었어라우. 긍께 김계장님은 날 못 봤을 거구먼요. 아무튼지간에 내는 봤응께 그리 아씨요."

사내의 끝말은 '이젠 됐소'하는 귀찮아함이 가득 담겨 있었다.

"끝으로 한 가지만 더 묻겠습니다. 김계장은 그 뒤에 나간 적이 없습니까? 이건 아주 중요한 문제니 잘 생각하고 대답해 주십시오."

"아니, 그럼 내가 허트로 말을 허기라도 한단 말이라우? 무슨 말을 고로코롬 허씨요?"

"그런 건 아닙니다."

추경감이 정중하게 사과의 제스쳐를 썼다.

"야, 좋아요. 지가 알기로 나간 적이 없어라우."

"그건 언제까지를 말하는 거지요?"

"1시까지여라우. 지가 1시 넘어 잤응께."

추경감은 미간을 찌푸렸다. 윤호의 알리바이가 성립되고 있잖은가.

"자리를 비운 적이 없습니까? 다시 주차장에 갔다든가 하여 사람 나가는 걸 놓칠 수도 있지 않소? 또는 다른 출구는 이 아파트에 없소?"

"야, 지가 김계장님 올 때 나갔던 것은 13층에 제삿날이라 어른
들 오시면서 차를 못 대서 도와줄라고 나갔던 거지라우. 그
뒤로 그런 일 없었어라우. 긍께 지 눈을 피해 나갈 순 없어라
우. 됐슈?"

혜린이 바다 레스토랑에서 나온 것은 10시 15분. 사망 추정시간
은 10시에서 새벽 2시 사이. 이곳에서 사건 현장까지는 만일 택시
를 탄다면 밤길이라는 점을 생각할 때 40분이 안 걸릴 것이다.
그러나 10시 15분에 레스토랑을 나선 혜린이 무려 3시간 반을,
그 추운 날에 돌아다닐 까닭이 없지 않은가.

더구나 윤호가 어떻게 혜린이 아직 거기에 있다는 것을 알고
그곳으로 가겠는가. 추경감은 낮은 신음소리를 흘렸다.

"그럼 어제는 누가 경비실을 지켰지요?"

"지랑 유군이랑 있었당께요."

유군은 안경 낀 작은 사내였다.

"어제는 김윤호씨가 언제 돌아왔나요?"

"어, 어제는 열, 열한시께 들어왔습니다."

작은 사내가 대답했다.

"술을 먹은 것 같던가요?"

"아, 아니요. 아주 불쾌한, 아니, 저 아, 아주 심각한 얼굴이었어
요. 화가 난 듯도 하고 슬프기도 한 듯한 뭐 그, 그런 모습이
요."

'됐어. 혜린의 경우는 사고사일지라도 진만의 경우는 확실한
살인이야.'

추경감은 결론을 내리고 일어섰다.

"수사에 협조를 해주셔서 감사합니다."

"김계장님은 어, 어찌 돼나요?"

작은 사내가 추경감의 소매를 잡으며 물었다.

"죄가 없으면 풀려 나겠죠."

추경감의 무심한 말은 '죄값을 받겠지요'보다 더 잔인하게 들렸다.

시경에는 이미 강형사가 윤호를 체포해다 놓았다. 윤호의 얼굴은 분노로 하얗게 질려 있었다. 그의 손목엔 수갑이 반짝이고 있었다.

"풀어 드려."

추경감이 강형사를 바라보며 말했다. 이 말은 윤호에게 힘을 주었다. 자신을 내보내란 말로 들은 것이었다.

"경감님, 이럴 수가 있습니까? 멀쩡한 살인범은 그냥 두고 애꿎은 사람을 잡아들이다니요!"

"천천히, 차분히 이야기를 나눕시다. 방으로 옮겨서 이야기를 들을까요?"

추경감의 말에 윤호는 몸을 움찔했다. 강형사가 수갑을 풀고 그를 밀폐된 한 방으로 안내했다.

"드라마에서 늘 보던 대로군요. 낮은 전등, 칙칙한 벽, 눈을 부라린 두 수사관."

윤호가 자조적으로 말했다.

"부디 솔직하게 말씀해 주시기 바랍니다. 혐의 사실만 벗으면 곧 놓아 드리겠습니다."

강형사가 말하자 윤호는 화를 버럭 냈다.

"오오라, 혐의만 벗으면 될 사람을 회사에서 '김윤호씨죠? 살인
혐의로 체포합니다.' 이렇게 다룹니까? 난 이제 파멸이요!"

"무혐의였다면 그에 대한 모든 법적인 보상을 해드리겠습니
다."

추경감이 조용히 말했다. 우선은 윤호를 진정시켜야 했다.

"그럼 정신적인 피해는 어떻게 되지요?"

"원하신다면 소송을 제기하실 수도 있습니다."

강형사가 귀찮다는 투로 말했다. 그 어투에서 윤호는 자신이
확실히 범인으로 취급되고 있다는 것을 알았다.

"범인은, 혜린이를 죽인 것은 진만이란 말입니다."

"주진만씨는 어제 살해되었소."

그 말에 윤호는 멍청하게 강형사를 쳐다보았다.

"당신은 당신을 체포할 때 우리가 뭐라고 말했는지도 기억하지
못하오?"

"못 들었습니다."

윤호는 고개를 저으며 대답했다. 진만이 살해됐다는 말에 그는
큰 충격을 받고 있었다.

"어제 9시쯤에 진만씨를 찾아갔지요?"

강형사의 질문에 윤호는 말없이 고개를 끄덕였다. '됐군.' 강형
사는 마음 속으로 쾌재를 불렀다. '녀석은 시체가 이렇게 일찍
발견될 줄 몰랐던 거야. 시체가 다 썩은 뒤에나 발견될 줄 알았겠
지. 이제 들킨 이상 체념이다 이거겠지.'

"그리고 10시쯤 나왔지요?"

윤호는 또 말없이 고개를 끄덕였다.

"예, 좋아요. 당신이 살아 있는 주진만씨를 마지막으로 본 사람입니다. 또 죽어 있는 주진만씨를 최초로 본 사람이기도 하겠지요?"

"아닙니다, 이건 함정이에요!"

윤호가 소리를 질렀다.

"함정이라고요? 누구의?"

"……모르겠습니다."

윤호는 다시 힘없이 고개를 저었다.

"그럼 주진만씨 집에서 무슨 이야기를 나누었는지 어디 들어볼까요?"

"좋습니다."

윤호는 정신을 차리고자 아랫입술을 꽉 깨물었다.

무슨 바람이 들었는지 몰랐다. 오늘은 꼭 진만을 보아야만 될 듯싶었다. 얼굴을 짓이겨 놓든지 침을 뱉어 주든지, 정말 막말로 목을 졸라 죽여 버리고픈 것이 윤호의 맘이었다. 레스토랑 Q에서 위스키를 두 잔 마시고 마음을 독하게 먹고는 진만의 아파트로 찾아간 것이 8시 반이었다.

그러나 막상 아파트 문앞에 서니 왠지 들어가기가 꺼림칙했다. 갑자기 일이 이렇게 된 데에는 자신에게도 일말의 책임이 없지 않다고 여겨졌다. 진만과 윤호는 국민학교, 중학교, 고등학교 내내 동창이었다.

그러나 진만은 윤호보다 앞선 적이 없었다. 윤호가 반장을 할 때 진만은 미화부장 자리에 있었고, 윤호가 전교 1, 2등을 다툴

때 진만은 반에서도 10등 언저리에 있었다. 그러나 둘은 이상하게 친했다.

진만은 윤호에게 거의 모든 것을 양보하며 살았다. 그것은 물론 물질적인 것은 아니었다. 윤호의 집은 진만의 집에 비길 수 없는 재벌댁이었으니까. 진만이 양보한 것은 좋은 자리라든가 높은 번호라든가 하는 것이었고 그 앞에서 비위를 맞춰주는 일이었다. 그들이 커 갈수록 윤호에게 그 일은 당연해졌고 진만에게는 수치가 되었던 것이다.

혜린이도 그렇지 않은가? 그러나 윤호는 머리를 세차게 저으며 일어섰다. 아니다. 누가 과연 여자를 행복하게 해줄 수 있는가를 생각해야지. 혜린이 나와 결혼했다면 평생 손 끝에 물 안 묻히고 자신이 그리고자 하는 것도 마음대로 그릴 수 있고 전시회도 마음껏 열게 해줄 수 있다. 부와 명예와 행복, 이 모든 것이 자신과 혜린의 결혼에서 얻어진다. 그러나 진만과 결합하면 무엇이 남는가? 그것은 혹 행복이라 할지 모른다. 그러나 물질의 기초 없는 행복이란 것이 얼마나 갈 수 있을지 윤호는 생각조차 할 수 없었다.

"응, 너냐?"

진만은 윤호를 보며 전혀 놀라지 않았다. 마치 장기라도 한 판 두러 온 옆집 아저씨 보듯 하는 것이었다.

"한 번쯤 올 줄 알았지. 어때? 한잔 할까?"

진만은 스스럼없이 말하며 포도주와 유리 글라스 두 잔을 가져 왔다.

"치워."

윤호가 딱딱하게 말했지만 진만은 듣지 않았다. 그는 자신과 윤호의 잔에 포도주를 가득 부었다.

"자, 자, 들게. 혜린이의 영혼을 위해."

그는 그러면서 술을 한 번에 털어넣었다.

"안 따라 주려는가? 이건 주도에 어긋나는데."

진만은 혼자 중얼거리며 또 술을 가득 따랐다.

"어디 다녀왔나?"

윤호는 진만의 양복 차림을 보고 물었다.

"응, 화랑에 다녀왔지. 성과가 좋았다더군. 신인 화가치곤 말야. 그래서 백25만3천7백원이 생겼네. 기적적이지? 이 주진만이가 말야, 돈 백만원을 벌었다 이거야. 어느 미친 연놈들이 내 그림을 사갔는지 모르지만, 힛힛힛."

"너 술 많이 했구나."

"그럼, 많이 했지. 임마 너라면 억울하지 않겠냐? 내가 말야, 돈을 이렇게 벌어대면, 임마 너보다도 더 혜린일 행복하게 해줄 수 있어. 그리고 봐라, 매스컴이 뭐라 할지? 부부 화가 주진만, 정혜린 제6회 개인화전. 얼마나 멋있냐? 안 그래? 봐라, 녀석아. 니가 돈으로 밀어붙이면 재능 있는 화가도 뒷구녁에서 썹는 소리에 무너질 거다. 안 그렇냐?"

"입 닥치치 못해!"

진만은 이야기하며 넥타이를 풀어 소파에 던지는 투로 걸쳐 놓았다. 윤호의 호통에도 게슴츠레하게 눈을 떠 보였을 뿐이었다.

"니가 왜 왔는지 안다. 내가 혜린일 죽인 거라고 생각하면서도, 또 아니길 바라면서 온 거지? 내가 한 번도 너의 것을 바라

지 않았고 또 니가 원하는 모든 것을 내가 해주었기 때문에,
너는 혜린이도 당연히 양보할 줄 알았지? 그리고 혜린이가
니 것인 이상 내가 어찌 감히 죽였겠냐 싶은 거지? 안 그래,
이 자식아.”

어쩌면 맞는 소린지도 모른다. 윤호는 서늘한 가슴을 쓸어내기
라도 할 양으로 포도주를 들이켰다.

“그런데 틀렸어, 틀렸다구. 내가 죽였단 말야. 내가 혜린일 죽였
어.”

“뭐라고!”

“조용히 해. 큰 소릴 내면 온 아파트에서 항의소동이 벌어진단
말야. 힛힛힛.”

진만은 완전히 술에 취해 있었다.

“그 여자는 내 팜플렛을 아무렇게나 꾸겨 가지고 스커트 호주
머니에 넣었지. 마치 금방이라도 떨어뜨릴 것처럼 말야. 난
걱정이 되었어. 팜플렛을 떨어뜨리면 곤란하잖아? 그래서 쫓아
갔다구. 응? 이걸 잘 알아야 해. 난 죽이려고 쫓아간 게 아냐.
난 팜플렛을 떨어뜨리지 않도록 도와주려고 쫓아간 거란 말
야. 근데 깜깜한 곳이 나왔어. 거긴 지옥처럼 어둡더군. 그래,
그 그림을 그려 봐야겠어. 제목을 말야. ‘천사＋지옥 87’이라고
하는 거야. 어때? 그럴 듯하지?”

진만은 다시 포도주를 약간 들이켰다.

“그 그림은 시꺼먼, 아니지, 새까만 색을 마구 뭉게 놓은 거
야. 그리고 거기다가 아주 예쁜 선을 까는 거지.”

“집어치지 못해.”

"먼저 흰 선이 필요해. 얼음이지. 이건 지옥의 일부분이야. 그리고 붉은색, 이건 피니까 죽음. 결국 지옥의 일부를……."

"이 자식이!"

윤호가 팔을 뻗어 진만의 뺨을 세게 쳤다. 진만의 고개가 오른쪽으로 홱 돌아갔다.

"히힛, 힛힛힛. 그래, 그래, 내가 이렇게 진작 맞았어야지. 진작 맞아서 네놈의 쓸개 빠진 놀음에 놀아나지 않았어야 하는 건데."

진만은 맞은 뺨을 쓰다듬었다. 술이 취해서인지 아픈 기색도 하지 않았다.

"응, 넌 내 이야기가 좀더 듣고 싶겠지. 그래야 능구렁이 같은 추경감에게 고자질을 할 테니까 말야. 난 혜린이의 어깨를 잡았지. 혜린이가 깜짝 놀라며 돌아보더군. 내 쪽으로 당겼어. 그런데 갑자기 몸을 뒤틀더니 무릎 쪽이 휘청한다 싶었지. 그러고나서 그렇게 된 거야. 난 죽은 줄 알았어. 바다로 돌아갔어. 술을 먹었지. 그리고 쓰러져서 잤어. 어때? 윤호, 됐지? 이 정도면 날 교수대에 세우는 데 충분하겠지? 하지만 잠시 기다려달라구. '천사＋지옥 87'을 그려야 하니까."

진만은 주절거리며 머리를 뒤로 젖혀 소파에 댔다.

"미친 놈!"

윤호는 욕을 하며 일어섰다.

"저는 그 길로 집으로 돌아왔습니다."

"당신 이야기는 말이 안 되는데?"

"예?"

강형사는 이 서투른 범죄자의 거짓을 곧 밝힐 수 있는 것이 기뻤다.

"주진만씨에게는 확고부동한 알리바이가 있다고 내가 말하지 않았나요?"

"술취한 두 사람을 속여서 시간 조작하는 것이 뭐 어렵다고 그러시요?"

"옥희씨와 진만씨는 가까우니까 짰다 이 말이지요?"

추경감이 물었다.

"둘이 짜지 않았다 해도 옥희, 그 여자 혼자서도 능히 알리바이를 만들 수 있다고 생각됩니다."

"이거 왜 이래요? 우리가 알기로는, 당신이 옥희씨한테도 집적거리다가 딱지를 맞았다 하던데."

"그게 무슨 소리요!"

윤호는 상처입은 맹수처럼 으르렁댔다.

"내가 이래뵈도 자존심 하나로 사는 사람이요! 그럼 내가 혜린이를 쫓아다니다가 옥희를 건드리다가 또 혜린이를 만나다가 했단 말이요?"

"글쎄, 들리는 소리엔……."

강형사는 여전히 빈정거리는 투였다.

"옥희를 데려와요! 내가 그 거짓말장이가 내 앞에서도 그런 소리를 하는지 들어보겠어! 옥희를 데려와!"

윤호는 흥분하여 자리에서 벌떡 일어나 문으로 다가서고자 했다. 강형사가 재빠르게 팔을 꺾어 윤호를 자리에 주저앉혔다.

7 잃어버린 시간

"으윽……."

윤호의 입에서 낮은 신음이 흘러나왔다.

"아니, 여기가 어딘 줄 알고 행패를 해요? 천천히, 차근차근히 말로 하시라고요."

강형사가 꺾었던 팔을 툭 놓으며 퉁명스럽게 말했다.

윤호는 조심스레 팔을 움직여 보였다. 아프긴 해도 망가지진 않은 듯싶었다.

"좋습니다. 그러면 어디 진만이의 살해사건부터 들어봅시다. 그래야 뭐가 뭔지 나도 정신이 들 테니까요."

윤호의 말에 윤호의 뒤에 서 있던 강형사는 어처구니가 없다는 표정을 지었다.

"이것 봐요, 김윤호씨, 당신 그렇게 수작부려야 아무 소용이 없어요. 아시겠어요? 이번에는 증인도 있고, 또 당신의 동기도 명확하다 이겁니다."

"아니에요! 난 진만일 죽이지 않았어요!"

"잠깐, 강형사."

추경감이 흥분한 강형사를 말렸다.

"김윤호씨, 주진만씨의 사체는 어제 아침 우리가 직접 발견했

습니다. 사망 추정 시간은 밤 9시에서 11시 사이, 주진만씨는
소파에 앉은 채로 청산가리에 의해 독살되었소. 사체 앞에는
두 개의 글라스가 있었고, 김윤호씨 당신이 앉아 있던 그곳의
글라스에서 역시 당신의 지문이 나왔소. 당신의 출입은 당신의
아파트와 주진만씨의 아파트 양쪽에 의해서 모두 증명되었습니
다. 또 당신이 나간 이후에 진만을 찾아온 사람은 아무도 없었
다는 경비원의 증언이요."

윤호의 양미간이 그 순간 빠르게 찌푸려졌다가 다시 펴졌다.

"추경감님, 여러분은 지금 내가 혜린이도 죽였다고 믿고 있습
니까?"

"나는 되도록이면 그걸 증명하고자 하오."

강형사가 이죽거리며 말했다.

"그렇다면 내가 더 이상 무어라고 말해도 내 말을 믿지 않을
것 같군요. 당신들 뜻대로 하시오."

윤호는 그러면서 입을 꾹 다물었다.

혜미가 강형사를 찾아온 것은 윤호가 체포되고 사흘이 지난
뒤였다. 혜미는 딱딱하게 굳은 얼굴로 조심스레 강력계의 문을
열었다. 그러나 강형사를 보자 곧 방글거리며 활기차게 걸어왔
다.

"안녕하세요?"

"어?"

강형사는 깜짝 놀라 혜미를 바라보았다. 그녀가 여기에 나타난
것은 전혀 뜻밖이었다.

"저, 시간 있으세요?"

"물론 있습니다만……."

노총각도 한물간 노총각인 강형사로서야 혜미 같은 미인이 시간 있느냐는데 없는 시간이라도 꾸어오는 게 당연했지만, 그녀가 데이트하러 올 리 만무한 이상에야 무슨 뜻인지를 반문하지 않을 수 없었다.

그러나 강형사는 말끝을 흐림으로써 조금이라도 더 달콤한 환상을 즐겨 보고자 했다.

"그럼 같이 나가요."

"왜, 여기서는 곤란한 말씀이라도……."

"예, 중요한 얘기가 있어요. 하지만 이런 곳은 싫어요. 전 범죄자가 아니잖아요?"

"아, 물론."

강형사는 크게 너스레를 떨며 맞장구를 치고 코트를 꿰었다.

날씨가 제법 따스했다. 햇빛이 난 곳은 눈이 녹아 지저분한 구정물이 질금대고 있었다.

"봄이라도 온 것 같네요."

혜미는 땅을 보고 걸으며 무심한 듯 말했다.

"이제 2월도 반이나 지났으니까요."

강형사도 무심한 소리로 맞장구를 쳤다.

"봄이 오면 또 꽃이 피고 나비도 날고 새도 울고 그럴까요?"

"무슨 말이에요? 봄이 오면 으레 그렇잖아요?"

"하긴 그렇죠. 그렇긴 하지만……."

혜미는 쓸쓸하게 말을 잇고 있었다. 강형사는 이 아가씨가 무슨 말을 하려고 이러나 싶어 귀를 더욱 크게 열었다.

"April is the cruellest month."

"4월은 가장 잔인한 달——엘리어트의 시군요."

"어머, 그런 것도 아세요?"

혜미의 눈이 반짝였다.

"그럼요. 저는 문학 청년이었습니다."

"그 뒷귀절을 아시나요?"

"아니요, 실은 그 귀절이야 4월만 되면 온통 신문, 방송에서 떠들기에 알 뿐이지요, 뭐."

강형사는 겸연쩍게 허허 웃었다. 혜미도 잠깐 따라 웃었다. 그리고 음산하게 뒷귀절을 이었다.

"Breeding lilacs out of the dead land——락일락꽃은 죽은 땅에서 피며——, 어쩌면 말이에요, 강형사님, 이 시는 저를 위해 지은 건지도 몰라요. 보세요, 이 시의 제목이 소제목이지요. 그 제목이 뭔지 아세요? The burial of the death——사자 (死者)의 매장——이라고요. 봄이 와도 변하는 게 없었으면 좋겠어요! 전 두려워요. 언니는 말이지요, 재가 되었어요. 엘리 어트의 시에는 이런 귀절도 있지요. 들어보세요."

혜미는 다시 음산하게 「황무지」의 한 귀절을 읊었다.

"그럼 나는 아침에 너의 등 뒤에 성큼성큼 걸어오는
네 그림자나, 저녁때 너를 마중 나오는 그림자와도 다른
그 무엇을 보여 주리라.
나는 너에게 한 줌의 재 속에서 공포를 보여 주리라."

혜미는 그러며 심하게 진저리를 쳤다.

"어디라도 들어가지요."

강형사가 그 모습을 보고 갑작스레 서둘러 근처의 카페에 들어갔다. 커피를 시키고 잠시 어색하게 침묵이 흘렀다.

"어쩜 일을 그렇게 하세요?"

커피를 한 모금 들어 목을 축인 혜미가 한 첫 말이었다.

"음?"

강형사는 무슨 뜻으로 혜미가 그렇게 말하는지 알지 못했다.

"김윤호씨 말이에요."

"아, 네."

그제서야 강형사는 고개를 끄덕였다.

"그 분을 왜 잡으셨어요?"

"하하, 공연한 오해가 있으셨던 모양이군요. 김윤호씨가 범인인 것은 100퍼센트 확실합니다."

강형사는 '씨'자에 특히 발음을 강하게 하며 말했다.

"그렇다면 너무나 허술한 범행이 아닐까요?"

"하하, 혜미씨, 일전에도 말씀드린 것 같습니다만, 살인사건이란 추리소설식으로 되는 건 아닙니다. 정말 얼마나 많은 사건들이 일어나는지 혜미씬 짐작도 못할 겁니다. 그러나 그런 사건들 99퍼센트가 추리적 요소가 존재하지 않는 단순한 사건들이란 걸 아십니까?"

강형사는 커피를 한 모금 들고 다시 이야기했다.

"가령 살인을 저지른 범인들은 대게 시체를 유기하지요. 자기 집 지하실이나 정원에 묻는 경우도 있습니다. 그보다는 차에 실어 야산이나 개천에 버리는 경우가 허다합니다. 이럴 경우

살해된 사람의 신원만 확인되면 범인은 잡은 거나 마찬가지입
니다. 주위 사람을 의심하라! 이 경우에 한해서 추리소설이
인정되어지겠군요."

"그것 보세요!"

혜미가 짧으나 단호하게 말했다.

"왜 윤호씨는 시체를 유기하지 않았을까요?"

"하하하, 그건 유기할 수 없었기 때문입니다. 어디로 시체를
옮기겠습니까? 아파트에는 경비실이 있어요. 그건 아시겠지
요? 그런 경우 아파트 안이 가장 안전한 장소가 되지요. 더구나
요새 아파트란 곳이 사람이 원 열흘이고 한 달이고 들락거리지
않아도 모르는 곳이니까 말입니다."

강형사는 여유 있게 말을 할 수 있었다. 강자의 느긋함이었다.

"왜 여러분은 윤호씨 이후에 그 방을 다녀간 사람에 대해 의문
을 품지 않지요?"

혜미도 여유 있게 말을 꺼냈다.

"다녀간 사람은 없어요."

"뭘 가지고 그렇게 단정할 수 있어요? 후훗, 참 우습네요. 아파
트 안에서는 아무 눈에도 안 띄고 움직일 수 있다는 걸 모르시
나요? 그리고 그 아파트 3층에 강옥희라는 여자가 살고 있었다
는 건 우연의 일치치고는 너무 재밌잖아요?"

"뭐라고요?"

강형사는 깜짝 놀라 크게 소리를 내질렀다. 카페의 사람들이
흠칫 둘을 바라보았다.

"그게 정말입니까?"

"그 정도 확인이야 어려운 일이 아닌 줄 아는데요."

혜미는 말을 마치며 몸을 일으켰다. 강형사는 잠깐 현기증 비슷한 것을 느꼈다. 엘리어트의 싯줄이나 외우는 풋나기 여대생에게 그야말로 큰코 다친 셈이었다.

"사건이 철저히 재구성되어야 할 것 같습니다."

강형사는 조심스럽게 운을 떼며 혜미의 말을 추경감에게 전했다.

"그거 몰랐어?"

뜻밖에 추경감의 대답은 시큰둥한 것이었다.

"이미 알아봤는데 그날 옥희에게 친구가 와 있었다더군. 이미 그 친구까지 만나 확인을 해 보았지. 헌데……."

추경감이 찾아갔을 때 옥희는 바다 레스토랑에 없어서 허탕을 치게 만들었다. 그곳에서 옥희의 집을 안 추경감은 물론 깜짝 놀랐다. 진만과 같은 아파트였던 때문이다.

"어서 오세요. 웬일이세요. 집까지 다 찾아오시고."

옥희는 긴 보라빛 홈웨어를 입고 있었다. 얼굴이 약간 부은 모양이 잠을 제대로 못 잔 것 같았다.

"꼭 알려 드려야 할 것 같은 소식이 있어서…… 들어가도 될까요."

추경감은 일부러 언 손을 호 불어 보면서 말했다.

"예, 들어오세요. 이거 집안 꼴이 말이 아닌데……."

거실엔 누가 있었는지 술잔이 놓여 있었다. 술이 말라붙은 걸로 보아 전날 마신 듯했다. 거실에서 슬쩍 비치는 침실이 어지럽게 흐트러져 있었다.

"방이 정말 엉망이죠?"

옥희는 피시시 웃으며 침실 문부터 닫았다.

"친구가 자고 갔어요. 아니지, 자고 간 게 아니라 놀다 갔어
요. 난 좀 잤는데, 걘 꼬박 깨어 있었지 뭐예요."

추경감은 옥희의 말에 의문이 풀리기보다 오히려 보다 큰 의심
이 꿈틀꿈틀 커지는 것을 느꼈다. 하필 진만이 죽는 날 친구가
와서 알리바이를 세워 준다는 것은 얼마나 공교로운가.

"뭐 좀 드시겠어요?"

탁자를 주섬주섬 치우며 옥희가 말했다.

"아닙니다. 공무 중이라서"

추경감이 웃으며 거절했다.

"아 참, 그러시지요. 알려야 할 말이 있으셨다고 했죠?"

그녀는 거실 곁으로 붙은 부엌에서 그릇들을 달그락대며 유쾌
하게 말하고 있었다.

"예."

추경감은 옥희의 얼굴을 마주 보지 않아도 됨에 한숨 돌리며
성급히 다음 말을 내뱉었다.

"주진만씨가 어제 사망했습니다."

"예?"

옥희의 반문에는 생기가 없었다. 전혀 무관심한 대상의 이야기
를 잠시 딴 생각에 못 들은 사람이 예의상 반문하는 꼭 그런 목소
리였다.

추경감은 헛기침을 두어 번 하고 다시 말했다.

"사실은 사망이라기보다는 살해되었다는 것이 보다 정확한 표현⋯⋯."

추경감은 옥희의 비명 같은 외침에 더 계속하지 못했다.

"안 돼! 이럴 수는, 이럴 수는 없어!"

그 목소리가 너무나 비정상적으로 높아 추경감은 몸을 일으켜 부엌 쪽으로 달려갔다.

옥희는 고운 두 손에 얼굴을 감싸고 울고 있었다.

"충격이 크신 모양이군요."

"그인 어디죠? 한 번이라도 보아야겠어요. 어디 있죠? 경감님, 어디 있어요?"

옥희는 자그마한 추경감을 붙들고 악을 쓰듯이 말했다. 추경감의 훈련된 감각은 그 순간에도 '그이'라는 옥희의 말을 놓치지 않았다.

"이미 병원으로 옮겼습니다."

"아니에요, 그렇지 않죠? 내가 봐야 돼요. 보겠어요!"

옥희는 허둥지둥 현관으로 뛰쳐나갔다.

"진정하세요."

추경감은 막 도어를 잡은 옥희를 붙잡으며 달래고자 했으나 그녀는 막무가내였다.

추경감은 그녀의 허리를 잡아 번쩍 들어 가지고 소파로 그녀를 옮겼다.

"마치 남편이라도 돌아가신 것 같군요?"

그 말에 옥희의 얼굴이 순식간에 딱딱하게 굳었다. 추경감 역시 옥희가 그렇게까지 극심한 반응을 보이지 않았다면 그런 말을 하고 싶지는 않았을 것이다.

"흥, 역시 경찰답군요!"

옥희가 경멸하는 어투로 냉랭하게 대꾸했다.

'그렇소. 나는 경찰이요.' 추경감은 그런 자조 비슷한 말을 속으로 중얼댔다. '그대들을 위해 충실한 종복이어도 어디서나 불청객인 경찰이요.'

"이제 말씀을 전하셨으니 됐지요. 돌아가 주세요."

옥희는 일어나 방으로 들어가려 했다.

"저, 잠깐만……."

"뭐죠?"

옥희가 방문을 반쯤 열며 물었다.

"제 말씀에 기분이 상했다면 사과하겠습니다. 다만 저로선 강옥희씨를 진정을, 일단 시켜야 하겠기에……."

"예, 예, 좋아요. 됐지요?"

"그리고 한 가지 더 물어보고 싶은 말이 있습니다만……."

"뭐죠?"

옥희에게 잠깐 귀찮은 기색이 얼굴에 떠오르더니 다시 딱딱하게 굳은 얼굴로 아무렇게나 말을 내뱉었다.

"오오라, 그렇지요. 제가 왜 그걸 깜박 했을까요? 경감님은 지금 이 강옥희를 교수대에 세우려고 오신\걸 텐데, 호호호. 그렇다면 이거 미안하네요. 좀 전에 오버 액션 보여 드린 것도 미안하고, 내 목에 동그란 올가미를 못 씌워 드리는 것도 미안하네요."

거칠게 말을 하던 옥희는 천천히 또박또박 말을 이었다.

"이름은 정경미, 주소는 대치동 38번지, 전화는 576-34××."

말을 끝내기가 무섭게 그녀는 쾅 하고 문을 닫고 사라졌다.

추경감은 허둥지둥 수첩을 꺼내 옥희가 말한 친구의 주소와 전화번호를 적었다. 단 1초만 늦어도 물거품처럼 머리 속에서 숫자들이 싹 지워질 것 같은 위기감이 느껴졌다.

경미라는 여인은 옥희와 비슷한 나이로 보였지만 옥희보다 훨씬 늙고 지친 모습이었다. 보다 분명히 말하면 옥희가 너무 젊게 보이는 것이겠지만.

"예, 걔가 불렀어요. 오래간만이고 해서 보러 갔지요. 그렇게 외박해도 되느냐고요? 난 이혼녀랍니다. 애들도 다 남편이 데려갔고 하루하루가 심심해서 뒤집어 누웠다가 바로 누웠다가 하는 팔자라고요."

"무슨 말씀을 나누셨지요?"

"여자들끼리 하는 이야기들이지요. 고향 친구들 이야기, 에 그리고 뭐 남자 이야기? 뭐 그 따위 것들이죠."

"남자…… 이야기라니요?"

"남자들은 모이면 여자 이야기 한다 하던데, 그렇지 않던가 요?"

"그럼 혹시 주진만이라는 사람의 이야기가 나온 적은 없던가 요?"

"주진만? 들은 기억이 없네요."

경미는 아주 무심하게 모른다고 말하였다. 거짓말하는 게 아니라는 판단이 섰다.

"그럼 화가에 대한 이야기는?"

경미의 얼굴에 잠깐 흥미로움이 떠올랐다.

"했어요. 화가의 문제가 옥희하고 무슨 관계가 있지요?"

"무슨 말씀을 하셨습니까?"

추경감은 경미의 물음에 답하지 않고 되물었다.

"글쎄요, 그런 건 소위 프라이버시에 속하는 문제가 아니던가
요?"

"예, 말씀 안 하셔도 좋습니다. 그럼 사실적인 것만 몇 가지
더 묻겠습니다."

이야기를 나누는 P호텔 커피숍은 대단히 한산했다.

"그 여자가 옥희를 만난 것은 9시 30분, TV의 시간을 보고
기억하고 있는 것이니 확실하지. 그리고 밤새 다녀온 곳이 없는
것이 틀림없다고 그러더군."

"경감님, 그렇다면 몇 가지 불확실한 점이 있긴 해도 김윤호가
범인인 데는 전혀 지장이 없군요."

"응, 그건 그런데, 이런 불투명한 곳이 있는 것은 께름칙해."

"그렇다면……."

강형사가 눈을 반짝이며 말했다.

"거, 혹시 집에 비디오가 있어서 시간 조작을 한 건 아닐까요?"

"후훗, 또 자네의 문학적 상상력이 발동되는군 그래."

"아니, 경감님, 상상력이라니요? 이건 실제로 가능한 범죄 아닙
니까?"

"그래, 좋아. 하지만 비디오는 그 아파트에 없더군."

"그렇다면……."

"왜? 옆집에서 비디오를 빌리지 않았나 하는 생각이야?"

"예."

강형사가 혀를 쏙 빼며 겸연쩍게 대답했다.

"그거 재밌는데. 소설 한 편 써서 추리소설가로 데뷔하게. 요샌 그런 책들이 많이 팔린다더군."

"에이, 반장님도……."

"저기, 그런 공상은 그만두고 대룡산업의 길희준을 다시 찾아가 봐."

"길희준이요? 그 사람은 왜요?"

"1월 16일의 알리바이에는 무슨 트릭이 숨어 있는 것 같아. 지금 우리가 알고 있는 건 진만이 옥희에게 시간을 물어본 것을 희준이 들었다는 것뿐이야. 실제 시간이 10시 20분이었을까? 그는 2시가 넘은 것은 자기 시계로 확인을 했다고 했어. 그 점으로 보아 많은 시간을 속이진 않았을 거야."

"아, 그렇군요. 왜 그런 간단한 사실을 눈치채지 못했을까요?"

"아니야, 섣부르게 좋아할 필요는 없어. 알리바이를 확실하게 조사해 보자는 것뿐이니까."

"그럼 어떻게 알아보지요?"

"그날 길희준은 동창회가 있었다고 했어. 왜 동창회에서 혼자 빠져나와 바다 레스토랑에 갔을까? 여기에는 무슨 연유가 있음에 틀림없어. 길희준은 말하기를, 대여섯 시간 술을 마셨다고 했는데 바다에서 있은 시간만 4시간 가량이니, 틀림없이 그 전 술자리에서 무슨 다툼이 있었던 게 틀림없어. 그렇다면 의외

로 그때 시간을 기억할 수 있는 사람이 있을 게야. 강형사, 자네
는 그 사람들을 차례로 만나보아야 되겠네."

"예."

강형사가 시르죽은 목소리로 대답했다. 많은 사람을 만나 잃어
진 기억의 뒤편을 쑤시고 다니는 것이 얼마나 힘겹고 지겨운
일인지 그는 잘 알고 있었다. 그러나 풀죽은 모습으로 나다닌지
사흘만에 그는 의기양양하게 돌아왔다.

"자네 씩씩한 걸 보니 무슨 성과가 있었나 보군."

"예, 경감님, 그 동안 제가 사람을 몇이나 만난 줄 아십니까?
15명입니다. 시간이 없다는 사람들을 붙잡고 보름도 더 지난
이야기를 들쑤시고 다녔으니 성과가 없으면 어쩝니까?"

"그래, 잘했어, 수고했어. 알아낸 건 뭔가?"

희준은 그날 왜 자신이 혼자 술을 먹으러 대열에서 떨어져
나왔는지를 밝히지 않았다. 또한 친구들도 그 일을 말하기를 꺼려
했다.

강형사는 일단 그 사실을 규명해야 한다는 것을 알았다. 그래야
그들로부터 시간에 대한 것을 알 수 있을 것 같았다.

강형사는 그렇게 생각하자 바로 동창회가 열린 S호텔을 찾아갔
다. 웨이터들은 그 일을 기억하고 있었다.

"아하, 그날 말씀이군요. 잘 되어 갔어요. 처음에는 여느 동창회
와 별다를 바가 없었지요. 그러다가 갑자기 한 분이 고래고래
소리를 지르기 시작했습니다. 참 대단했지요. 네, 그 사람 대머
리였어요. 술이 꽤 취해 있더군요. 아마 친구들의 출세에 비해

자신의 지위가 하찮다는 것에 자격지심이 들어 그랬던 것 같아요. 가끔 그런 사람들이 있지요. 덕분에 주흥이 모두 깨지고 파장이 되었지요. 그때가 몇시냐고요? 글쎄요? 10시는 넘었던 것 같은데…….”

웨이터는 더 기억하지 못했다. 강형사는 다시 희준의 동창을 찾아다녀야 했다.

사흘째 되는 날 15명째 동창 구일한을 만났다.

“제가 그때 희준을 쫓아 나갔었지요. 희준은 막무가내로 혼자 가겠다고 했어요. 어쩔 수 없이 보내고 돌아오니 다들 돌아갔더군요. 찜찜한 기분이어서 한잔 더 하고 싶었지만 친구가 없어서 집으로 돌아갔지요. 희준이하고 헤어진 것이 10시 20분께였어요.”

“확실합니까?”

“예, 확실해요. 제가 S호텔로 돌아갔을 때가 10시 30분이었지요. 다들 어디로 갔을까 하고 시계를 몇 번이나 들여다보았는걸요.”

강형사는 즉시 S호텔로 돌아가 일한이 희준을 택시에 태워 보냈다는 곳에서부터 S호텔 로비까지 걸리는 시간을 재어 보았다. 천천히 걸어 10분, 분명했다. 물론 거리까지 나가지 않고 호텔 현관에서 차를 태울 수도 있었겠지만, 일한이 그런 거짓말을 할 개연성은 전혀 없었다.

⑧ 드러나는 진상

강형사의 보고는 결정적인 증거였다. 진만의 알리바이는 여지 없이 깨어졌고, 더불어 옥희의 알리바이 역시 성립할 수 없게 된 것이다.

"사건의 진상은 명백합니다."

강형사는 의기양양하여 소리쳤다.

"어떻게?"

"범인은 강옥희가 틀림없습니다."

"자네는 그 종씨에게 너무 심하게 말하는 것 아닌가?"

"에이, 경감님두, 어디 종씨라고 다 같은 종씨랍디까? 하여간에 종씨건 아니건 옥희가 범인인 것은 틀림없습니다."

"후훗, 그것 보게. 벌써 자네는 성을 빼고 이야기하지 않나?"

"경감님, 이거 자꾸 놀리지 마십쇼."

추경감은 그 말에 주름투성이 얼굴로 벙긋 웃음을 지었다.

그러나 윤호는 아직 풀려나지 못했다. 그가 비록 혜린을 죽이지 않았을지라도 여전히 진만의 살해범일 개연성은 남아 있는 것이다. 아니, 개연성 정도가 아니라 거의 명확한 증거가 그에게 향해 있었다.

윤호는 구치소에서 참을 수 없는 치욕감에 몸을 떨고 있었다.

그가 이제 범인이든 범인이 아니든 그런 것은 하등 중요한 문제일 수가 없었다. 그는 이미 회사에서 문제 인물로 낙인이 찍혔을 것이라는 점을 잘 알고 있었다. 따라서 그의 빛나는 앞날도 함께 흑암의 구렁텅이에 머물게 되는 것이다. 그는 물론 아직 젊고 패기에 찬 인물이었으나 구치소라는 곳에 끌려온 자체에 이미 반 이상 죽은 듯한 치명적인 상처를 받고 있었다. 혜미가 그를 찾아온 것은 그가 혼자 힘으로는 도저히 더 이상 버틸 수가 없다고 생각되던 그런 무렵이었다.

"괜찮아요?"

"응."

혜미의 물음에 그는 전혀 괜찮지 않다는 뜻을 담아 대답했다.

"힘을 내요, 윤호 오빠. 오빠가 여기서 절망하고 자포자기가 되면 진만에게 당하는 거예요."

"당한다고?"

"그럼요. 당하는 거지요. 이번 사건은 누가 꾸몄든 그것은 다 오빠를 파멸시키고자 하는 수법이에요. 오빠는 능력이 있고 젊어요. 얼마든지 재기할 수 있어요."

"아니야, 이런 일은 나의 이력에 가장 치명적인 상처를 남겨 놓았어. 혜미는 모를 거야. 남자에게 명예라는 것이 얼마나 소중한 것인지 말야. 이건 단순히 자기 자신에 의해서만 지켜지는 것이 아니라 남이 같이 닦아주어야 하는 것이란 말야. 남으로 하여금 이미 더럽혀지게끔 한다면 그건 설령 남이 그르다 해도 나의 잘못이고 나의 명예를 더럽힌 것이란 말이지."

"참으로 대단한 결벽증 환자로군요."

혜미가 발끈해서 외쳤다.

"좋아요. 오빠 말대로 명예가 훼손되어서 재기불능이라고 해요! 그게 도대체 오빠에게 무슨 도움이 되죠? 오빠는 틀림없이 무죄로 나오게 돼요. 그러면 그때부터 인생 패배자로 살아가실 작정이신가요? 진만이 저승에서 얼마나 고소해 할까요? 오빠는 말려들고 있는 거예요. 미친 개한테 척 물리고 아, 이젠 난 죽었어, 광견병이야, 그리고 병원에도 안 가실 양반이군요. 그러고 나서 개에게 물도록 한 나도 잘못은 있어. 이러실 거예요?"

혜미는 발갛게 얼굴이 상기되어 외쳤다.

"혜미는 남자들의 세계를 영 몰라. 아니지, 남자들의 세계가 아니라 야망의 세계, 패권의 세계를 정말 모르는군."

윤호는 힘없이 말했다.

"궁색한 변명 말아요. 영웅은 결코 좌절하지 않아요. 미물도 자기 가고자 하는 곳이 있으면 부러진 날개를 끌고 퍼덕이게 마련인데, 오빠는 어디가 부서졌지요? 형이라도 받았나요? 아니면 정말 사람을 죽였기에 이렇듯 겁이 나서 오그라붙은 모습을 하고 있는 건가요?"

"천만에! 나는 진만일 죽이지 않았어. 죽일 생각도 없었단 말야. 이런……."

윤호는 뭔가 소리를 내려다 꿀꺽 삼켰다. 욕지거리가 저도 모르게 튀어나오려 했다.

"오빠, 그럼 됐어요. 힘을 내세요. 결코 좌절해서는 안 돼요. 우리 언니가 구천에서 더 섧게 울 거예요."

윤호는 다시 마음을 가다듬어 보고자 했다. 혜미는 윤호의 그런 변화를 즉각 알아차렸다.

"오빠 얼굴에 벌써 화색이 도네요. 정말 걱정하지 마세요. 수사는 결코 오빠에게 불리하게 돌아가고 있지 않아요."

"혜미, 대체 왜 내게 그렇게 힘을 주려고 하지? 내가 정말 진만이를 죽였을지도 모르잖아? 또, 혜린이도."

"저는 그렇지 않다고 생각해요. 우선 윤호 오빠는 언니를 죽일 수가 없어요. 그건 아주 분명해요. 알리바이가 확실하니까. 물론 오빠가 진만일 죽일 기회는 있었겠지요. 하지만 저는 오빠보다 더 혐의가 가는 사람을 알고 있어요."

"그게 누구지?"

"그냥 그렇게 알아두세요."

혜미는 싱긋 웃으며 일어섰다. 면회 시간이 다 되었다.

강형사는 옥희를 불러와 심문 중이었다.

"왜 거짓말을 했지요? 길희준씨가 동창회장을 떠난 것이 이미 10시 20분이었소. 그런데 그 사람이 바다에 들어온 것이 10시 20분도 안 됐을 때라고 한 이유가 뭐요?"

"전 몰라요."

옥희는 칼날 같은 목소리로 대꾸했다.

"우리 가게 시계가 고장이었나 보지요. 아무튼 그때는 10시 20분 못 미쳤을 때였어요."

"하하하, 정 그렇게 우기실 거다, 이거지요. 하지만 강옥희씨, 그럴수록 불리해지십니다."

"불리해지긴 제가 뭐가 불리해져요?"

　강형사는 화를 내는 옥희를 여유 있게 바라보다가 느물거리며 말을 꺼냈다.

　"오오, 알 만합니다. 정경미씨를 턱 불러다 놓고 알리바이도 조작했겠다, 주진만 살인사건에 날 옭아매지는 못할 터이다, 뭐 이렇게 생각하시나 본데, 제가 분명히 말씀드리지만 강옥희씨는 지금 두 살인사건에 있어 가장 강력한 용의자이고 제식으로 말씀드리면 바로 두 연쇄살인사건의 범인이다 이겁니다."

　"예에?"

　옥희는 가소롭다는 투로 강형사를 바라보았다.

　"시치미떼지 마세요. 우선 제1살인사건부터 말씀드려볼까요?"

　"제1살인사건?"

　"그렇지요. 정혜린씨 살인사건 말입니다. 그날, 그러니까 1월 16일 주진만씨와 정혜린씨는 결혼문제로 심각한 다툼을 벌였고 옥희씨도 그것은 다 듣고 본 바입니다. 그러나 문제의 핵심은 둘의 다툼이 아니라 옥희씨와 주진만씨의 관계였던 것이지요. 우리들은 그 점을 빨리 눈치채지 못했습니다. 그 점에서 옥희씨의 천재적인 연기력은 대단했지요. 하지만 그 역시, 태양 아래 새로운 것은 없는 만고불변의 법칙이 있다는 것을 간과한 것이라 할까요? 아무튼지간에 둘의 다툼을 보고 옥희씨는 감내하기 힘든 질투에 몸을 떨고 살해의 욕망까지 불러일으키게 되었던 거죠. 아니, 살해까지 그때는 생각 안 했겠지요. 아마도 당신은 혜린이 딱 부러지게 진만을 거절했으면 하고 바랬겠지요. 그렇지만 혜린은 미적미적한 태도를 취했고, 이에 당신은 혜린에게 좀 따지고만 싶었던 것이겠죠. 그래서 나가는 혜린을 쫓아 나갔습니다. 여기까지 어떻습니까?"

옥희는 피식 웃었다.

"왜 소설가가 안 되셨죠?"

"허무맹랑하다 이겁니까? 뭐 좋습니다. 계속 행적을 추적해 봅시다. 당신은 나가는 게 좀 늦었기 때문에 그 사고 지점에서야 혜린씨를 쫓을 수 있었습니다. 당신은 숨이 차서 부르기보다는 아마 어깨를 획 끌어당겼겠지요. 그리고 혜린씨는 누가 쫓아오는 소리에 더 빨리 걸어가려 했을 테죠. 그 때문에 몸의 중심을 잃은데다가 더구나 그곳은 빙판이었고 혜린씨는 쇠굽의 구두를 신고 있었으니까 획 쓰러지며 머리를 빙판에 부딪히고 정신을 잃었겠지요. 그걸 죽은 줄 잘못 안 당신은 급히 돌아와 진만에게 도움을 요청하고, 둘이서 그런 연극을 벌였던 겁니다. 그러나 시간이 지나면서도 진만은 당신을 사랑해 주지 않은 채 죽은 혜린을 생각했다 이겁니다. 그 이유는 혜린이 그때 즉사한 것이 아니라 바로 병원에 옮겼으면 충분히 살릴 수 있었기 때문이겠지요. 거기다가 수사망이 좁혀지면서 주진만씨와 당신의 관계, 그리고 수상한 기미가 보이자 기회를 노려 김윤호씨에게 혐의가 가도록 진만을 죽인 거란 말이요."

강형사는 의기양양하게 설명해 나갔다. 이야기를 마치자 옥희도 자신의 처지를 이해한 듯 얼굴이 파랗게 질려 있었다.

"그, 그건 말도 안 돼요. 자기 애인이 죽었다는데 안, 안 가볼 남자가 어딨어요? 그, 그, 그리고 가봤다면 당장에 혜린이를 살렸을 거예요. 당신은 거기서부터 틀렸어요."

"글쎄요? 설령 그게 틀렸다 해도 괜찮아요. 당신이 23일 밤에 진만을 찾아갔다는 것을 아는 증인이 있으니까."

옥희의 얼굴은 대번에 하얗게 질렸다.

"그, 그게 누구죠?"

"누군지 모르겠습니까?"

강형사의 말은 옥희에게 보다 치명적이었다. 옥희는 아무 말도 하지 못했다. 강형사는 그것을 시인으로 받아들이고 더욱 의기충천해 말했다.

"바로 그렇소. 당신의 친구인 정경미씨가 일러 주었소. 나는 그 분에게 위증죄의 위험성에 대해 몇 가지 이야기해 드렸죠. 그랬더니 순식간에 얼굴이 질리시던데요. 지금 옥희씨처럼."

"그만둬요! 당신이 아무리 형사라고 해도 남의 인격을 이렇게 무시할 수는 없어요!"

"아, 그러셨다면 죄송합니다. 아무튼 강옥희씨께서 밤 12시께 주진만의 아파트로 간 것은 의심의 여지가 없는 일이라는 것에 대해 동의하시겠지요?"

"예."

옥희는 두 손에 얼굴을 파묻으며 흐느껴 울었다. 강형사는 그 순간 옥희를 내려다보며 짧은 쾌감을 즐겼다. 살인자를 체포했다는 쾌감을.

"제가 우는 것 때문에 다른 생각은 하지 마세요."

갑작스레 옥희는 고개를 들고 강형사를 원망스럽게 쏘아보았다.

"같이 저의 집으로 가시죠. 보여 드려야 할 것이 있습니다."

"무슨 말씀입니까?"

강형사는 어리둥절하여 되물었다.

"그러지 않으시고는 이 사건들을 강형사님의 우둔한 머리로는 영영 이해하실 수 없을 겁니다."

옥희는 비웃음을 한껏 물고 강형사를 바라보았다.

"경감님!"

강형사는 호들갑스럽게 추경감을 찾으며 뛰어 들어왔다. 추경감은 놀라 고개를 번쩍 들었다.

"이걸 보십시오!"

강형사가 헐떡이며 내놓은 것은 편지봉투였다.

"자네는 강옥희를 심문하고 있는 줄 알았는데 갑자기 웬 편지야?"

"그건 완전한 오산이었습니다. 아니, 완전한 오산은 아니지만, 하지만 틀렸습니다. 그 편지를 읽어보시면 다 압니다."

"이게, 누가 누구에게 보낸 거야?"

"주진만이 강옥희에게 죽기 전에 보낸 겁니다. 옥희가 밤 12시에 진만을 찾아갔을 때 진만이 봉투를 접다가 옥희한테 준 것이랍니다."

"강옥희는 어딨어?"

"옆방에 두었습니다. 왜 그러십니까?"

"그저. 자네가 이 종이쪽지를 확인도 않고 풀어줬나 해서."

"에이, 제가 그렇게 바보는 아닙니다. 어서 편지나 읽어 보시죠."

──옥희에게

나는 그대를 얼마나 사랑하고자 했는지 모릅니다. 그러나 아직도 나는 감히 당신을 사랑한다고 할 수 없는 듯합니다. 그것은 참으로 내게 정혜린이라는 그림자가 너무도 짙게 끼어 있기 때문입니다. 정말, 혜린이 그때 그렇게 죽었더라면 얼마나 좋았을까요? 그러나 신은 너무 가혹하게도, 아니지요, 너무도 공정하신 것이겠지요. 혜린을 잔혹하게 죽이심으로 내게 지울 수 없는 죄책감을 얹어 놓으셨지요. 이제 나는 아무리 애를 써도 새로운 길을 뚫을 수가 없습니다.

그날의 일이 꿈처럼 떠오르는군요. 나는 참으로 혜린이 죽은 줄만 알았지요. 새파랗게 질려 들어온 나를 당신은 오히려 따뜻이 맞아 주었습니다. 시간을 조작하는 일 모두도 당신이 해주었지요. 그건 내게 따뜻한 정을 불러일으켜 주기에 충분했습니다. 나는 그때 분명 당신과 함께 새 삶을 개척하리라 굳게 다짐했습니다. 아아, 그러나 누가 알았을까요? 혜린은 그때도 살아 있어서 내가 정신만 똑바로 차렸었다면 살아날 수 있었던 것이었습니다.

그때 나는 왜 그렇게 빨리 혜린일 쫓아갔을까요? 혜린은 오히려 겁을 내며 급히 걷다가 얼음판에서 미끄러졌습니다. 그녀가 미동도 하지 않자 나는 그녀가 죽었다고 생각했습니다. 그녀의 얼굴엔 피도 흐르고 있었지요. 하지만 비겁한 나는 그녀의 몸에 손도 대지 못했습니다. 나는 그 와중에도 내가 살인범이 될까봐 겁이 났던 겁니다. 나는 바로 이런 비참하게도 못난 사나입니다.

나는 혜린이의 사인이 뇌진탕이 아니라 추위였다는 것을 알고 나 자신에 대한 죄책감 못지않게 윤호에 대한 증오심이 불타

올랐습니다.

사실 이렇게 된 근본적인 원인은 윤호에게 있습니다. 염치도
부끄러움도, 최소한의 인간다움도 없는 녀석이 친구의 애인을
가로채고자 중간에 끼어들어 이렇게 일을 망친 겁니다. 윤호야말
로 성경에 나오는 말과 같이 저는 세상에 나지 않았음이 더욱
좋을 뻔한 유다 같은 그런 놈입니다. 녀석을 위해 나는 많은 세월
을 희생을 감내하며 살아 왔습니다. 아, 그런 것이 행복스럽게
여겨지던 순진하고 행복한, 순수한 우정의 때도 있긴 했습니다.
하지만 세월이 갈수록 나의 희생은 관습적이고 의례적인 것이
되어, 만일 내가 내 주장이라도 내세운다면 그건 마치 절교나
하는 것처럼 여겨지게끔, 나는 윤호의 그림자나 다름없는 위치에
떨어지고 말았습니다. 하나의 양보는 둘의 굴종을 불러왔고, 참된
우정은 종복이 되는 길을 텄던 것입니다.

그러나 다른 모든 것은 다 참을 수 있습니다. 그것들이 내게
그렇게 소중한 것은 아니기 때문이기도 하고, 내 감정의 비굴함이
그래도 친구를 잃는 것보다는 낫다고 여긴 탓입니다. 그러나 그
결과가 도대체 무엇이었습니까? 내게서 내 생명과 다름없는 혜린
을 빼앗아 간 것입니다. 그리고 이렇게 끝내는 죽음의 길로 내몬
것입니다.

나는 이 점에 대해서는 결코 참을 수가 없습니다. 내게 혜린의
슬픈 죽음이 내 목을 짓누르는 만큼 윤호를 그냥 둘 수 없음은
명명백백한 사실이 되어 갔습니다. 처음에 나는 그를 죽여 버리고
자 했습니다. 나 자신은 이미 이 세상을 더 살고 싶은 마음이
없습니다. 그러기에는 이제 내 삶의 무게가 너무 무거워 심장이

터질 지경입니다. 이제는 한시라도 빨리 이 고통에서 헤어나고
싶을 따름입니다. 하지만 윤호를 그냥 두고는 죽을 수가 없습니
다. 그래서 벌써부터 사둔 청산가리는 아직도 농 속에서 얌전히
잠들어 있습니다.

　그러나 오늘 드디어 윤호가 나를 찾아왔습니다. 나는 윤호와
함께 술을 마셨습니다. 내 방에는 곳곳에 윤호의 지문이 찍혀
있습니다. 이제 잠시 후에 나는 독약이 든 술을 마실 겁니다. 경찰
은 이제 윤호를 범인으로 지목할 것입니다. 그는 빠져나갈 구멍이
하나도 없음을 알게 되겠지요. 이건 참으로 통쾌한 복수가 아닐
수 없습니다. 내가 죽음으로 윤호 녀석도 죽일 수가 있는 것이니
까요. 하지만 나를 너무 무서운 사람으로 보지는 마오. 나는 윤호
를 죽일 생각은 없소. 단지 그를 고생시키기는 하여야 합니다.
그래야 나와 혜린이의 사랑은 그 값을 찾을 수 있으니까요.

　옥희, 그대에겐 미안한 부탁이 있습니다. 나는 참으로 끝까지
피해만 주는구료. 윤호가 법정에 서게 되면 이 편지를 법정에
제출해 주십시오. 그러면 윤호는 풀려날 것입니다. 그러나 그전에
는 안 됩니다. 그리고 편지의 앞부분은 그대에게 불리할 수 있으
니 내 자살 부분만 전달하도록 해요. 그래도 문제가 될 것은 없습
니다. 이건 어디까지나 사실이니까요. 이제 이 편지를 그대에게
살짝기 갖다 드리고 나는 약을 마시렵니다. 당신에게는 정말 많은
신세를 졌습니다. 그러면서도 당신을 사랑할 수 없는 나를 불쌍히
여겨 주십시오. 이만 안녕.

　진만의 편지는 거기서 끝났다.

"후——"

추경감이 편지를 내려놓으며 한숨을 내쉬었다.

"갖다 주려고 했는데 옥희가 도리어 찾아왔단 이건가?"

"예, 거기다가 진만은 여기 온 걸 비밀로 하라고 신신당부하고, 편지는 절대로 내일 오후에 읽어야 한다고 몇번이나 다짐을 했다고 하더군요."

"그래도 이런 중대한 사실을 알고도 여태 숨겼다니, 그 여자 비정상 아냐?"

"저도 그렇게 물어보았는데, 당신이라면 사랑하는 사람의 죽음과 바뀌어진 부탁도 들어주지 않겠느냐고 하더군요. 그렇게 해서 사람을 죽이는 것도 아니잖냐면서."

"자네도 그렇게 생각하나?"

"예?"

"자네도 그게 사람을 죽이지 않는 처사라고 생각하냐고?"

추경감이 눈을 내리깔며 강형사에게 채근하듯 물었다.

"그거야 뭐, 그렇지 않습니까?"

강형사는 추경감이 원하는 답이 아니란 걸 알면서도 끝내 자기 생각대로 말했다.

"저 자존심이 강한 사내한테?"

추경감이 짜증 섞인 목소리로 톤을 높였다.

"저 사내는 이미 구치소에 들어온 것만으로도 넋을 반쯤 잃어 버렸네. 법정에 서게 되면 그것만으로 그의 생명은 끝난 거나 같아. 세상에는 자신의 명예를 존중하여, 그 명예가 더럽혀질 기회를 제공하게 되는 것만도 벌써 자신의 명예가 추락한 것으로 여기는 이들이 많으니까."

"하하, 그건 마치 임금이 되라는 말에 바다에 빠져 죽으며 자기의 명예를 더럽혔다고 했다는, 중국 고사에 나오는 이야기 같군요."

"그게 이 사건하고 무슨 관계야?"

추경감이 비웃는 투로 툭 말을 내뱉자 강형사는 재빠르게 얼굴의 웃음을 거둬들였다.

"이 편지 확실히 주진만이 쓴 건지 확인해 보고 사실로 판명되면 바로 옥희하고 윤호 석방시켜."

"저, 윤호야 그렇지만 강옥희는 위증한 사실이 있는데……."

"어허, 이 사건으로 더 이상 피해 볼 사람은 아무도 없는 거야. 혜린은 단순 사고사였어. 그리고 진만은 자살이고. 저기에다 대고 무슨 죄목을 뒤집어 씌우려고 그래. 지금까지 받은 심적인 압박감이었으면 충분하니까 시키는 대로 해."

"예."

"아 참, 그리고 웬만하면 혜미양에게도 전화를 해 주도록 해. 윤호 나간다고 말야. 그 꼬마 숙녀는 자기 언니 대역을 하고파 죽을 지경인 모양이던데."

추경감은 다시 후 하고 한숨을 내뱉었다.

"웬 한숨을 그렇게 쉬세요?"

"이봐, 강형사, 자네는 이런 사건에서 신의 섭리를 느끼지 못하는가?"

"그게 무슨 뚱딴지 같은 소리예요?"

"애당초 청소부 강득길이 혜린의 핸드백을 훔치지 않았다면 이 사건은 단순 사고사로 분류되었겠지. 하지만 신은 이 사건에 입김을 보내 결국 주진만을 죽음으로 심판하셨다고. 그러면서도 진만의 계획은 끝내 이루어지지 못하고 뒤틀리게 되었단 말이지."

"하지만 경감님, 그렇다면 남의 애인을 가로챈 윤호는 어떻게 되는 겁니까? 그 친구는 정말 두 사람을 죽게 하고도 멀쩡하지 않습니까?"

"글쎄, 그 점은 잘 모르겠네. 하지만 이런 이야기는 할 수 있지. 열등감을 가진 사람들은 약간의 피해망상증적으로 일들을 꾸려 나간다는 것을. 우리가 어떻게 한쪽의 말만 듣고, 진만의 말이 사실이라고 생각할 수 있나? 비록 진만이 피해자라고 한다 해도 말야."

"그건 그렇습니다."

강형사는 여전히 불만스런 얼굴로 억지로 긍정했다.

"그렇게 권선징악을 바라나? 윤호도 구치소에서 자신의 명예가 받은 상처에 끙끙 앓고 있을 걸세. 그 사람의 인생은 완전히 뒤바뀌어졌을 거야."

추경감의 씁쓸해 하는 말에 강형사는 얼굴을 활짝 펴고 히죽 웃었다.

"그 친구 인생 찾기 쬐금 힘들겠군요."

컴퓨터 살인 / 이상우추리소설   값 15,000원

1992년 9월 25일   중판인쇄
1992년 9월 30일   중판발행

지은이   이   상   우
펴낸이   박   명   호

펴낸곳   명   지   사

서울특별시 동대문구 장안동 369 — 1
등   록 : 1978. 6. 8. 제 5 — 28 호
전   화 : 243 — 6686 · FAX 249 — 1253
사 서 함 : 서울청량우체국사서함 제 154호
대체구좌 : 010983 — 31 — 1742329
지로번호 : 3 0 3 3 3 1 7

ISBN 89-7125- 025-9 33810   ※ 잘못된 책은 바꾸어 드립니다.